KB124068

우아한 밤과
고양이들

손보미 소설집

우아한 밤과 고양이들

초판 1쇄 발행 2018년 8월 24일
초판 4쇄 발행 2019년 10월 21일

지은이 손보미
펴낸이 이광호
편   집 박선우 최지인 이민희 조은혜
펴낸곳 ㈜**문학과지성사**
등록번호 제1993-000098호
주소 04034 서울 마포구 잔다리로7길 18(서교동 377-20)
전화 02) 338-7224
팩스 02) 323-4180(편집) / 02) 338-7221(영업)
전자우편 moonji@moonji.com
홈페이지 www.moonji.com

ⓒ손보미, 2018. Printed in Seoul, Korea

ISBN 978-89-320-3464-5 03810

지은이는 2017년 서울문화재단 예술창작지원사업 기금을 수혜했습니다.

이 도서의 국립중앙도서관 출판예정도서목록(CIP)은 서지정보유통지원시스템 홈페이지
(http://seoji.nl.go.kr)와 국가자료공동목록시스템(http://www.nl.go.kr/kolisnet)에서
이용하실 수 있습니다. (CIP제어번호: CIP2018025912)

우아한 밤과
고양이들

손보미 소설집

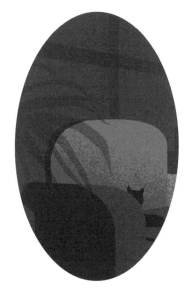

문학과지성사

차례

무단 침입한 고양이들

그는 그날의 열일곱번째 손님이었다. 마지막 손님이기도 했다. 몇 년째 나는 수제 햄버거를 파는, 테이블 네 개짜리 식당을 운영하고 있었다. 햄버거를 만드는 일은 신나는 일도 아니었지만, 그렇다고 엄청나게 하기 싫은 일도 아니었다. 초기에는 손님도 제법 들었다. 하지만 언젠가부터 찾아오는 손님의 수가 점점 줄어들기 시작했다. 문제는 내가 당최 그 이유를 알 수가 없다는 점이었다. 내가 아무리 이런저런 시도를 해봐도 손님은 점점 줄어들기만 했다. 언젠가부터 나는 매일 손님의 숫자를 체크해두기 시작했다. 손님이 하루에 열일곱 명도 채 들지 않으면 그때야말로 식당 문을 닫아야 하는 것이 아닌가 하고 진지하게 고민하고 있었기 때문이다. 그래서 그날 밤,

　　　　　　　무단 침입한 고양이들

폐점 시간을 앞두고 그—그러니까 열일곱번째 손님—가 식당으로 들어왔을 때 나는 한편으로 좀 안심했던 것 같다. 나는 그에게 친절하게 대해주기로 마음먹었고 그가 식사를 하는 동안 불편함이 없도록 최선을 다했다.

잠시 후 햄버거를 다 먹은 그가 내게 물었다.

"고양이 좋아하세요?"

나는 고양이에 대해 생각해본 적이 별로 없었다. 고양이뿐만이 아니다. 책상에 대해서도 복숭아에 대해서도 바다에 대해서도…… 별로 이렇다 할 의견이 없었다.

"글쎄요. 좋아한다고 말하기도, 그렇지 않다고 말하기도 어렵군요."

나는 그를 바라보았다. 키가 무척 크고 적당히 살집이 있는 남자였다. 나이는 삼십대 초반쯤, 나와 비슷하거나 한두 살 어릴 것 같았다. 볼이 통통했지만, 쌍꺼풀 없는 눈매 때문인지 마냥 순해 보이지는 않았다. 뭐랄까, 가까스로 균형을 찾은 그런 얼굴이었다. 금방이라도 균형이 깨질 것처럼 보이기도 했는데, 그건 아마도 그의 볼에 난 날카로운 찰과상 때문인지도 몰랐다.

"손님은 고양이를 좋아하십니까?"

그는 마치 그 질문을 기다리기도 한 사람처럼 이야기를 시작했다.

"지금 저는 1년 전에 헤어진 여자친구 집에 다녀오는 길입니다."

그게 고양이와 무슨 상관이람?이라고 나는 생각했다. 그는 마치 내 머릿속을 읽기라도 한 것처럼 말했다.

"그 여자 집에 길고양이가 무단 침입을 했거든요."

그의 이야기는 이렇다.

그는 그 여자와 1년 전에 헤어졌다. 그들은 3년 동안 만났는데 헤어지기 직전엔 거의 매일같이 싸웠고 서로에게 소리를 질러댔다. 그래서 그녀가 헤어지자는 말을 꺼냈을 때, 그는 안심했다. 그녀와 헤어지고 나서 좋은 일만 있었던 것은 아니다. 다니던 제지 회사가 갑자기 망했고 가까스로 인쇄기를 파는 회사에 재취업했지만 그는 새로운 회사에 잘 적응하지 못했다. 몇 가지 실수를 저지르기도 했다. 자신감은 하락했고 상관은 물론이고 동료들에게까지 눈치가 보였다. 그는 또다시 직장을 잃을까 봐 전전긍긍했다. 그런 식으로 몇 달을 보냈다. 그리고 지난달에, 그러니까 헤어진 지 11개월 만에 그녀에게서 전화가 온 것이다.

"전, 제게 닥친 다른 일로도 너무 벅찬 상태였습니다. 그래도 그녀의 전화가 아주 싫었다고 말하기는 어려웠죠. 어쨌든 3년을 만난 여자였으니까요. 우리는 이런저런 이야기를 나눴어요. 그런데 그녀가 무심코 제게 고양이를 싫어하는 거냐고 묻더라고요. 우리가 만나는 동안 한 번도 고양이에 대한 대화를 나눈 적이 없었거든요. 저는 조금 생각하다가 아마도 그런 것 같다고 대답했습니다. 기본적으로 저는 동물을 별로 좋아하지 않거든요. 그랬더니 그녀가 하는 말이, 요즘 자기 동네에 길고양이가 많아졌다고, 가끔 자신의 집 안 마당까지 들어온다는 겁니다. 그녀와 사귈 적에 그녀의 집에는 자주 가봤습니다. 고양이가 마당으로 들어올 수도 있을 만한 구조였죠."

여기까지 듣자 나는 좀 어리둥절해졌다. 하지만 한편으로는 흥미가 동해서 병맥주 두 병을 가지고 그의 맞은편에 앉았다. 그는 예의 바르게 인사를 한 뒤 맥주를 벌컥벌컥 마셨다.

"저는 그녀에게 문단속을 잘하라고 말했습니다. 담장을 넘어서 집 안으로 들어올 수도 있으니 베란다 문 같은 것도 잘 닫아두라고요. 그 후로 가끔 그녀는 제게 전화를 걸어 고양이에 대해 말했습니다. 이제 고양이가 집 안으로까지 들어온다고도 했죠. 어느 날은 전화 통화를 하는 중에 소리를 지른 적도 있어요. 거실에 고양이가 들어왔다면서요. 그런 전화를 몇 번 받으니 슬슬 짜증이 나기 시작했습니다. 우리는 1년 전에 헤어진 사이인데 왜 제가 그녀의 그런 하소연을 들어줘야 한단 말입니까? 심지어 그녀는 제 충고 같은 건 하나도 듣지 않고 있는데 말이죠. 그녀가 문단속을 잘한다면 어째서 고양이가 집 안으로 들어올 수 있었겠습니까? 그녀는 우리가 사귈 적에도 내말이라면 귓등으로도 안 들었다고요. 오늘 밤에도 그녀는 제게 어김없이 전화를 걸었습니다. 저는 그녀의 전화를 받지 않았습니다. 정말로 화가 났죠. 아까 말씀드렸다시피 저는 이미 힘든 시기를 보내고 있단 말입니다. 그녀의 이름이 뜬 전화기 액정을 바라보다가 문득 그런 생각이 들었습니다. 요컨대, 제 삶엔 이미 무단 침입한 고양이로 가득 차 있다는, 생각 말입니다. 한번 그런 생각이 들자 멈출 수가 없었죠. 정말 미칠 것만 같았습니다. 결국 저는 무단 침입한 고양이를 처리하기로 마음먹었습니다."

"처리……라고요?"

나는 나도 모르게 그렇게 되물었다. 그는 고개를 끄덕이며 대답했다

"네, 그렇습니다."

그는 철물점에 들러 그물망을 구입한 후 택시를 타고 무작정 그녀의 집으로 향했다. 그는 그녀가 문을 열어주자마자 그녀를 밀치고 집 안으로 들어갔다. 과연 집 안에는 고양이가 있었다. 한 마리도 아니고 무려 세 마리였다. 세 마리의 고양이가 그를 보자 잔뜩 털을 세우고 하악거렸다.

"그녀는 안절부절못했습니다. 저는 뭔가 이상하다는 것을 알아차렸죠."

"뭐가 말입니까?"

"사실 제가 도착했을 때 현관문은 이미 조금 열려 있었습니다. 게다가 부엌 식탁 밑에 작은 접시가 있었어요."

"접시라고요?"

"고양이에게 우유를 준 겁니다. 빌어먹을 고양이에게 먹을 걸 줬다고요."

"이해할 수가 없군요."

"저도 마찬가지입니다. 저는 그 여자에게 이게 다 뭐냐고 물었죠. 그녀는 아무것도 아니라고 대답하더군요. 그건 그냥 원래 거기 있는 거라고 말입니다. 하지만 정신이 똑바로 박힌 사람이라면 도대체 식탁 밑에 왜 접시를 두겠습니까? 저는 그녀의 거짓말 때문에 정말로 화가 났습니다. 세상에, 제가 원래 다니던 회사의 사장도 입만 열면 거짓말을 해댔죠. 지금 다니는 회사 사람들은 또 어떤 줄 압니까? 그런 인간들 지긋지긋합니다. 다른 사람들에게 피해나 주면서 자신들이 그런 종류의 인간이라는 사실조차 깨닫지 못하는 부류 말입니다."

여기까지 말한 후 그는 잠시 입을 다물었다. 맥주를 한 모금 더 마신 그는 언성을 낮추고 이렇게 말했다.

"하지만, 곧 그 모든 게 상관이 없다는 생각이 들었습니다. 그래요, 상관이 없었죠."

그녀가 길고양이에게 먹을 것을 줬든 그렇지 않든, 그에게 거짓말을 했든 그렇지 않든, 그에게는 아무런 상관이 없었다. 그는 그저 무단 침입한 고양이를 처리하러 그곳에 간 것일 뿐이니까. 그는 고양이를 한 마리씩 들어서 화장실에 가둬놓기 시작했다. 고양이를 안을 때마다 그의 팔을 할퀴어서 그는 상처투성이가 되었고(이 말을 하면서 그는 자신의 셔츠를 걷어 팔

뚝의 상처를 보여주었다), 그녀의 방해 때문에 셔츠 세번째 단추가 뜯겼지만(실제로 그랬다), 그는 결국 고양이 세 마리를 화장실에 가두는 데 성공했다. 그는 자신의 정신이 반쯤 나가 있었다는 걸 인정했다. 그는 그녀 집에 있는 커다란 화분과 자신이 구입해 온 그물망을 가지고 화장실로 들어가 문을 잠갔다. 화장실 문을 두드리며 그녀가 소리를 질렀다.

"대체 뭐 하는 거야? 미쳤어? 문 열어! 문 열라고!"

"당신이 나에게 부탁한 거나 마찬가지야! 고양이 때문에 미치겠다고 말한 건 당신이었다고!"

"문 열라고!"

"고양이를 끝장낼 거야!"

그는 소리를 지르며 그물망으로 고양이들을 포획하려고 애썼다. 고양이들은 무섭게 울부짖었다. 그녀는 화장실 키를 찾기 위해 온 집 안을 뒤지며 소리 질렀다.

"고양이들 조금이라도 건드리면 가만 안 둘 거야!"

그녀의 협박에도 불구하고 그는 드디어 고양이들을 그물 안에 넣는 데 성공했다. 그녀는 아무리 노력해도 화장실 열쇠를 찾을 수 없었다. 그녀는 이제 열쇠 찾는 걸 포기하고 경찰에 신고하기 위해 전화기를 찾기 시작했다. 고양이들이 새된 소리로 울다가 하악거리며 버둥거렸다. 온 집 안이 끔찍한 소리로 가득했다. 그는 화분을 머리 위로 번쩍 들어 올렸다.

무단 침입한 고양이들

"그래서 어떻게 되었습니까? 설마 고양이들을 죽인 건 아니겠죠?"

이렇게 물으며, 나는 그가 눈치채지 못할 만큼 자연스럽게 의자에서 일어나 할 수 있는 한 그에게서 멀리 떨어졌다. 그는 한동안 입을 다물고 있었다. 나는 잠자코 그의 대답을 기다렸다. 잠시 후, 그가 대답했다.

"네, 저는 고양이를 죽이지 못했습니다."

그는 고양이를 죽이지 못했다. 그녀가 화장실 문을 여는 데 성공해서도, 경찰이 들이닥쳐서도, 고양이들이 너무나 불쌍해져서도, 갑자기 그의 정신이 돌아와서도 아니었다. 그건, 그녀의 비명과 고양이의 울부짖음 속에서 반쯤 정신이 나간 채로 화분을 들고 있던 그 순간, 발버둥치는 고양이들에게 집중한 그 순간, 그가 한 가지 엄청난 사실을 깨달았기 때문이다.

"그게 무엇이었습니까?"

나는 여전히 그에게서 조금 떨어진 곳에 서서 팔짱을 긴 채로 그에게 물었다. 그는 나를 가만히 바라보다 무언가 체념한 듯한 표정으로 대답했다.

"저는 고양이를 좋아하는 그런 종류의 인간이었던 겁니다."

정말이었다. 그는 고양이를 좋아하는 인간이었던 것이다. 그랬다. 세상에, 어떻게 그걸 그때까지 깨닫지 못할 수가 있었을까? 그는 자신이 이제껏 봐왔던 고양이──「컴퓨터 형사 가

제트」에 나오는 심술궂은 고양이, 『이상한 나라의 앨리스』에 나오는 체셔 고양이, 심지어는 에드거 앨런 포의 소설에 나오는 불길한 검은 고양이까지도— 를 떠올려보았다. 자신이 화분을 들고 있는 그 순간, 어디선가—건물 틈이나, 주차장이나, 자동차 보닛 위에서—가냘프게 울고 있을 고양이들도 떠올렸다. 그 우아한 걸음걸이, 푹신푹신한 발바닥, 심드렁한 표정, 아름다운 유선의 몸통, 어두워지면 커지는 동공…… 그는 갑자기 눈물이 났다. 그는 화분을 내려놓고 고양이는 화장실에 놔둔 채 밖으로 나왔다. 눈물이 멈추지 않았다. 이미 한바탕 눈물 콧물을 쏟은 그녀는 그가 나오자마자 화장실로 들어가 그물에 갇힌 고양이를 풀어주었다. 그의 뒤로 고양이들의 날카로운 울음소리와 그녀의 울음소리가 들려왔다. 그는 마음이 아팠다. 너무나 너무나 마음이 아팠다. 그는 무언가 자신의 삶 속에서 우지끈 소리를 내며 떨어져 나갔다는 사실을 깨달았다. 그녀는 그의 뒤통수에 대고 한 번만 더 찾아오거나 하면 죽여버릴 거라고 말했다.

"이게 이 이야기의 끝입니다."

여기까지 말한 그는 한참 동안 고개를 숙이고 아무 말도 하지 않았다. 그는 무슨 생각을 하고 있을까? 잠시 후 음식값을 지불하려고 계산대에서 지갑을 꺼낸 그에게 나는 손사래를 쳤다. 그는 이번에도 예의 바르게 인사를 했다. 식당 문을 나서려던 그가 걸음을 멈추고 내게 말했다. 자신이 고양이를 키우거나 하는 일은 없을 거라고. 고양이를 너무나 좋아하지만 **키울 수는 없다**고 말이다. 나는 어쩐지 그 말이 꽤 이치에 맞는다는 생각이 들어서 그를 보며 고개를 끄덕여주었다.

그다음 날 나는 식당 문을 닫았다. 음식값을 받지 않았으니 그가 열일곱번째 손님이 아니라고 판단했기 때문이다.

나는 가끔 무단 침입한 고양이들에 대해 생각한다. 내 생각에 그건 아주 폭신폭신하고 말랑말랑하고 부드러운 종류의 침입이다. 아주 폭신폭신하고 말랑말랑하고 부드러운 방식으로 우리의 삶에 천천히 파고들어 치명적인 상처를 남기고 부지불식간에 나 자신을 잃어버리게 만든다. 하지만 때때로 무단 침입한 고양이는 정반대의 작용을 하기도 한다. 그러니까, 내 자신이 어떤 사람인지 분명하게 깨닫게 만드는 것이다. 징그러울 정도로 냉정한 방식으로. 어쩌면 '무단 침입한 고양이들'이라는 표현은 틀린 것이 아닐까, 하는 생각이 들기도 한다. 왜냐하면 모든 고양이는 언제나 무단 침입하는 존재들이니까 말이다.

대관람차

호텔 초이선Choisun은 불에 탄 후, 6개월 이상 그 상태 그대로 서울 한복판에 남아 있었다. 어느 날 밤, 누군가 건물 내부의 작은 퓨즈를 하나 끊어버렸다. 그러자 연달아 자잘한 파열이 일어났다. 그 파열은 가스관에 도달했고 **마침내** 건물 전체를 무너뜨렸다. 호텔 초이선은 그 자리에 세워진 1972년 이후 약 40년 만에 그런 무시무시한 방법으로 자신의 존재를 드러냈다. 전철을 타고 한강을 건너갈 때나, 혹은 자동차를 운전해서 강변북로를 지나갈 때마다 사람들은 거의 절반이 소실된, 마치 조각조각 찢긴 것처럼 보이는 거대한 철근 덩어리에 무기력하게 **노출**되었다. 어떤 칼럼에서는 이 사건에 대해 이렇게 썼다. "건물이 무너진 후 서울시의 범죄율과 자살률이 증가

한 것은 우연이 아니다. 이 사건은 다양한 방식으로—그러니까 수십만 가지의 방식으로—사람들 마음속 깊은 곳을 건드렸다. 그것은 도시가 몰락할 징조를 우리 눈앞에 보여준다." 하지만 이러한 걱정이 과장된 견해라는 것은 곧 밝혀졌다. "도시의 범죄율과 자살률이 증가하는 것은 자연스러운 일입니다." 티브이에 나온 시사평론가가 유머러스한 태도로 말했다. 실제로, 건물이 무너지고 두 달 정도 지났을 때부터, 사람들은 그 건물을 하나의 구경거리로 받아들이기 시작했다. 누군가 초이선의 역사에 대해 말하기 시작한다. "초이선은 조선 말기에 미국인 부동산 재벌인 윌리엄 샌즈가 세운 건물이죠. 원래는 지금의 동대문 근처에 있었습니다. 고종이 그 건물에서 생활하기도 했고, 황실 가족이 자주 머물렀던 곳입니다. 단언하건대 그곳은 역사적 가치가 있습니다. 우리는 이걸 지켜야 합니다." 누군가는 그 건물의 시련에 대해서 말한다. "이게 첫번째 소실이 아닙니다. 6·25전쟁 때 폭격당한 후 샌즈 2세에 의해 지금의 자리, 동부이촌동에 재건된 것입니다. 앞으로 이 건물이 어떻게 될지 모르겠군요." 다른 누군가는 그 건물이 현재 얼마나 궁색한 처지에 놓여 있는지에 대해 말한다. "샌즈 3세는 이 건물에 대한 애정이 없어요. 관리업체에 맡기고 지난 40여 년 동안 나 몰라라 했죠. 옛날식 건물이라 몹시 낡았고, 유지비는 엄청 들어요. 게다가 사람들의 발길은 점점 줄어들었습니다." 하지만 많은 사람이 주말마다 호텔 초이선—이제는 무너져버린 건물—에 들렀고, 새삼스럽게도 그곳에서 무언가를 찾으려고 안달했다. 아마도 그들은 어떤 식으로든, 그리고 어떤 것이든 그곳에서 **발굴**해냈으리라.

시의 경찰은 몇 달 동안 방화범을 찾기 위해 수사를 진행했지만 아무런 진척이 없었다. 그보다 더 큰 문제는 사고 보상금과 관련된 유족들의 시위였다. 시 당국에서는 샌즈 3세와 접촉하려고 계속해서 시도했지만 그는 묵묵부답이었다. 그런 식으로 일이 진행되자, 초이선에 대한 악의적인 소문들이 생겨났다. 그 건물의 폐허 어딘가에 시체가 숨겨져 있는데 그게 바로 방화범의 시체라고 말하는 사람도 있었고 건물이 귀신 들렸거나 혹은 저주받았다고 말하는 사람들도 있었다. 사람들은 이제 다른 것—그것이 완전히 붕괴되어 없어지는 것—을 바랐다. 사람들은 이렇게 말했다. "세상에, 저 끔찍한 것 좀 봐!" 마치 저 건물이 이 도시의 **유일한** 흠집이라도 된다는 듯이.

아마도 초이선과 관련해서 그의 뇌리에 가장 강하게 남아 있는 장면은 초이선이 화염에 휩싸인 바로 그 장면일 것이다. 그는 그것을 티브이 뉴스의 생중계를 통해 봤다. 그의 아들이 태어난 지 백일도 채 지나지 않았을 때였다. 그의 아내는 아들을 재울 때마다—굳이 그럴 필요가 없었는데도—집 안의 모든 조명을 어둡게 해두었고, 티브이 볼륨을 켜는 것도 허락하지 않았다. 그래서 그는 어둠과 정적에 휩싸여서 그 장면을 보게 되었다. 그 순간, 그가 실로 오랜만에—거의 3년 만에—무언가 쓰고자 하는 마음이 생겼다면 바로 그러한 이유 때문이었을 것이다. 어둠과 정적 말이다. 그는 잠시 동안 멍하게 티브이 화면을 바라보다가 테이블에 쌓여 있는 잡동사니—아이의 침받이 수건이라든지, 딸랑이, 물통 등등—사이에서 포스트잇을 찾아냈고, 책상 서랍에서 펜을 꺼내 왔다. 그리고 얼른 맨 윗장에 이렇게 휘갈겼다. '방화, 서울 한복판에서 무너져 내린 건물, 초이선.' 그는 영감이 떠오를 때마다 메모를 해두는 버릇이 있었는데 그걸 '생각 저장'이라고 불렀다. 그 단순한 문장들이 나중에 시나리오 작업을 할 때, 결코 단순하지 않은 방식으로 도울 거라고 그는 아내에게 설명하곤 했다.

  그들은 한 유명 영화제작사에서 만났다. 그녀는 사장인 K의 비서였다. 저는 원래 배우가 되고 싶었어요. 단역이지만 제가 출연한 영화도 있고요. 사장님이 손을 써주신 거지만 말이에요. 그녀는 그에게 말했었다. 그는 그녀가 배우를 했어도 잘 어울렸을 거라고 생각했다. 회사의 거의 모든 남자가 그녀를 좋아했다. 그녀가 처음 그를 만났을 때 그는 새로 제작에 착수한 영화의 시나리오작가였다. 모두 그 영화가 엄청난 성공을 거둘 거라고 생각했다. 물론 나중에 그건 잘못된 생각으로 판명이 났지만 말이다. 여하튼 그때 그녀는 그를 선생님이라고 불렀다. 그들이 다시 만난 것은 몇 년이 더 지난 후였는데, 이번에 그는 제작사의 직원이 되어 있었다. 그래도 그녀는 한동안 그를 선생님이라고 불렀다. 그는 취직한 직후에 연줄을 통해 자신의 시나리오로 다른 영화 작업에 들어갔다. 하지만 그 영화의 결과는 더 참혹했다. 그로부터 1년 후에 그는 그녀와 결혼했다. 샌프란시스코로 신혼여행을 다녀온 주 주말에 그들은 감사의 뜻으로 직장 동료들을 집에 초대했다. 그중에는 여자도 있었다. 동료들은 저녁 내내 그들 집에 머물렀다. 월요일에 회사에서 누군가 그의 아내에 대한 칭찬을 늘어놓았다. 자네는 정말 운이 좋아. 그는 그때까지도 가끔 시나리오를 쓰고 그걸 영화로 만들려고 안간힘을 쓰는 중이었고 그 사실을 알고 있었던 그의 동료는 이렇게 말했다. 이제 헛된 꿈은 좇지 말고 생활에 정착해야 할 거야. 그날 밤 그가 농담 삼아 그 이야기를 꺼냈을 때 그의 아내가 말했다. 헛된 꿈이 아니에요. 그렇죠? 그는 웃었다. 하지만 헛된 꿈이라도 상관없는 거예요. 그녀가 그의 어깨에 머리를 기댔다.

'방화, 서울 한복판에서 무너져 내린 건물, 초이선.' 그가 메모를 다시 읽어보고 있을 때, 그의 아내가 거실로 나와 조용히 방문을 닫고 그의 곁에 앉았다. 그는 그녀의 어깨를 쓰다듬으며 뭐 좀 먹겠느냐고 물었다. 그녀는 나중에 먹을게요,라고 대답했다. 그즈음 그녀는 나중에요,라는 말을 자주 했다. 거실이나 부엌에서, 무언가를 사러 함께 나간 마트나 백화점에서, 혹은…… 침대 위에서. 그는 맥주를 가지러 부엌으로 갔고, 문득 자신의 손에 여전히 그 포스트잇이 들려 있다는 걸 깨달았다.

25

그는 포스트잇을 냉장고에 붙여놓고 그 위를 자석으로 눌렀다. 그리고 그걸 다시 읽어보는 동안, 갑자기 큰 소리로 아내를 부르고 싶은 충동에 사로잡혔다. 도대체 왜? 다음 날 낮에, 그의 아내는 아이가 잠자는 틈을 타서 집 안 청소를 시작했다. 아이가 깨서 울까 봐 그녀는 조마조마했다. 설거지를 하기 위해 부엌으로 갔다가 그녀는 냉장고에 붙어 있는 메모를 발견했다. 그녀는 그 메모를 읽었고, 다시 하던 일을 시작했다. 그리고 몇 시간 후 거즈 손수건을 개던 그녀는 갑자기 화가 난 사람처럼 펜을 들고 부엌으로 갔다. 그리고 '방화, 서울 한복판에서 무너져 내린 건물, 초이선'이라는 메모 뒤에 이렇게 써 넣었다.

죽은 사람.

잠시 후 그녀는 다시 펜을 들고 와서 그 뒤에 '들'을 덧붙였다. 그래서 그 메모의 내용은 이렇게 되었다.

방화, 서울 한복판에서 무너져 내린 건물, 초이선; 죽은 사람들.

그는 그 메모에 대해 까맣게 잊어버리고 말았다. 가끔 뉴스에 초이선 이야기가 나올 때마다 요즘은 저런 일이 어떤 식으로 돌아가는지 모르겠다고 말하며 무능력한 시 당국을 비난했다. 그는 승진을 했고, 자신이 맡은 여러 가지 대형 프로젝트 때문에 늘 골치가 아팠다. 어느 날 팀장이 그를 호출해서 '호

텔 초이선 철거와 새로운 공공지역 활성화를 위한 모금운동'
에서 여배우 P가 읽을 연설문을 써야 한다고 말했다. 초이선
은 이미 인기를 잃어가는 시점이었다. 누군가 뉴스에 나와 이
렇게 말했다. "더러워요. 당장 저걸 없애버려야 해요." 유족 보
상금 문제도, 방화범 문제도 아무런 진척이 없었다. 다만, 샌
즈 3세의 응답이 있었다. "샌즈 3세는 대지와 건물의 소유권
을 무상으로 시에 넘기겠다고 했고…… 그 대신 조건을 두 가
지 붙였다…… 공공의 목적에 맞는 시설을 만들 것과 유족들
의 보상금은 시에서 처리할 것…… 시에서는 예산이 부족하
며…… 어떤 식으로 이 대지를 이용할 것인지에 대한 의견 검
토 중……" 아마도 샌즈 3세가 좀더 일찍 이런 결정, 그러니까
건물과 대지를 기증하겠다는 결정을 내렸더라면 기업들은 이
것을 어떤 식으로든 상업적으로 이용해먹었을 터였다. 그러
나 이제 기업들은 초이선과 관계되는 것 자체를 꺼렸다. 그런
데 P가 갑자기 '호텔 초이선 철거와 새로운 공공지역 활성화
를 위한 모금운동'을 하자고 제안한 것이다.

　방화, 서울 한복판에서 무너져 내린 건물, 초이선; 죽은 사
람들.

　초이선이 불에 탄 밤, 죽은 사람들이 몇 명 있었다. 대부분
거기서 근무를 하던 사람들이었다. 그중에는 시급직 직원도
있었다. 아직 어린 여자나 남자들. 그 당시 뉴스에서 어떤 기자
는 이렇게 말했다. "다행히도 투숙객이 많지 않았습니다." 유

명 여배우 P의 남편도 그 많지 않은 투숙객 중 한 명이었다. 그녀는 왜 자신의 남편이 그날 밤 호텔에 홀로 머물렀는지 알지 못했다. 아마 영원히 모를 것이다. P는 20년 전에 아이비리그를 졸업한, 말 그대로 미모와 학식을 갖춘 여자였다. 우아한 인상에 몸매는 이루 말할 수 없을 정도로 육감적이었다. 그녀는 인기 절정이던 서른한 살 때, 갑자기 사업가인 열두 살 연상의 남편—이제는 죽어버린—과 결혼을 했다. 그녀의 아버지는 대기업의 월급 사장이었고, 어머니는 유명한 한복 디자이너였다. 사람들은 그녀가 왜 그렇게 나이가 많은 사업가와 결혼을 하는지 궁금해했다. 결혼 후 P의 남편이 젊은 여배우와 바람이 났다거나 P에게 이혼을 요구했다는 이야기가 심심찮게 나돌았지만, 가끔 공식 석상에 나타난 P는 여전히 아름다웠고, 품위와 긍지를 잃지 않았다. 이제 P는 사십대 중반이다. 그녀는 여전히 아름다움을 과시하는 몇 안 되는 중년의 여배우 중 하나였지만, 어쩔 수 없이 서서히 대중에게서 외면받는 삶에 익숙해져야 하는 시점에 와 있었다. 그런데 그 시점에 과부가 되어버린 것이다. 자신의 남편을 애도하는 내용이야. 팀장이 말했다. 사장님하고 아주 가까운 사이라는 거 알지? 연설문 말고, 그는 P의 이름으로 신문에 실을 칼럼도 써야 했다. 아마 따로 사례도 할 거야. 그는 팀장에게 묻고 싶었다. 왜 저죠? 저는 그런 글을 쓰는 사람이 아닌데요. 하지만 그는 아무런 말도 하지 못했다.

그날 밤 그는 아내에게 이 이야기를 했다. 자신이 얼마나 굴욕감을 느꼈는지 장황하게 설명하려고 했지만, 그는 자신의 마음을 정확하게 표현할 만한 그 어떠한 문장도 찾아내지 못했다. 그는 아내의 젖을 빨고 있는 자신의 아들을 바라보았다. 그 아이는 또래 아이들보다 몸이 한 뼘 정도 더 컸다. 그가 생각하기에 그의 아들은 또래의 다른 아기들보다 훨씬 많은 젖을 먹었다. 그것을 빼면 다른 아기들에 비해 우월한 점이 단 하나도 없었다. 한 달 전쯤 그와 아내는 아들의 모유 수유를 중단하려고 시도했었다. 아들은 밤새 악을 쓰고 울어댔다. 그녀는 아직 아이가 모유를 원하고 있고, 그렇게까지 원한다면 그걸 뺏을 이유가 없다고 말했다. 아기들은 다 그래요. 그 역시 그녀의 생각에 동의했다. 정말로 아기들은 다 그렇다…… 수유를 끝낸 그녀가 아들의 등을 두드리며 말했다.

— 예전에 직접 본 적이 있어요.

— 응?

— 예전에 그 여자 직접 본 적 있다고요.

— 어디서?

— 그 여자, 엄청 예쁜 여자예요.

그때, 아들이 트림을 했고, 그녀는 아들의 눈을 들여다보며, 아주 잘했어요, 우리 아기,라고 말했다. 우리 아들은 밥도 잘 먹어요. 소화도 잘 시키고. 못하는 게 없어요. 그녀는 마치 자신이 아기인 것처럼 웃었다. 그리고 그녀는 그에게 이렇게 물

대관람차

었다. 우리 아들, 참 예쁘죠?

그날 밤, 그는 아내와 아들이 잠든 시간에 냉장고에 붙어 있는 메모를 바라보았다. 어째서 이 메모가 몇 달째 여기 그대로 있는 걸까? 왜 한 번도 알아차리지 못했던 걸까? 그는 '방화, 서울 한복판에서 무너져 내린 건물, 초이선; 죽은 사람들'이라는 메모의 '죽은 사람들'이라는 글자를 한동안 바라보았다. 그는 그게 아내의 글씨체라는 걸 알았다. 그는 그녀가 포스트잇에 글자를 적어 넣는 모습을 상상해보았다. 그의 머릿속에는 몇 달 전, 어두컴컴한 거실에 앉아 치솟는 불길과 허물어져 내리는 건물, 그리고 건물의 창문 밖으로 뛰어내리던 사람들을 바라보던 자신의 모습이 떠올랐다. 그는 연설문을 쓰는 일이 자신에게 주어진 일종의 과업이라고 느꼈다. 그러니까, 뭐랄까, 그가 설명할 수도 없고 다가갈 수도 없는 그러한 장소에서 도달한 명령 같은 것 말이다. 실제로 그는 아주 가끔 그런 것에 대해 생각했다. 아주, 가끔. 그러니까, 사람들이 흔히 운명이라고 말하는 것들에 대해서. 그의 부모는 둘 다 지방의 초등학교 선생으로 그 일대에서는 점잖고 양식 있는 사람들로 알려져 있었다. 그는 공부를 잘했고, 비록 재수를 했지만 결국 명문대 법대에 입학했다. 제대 후에 그는 갑자기 진로를 바꾸기로 결정했다. 루이 벡터맨의 영화를 보고 난 직후에 든 생각이었다. 그때 같이 영화를 보러 갔던 여자는 그게 미친 생각이라고 했다. 만약 그녀가 지금의 자신을 본다면 여전히 그렇게 말할 수 있을까? 그는 자신의 삶이 나쁘지 않다고 생각했다. 앞으로 글을 다시 쓰게 될까? 그럴 수 없을까? 하지만 그는 그런 것에 연연하지 않았다. 이제 그는 제작사에서 근무하고 있고, 능력을 인정받고 있으며, 보수도 좋다. 무엇보다 자신의 곁에는 사랑하는 아내와 아들이 있다. 내가 글을 다시 쓸 날이 올까? 오지 않을까?

그는 노트북을 들고 빈방으로 들어갔다. 원래는 아기 방으로 쓰려고 했던 방이었다. 방 중앙에는 하얀색 원목 아기 침대가 놓여 있다. 침대 귀퉁이에 우산 모양의 모빌대가 설치되어 있는데, 각양각색의 모빌이 달린 적도 있었지만, 지금은 대만 덩그러니 남아 있다. 노란색 삼단 서랍장, 그 위에 놓인 스탠드와 작은 액자, 벽에 붙어 있는 아기자기한 동물 일러스트, 창바로 앞에 놓인 작은 목마, 커다란 곰 인형. 그들은 가격과 품질을 꼼꼼히 따져서 그 모든 것을 구입했었다. 그때 그녀는 아직 임신 초기였고, 결혼하기 전의 아름다움을 유지하고 있었다. 아, 정말 그랬었지. 그는 생각했다. 그는 그것이 불과 2년도 안 된 일이라는 게 믿기지 않았다. 너무나 아득했다. 그는 어떤 소설의 문장을 떠올렸다. '한 번도 그런 일이 없었던 것처럼……' 그는 스탠드 옆에 노트북을 두고 식탁 의자를 하나 끌고 왔다. 서랍장 위쪽 벽에는 커다란 거울이 붙어 있었다. 그는 냉장고에 붙어 있던 포스트잇을 거기에 붙여놓았다. 그날 이후 그는 저녁 식사를 끝마치면 아기 방으로 들어가 연설문을 썼다. 그는 노트북의 키보드를 쉴 새 없이 두드려 문장을 쓰고, 지우고, 쓰고, 지우고를 반복했다. 벽에 부딪칠 때가 있었다. 그러면 그는 멍하니 거울에 붙어 있는 메모를 바라보았다. 그리고 거울 속에 비친 자신을 보며 웃는 표정을 지어보았다. 그는 자신의 웃는 모습이 멋지다고 생각했다. 어느 날 그가 글을 쓰고 있을 때 거실에서 이상한 소리가 들렸다. 아들이 내는 소리였는데, 그건 뭔가 끔찍한 것을 보았을 때 내는 비명, 고통에 찬 소리 같았다. 그가 거실로 나갔을 때, 그의 아내는 아들에게 이유식을 떠먹여주고 있었다. 그의 아내가 그를 보며 말했다. 당신이 틀렸어요. 이건 기분이 좋아서 내는 소리예요. 웃음소리라고요. 죽은 사람들, 그는 다시 방으로 돌아와 죽은 사람들에 대한 글을 썼다.

글을 써서 팀장에게 제출한 며칠 후 그는 팀장에게 다시 호출을 받았다. '호텔 초이선 철거와 새로운 공공지역 활성화를 위한 모금운동'에 참석하라는 지시였다. 그는 어리둥절했다. 모금운동 행사는 시내의 한 신문사 건물에서 있었다. 그가 신문사 건물에 도착하자마자 P의 매니저가 그를 낚아채서 맞은편에 있는 플라자 호텔로 데리고 갔다. 거기까지 걸어가는 동안 그는 이전에는 한 번도 느끼지 못한 긴장감을 느꼈다. 유명한 배우들을 많이 봐왔는데도 그랬다. 1층 카페 안쪽의 문을 열고 들어가자 P가 있었다. P는 머리부터 발끝까지 검은색이었다. 검은색 블라우스, 검은색 스커트, 검은색 스타킹, 검은색 하이힐, 그리고 검은색 장갑까지. 그는 그녀가 원래 나이보다 훨씬 어리고 기품 있어 보인다고 생각했다. 자신의 아내 또래로밖에 보이지 않았다. 아니, 어쩌면 자신의 아내가 더 나이 들어 보이는지도 모른다. 그는 문득 아내의 말을 떠올렸다. 그 여자, 엄청 예쁜 여자예요. 그는 P가 아직도 슬픔에 빠져 있다고 생각했다. 그것이 그녀의 옷차림 때문인지, 수척해 보이는 얼굴 때문인지, 아니면 정말로 그녀가 슬픔에 빠져 있어서 그런 건지는 분간되지 않았다. 그는 그녀의 장갑 위로 끼워져 있는 반짝거리는 푸른색 사파이어 반지를 바라보았다.

　　—고인의 명복을 빕니다.

　　그는 이게 적절한 인사인지 확신이 서지 않았지만 그렇게 말했다. 달리 무슨 이야기를 하겠는가? 그런데 그녀는 순식간에 슬픔이 차오르기라도 한 듯이 눈물을 흘렸다. 그는 냅킨꽂이에서 냅킨을 한 장 꺼내서 그녀에게 건네주었다. 너무나 자연스럽게 이루어진 일이었다. 거기에 누가 있었든 간에 그녀의 눈물이 볼을 타고 흐르는 것을 그저 바라보기만 할 수는 없었을 것이다.

　　—정말 다정하신 분이네요.

　　그녀가 눈물을 닦으며 말했다.

　　—난 너무 오랫동안 내가 감당할 수 없는 슬픔에 빠져 있었어요.

그는 동의의 뜻으로 고개를 끄덕였는데, 그것 역시 너무나 자연스럽게 이루어진 일이었다.

— 당신도 알겠지만.

그녀는 잠시 뜸을 들였다.

— 이번 행사는 제게 아주 특별한 의미를 가져요.

— 네, 잘 알고 있습니다.

하지만 그는 자신이 뭘 알고 있는지 몰랐다. 전혀, 아무것도.

— 당신이 쓴 그 글 말이에요. 정말 좋았어요.

그녀는 그 말을 하면서 반지를 빼고 장갑을 벗었다. 그리고 다시 손가락 위에 사파이어 반지를 낀 후, 찻주전자의 유리 뚜껑을 열어 여과기에 찻잎을 담은 후 뜨거운 물을 부었다. 그는 그녀의 손동작을 빠짐없이 바라보고 있었다.

— 정확했어요. 모든 단어가…… 모든 문장이…… 이게 무슨 뜻인지 알겠어요?

그녀는 그의 찻잔에 차를 따라주었다. 그런 후 그녀는 다시 반지를 빼고, 장갑을 끼고, 그 위에 반지를 꼈다. 그 모든 과정이 하나의 신성한 의식같이 느껴져서 그걸 바라보는 동안 그는 이상한 생각에 빠졌다. 아무리 오랜 시간이 지나도 그녀가 저 장갑을 착용하지도 못하고 그 위에 반지를 낄 수도 없으리라고, 그래서 자신은 영원히 거기에 그렇게 서서 그녀가 하는 그 모든 의식을 바라보고 있어야 한다고 말이다. 하지만 그녀는 그 행위를 우아하고 간단하게 끝마쳤다.

──거기에 내가 하고 싶은 말이 다 들어 있는 느낌이었어요.

──감사합니다.

그는 갑자기 별 이유도 없이 눈물이 날 것 같았고 그런 자신 때문에 당혹스러웠다.

──아뇨.

P가 엄숙하게 말했다.

──제가 감사하죠. 다른 유족분들도 감사드릴 거예요.

유족? 다른 유족들? 그는 그들에 대해 생각해본 적이 없었다.

──K의 제작사에 있다고 들었어요. 그이가 당신을 적극 추천하더군요. 이유를 알아요?

P가 자신의 반지를 만지작거리며 물었다.

──저는 시나리오작가입니다. 글을 쓰죠.

그의 말에 P는 잠시 어리둥절한 표정을 지었지만, 곧 웃었다.

──나중에 저를 다시 만나주시겠어요?

그는 고개를 끄덕였다. 차를 마실 시간은 충분했다. 하지만 그는 한 모금도 마시지 못했다. 다시 신문사 건물로 돌아오면서 그는 휘파람을 불어보았다. 소리가 잘 나지 않았다. 잠시 후 그녀가 행사장으로 들어왔다. 행사장은 절제된 인테리어가 돋보이는 곳이었다. P는 온통 까만 옷차림에도 불구하고, 그곳에서 가장 빛을 내는 존재였다. 그녀가 서두 연설을 할 것이고,

그 뒤에 경실련 회장과 전 경찰청장, 그리고 유명 소설가가 발언하기로 되어 있었다. 그들은 이미 엄청난 액수의 돈을 기부했다. 그는 연단에 오른 P를 바라보았다. 그녀는 거기 있는 사람들을 바라보고 하나하나 눈을 맞추었다. 그는 P가 자신에게 눈길을 준 시간이 다른 사람들보다 길다고 느꼈다. 그녀는 작게 헛기침을 한 번 한 후 이야기를 시작했다. 그녀는 연설문을 다 외운 것 같았고, 아래를 슬쩍 쳐다볼 때도 있었지만, 그건 다분히 연극적인 행동이었다. 올해에는 많은 사람이 죽었습니다. 처음에 그녀는 아주 자신만만해 보였다. 하지만 아닐 수도 있죠. 그녀의 목소리는 아주 아름다웠다. 거기까지 읽고, 그녀는 헛기침을 다시 한번 하고 물을 한 모금 마셨다. 그는 꽤 먼 거리에 앉아 있었지만, 그녀가 물을 목으로 넘기는 소리가 또렷하게 들리는 것 같았다. 그녀는 잠시 말을 잇지 못했다. 생각보다 오래 그 시간이 지속되었기 때문에 사람들은 약간 웅성거렸다. 그때 그녀가 입을 열었다. 그건 올해에 죽은 사람들의 수를 제가 부정하기 때문이 아니라, 이런 식의 죽음이 언제나 우리 곁에 있어왔다는 이야기입니다. 그는 그녀의 손가락에 끼워져 있던 사파이어 반지가 사라졌다는 사실을 깨달았다. 이제 곧 그녀가 슬픔에 잠긴 목소리로, 이 공공지역에 무언가를 건설하는 것이 얼마나 숭고한 행위이며, 그리고 그것이 거기서 죽은 사람들을 애도하는 얼마나 근사한 방법인지 이야기할 것이다. 연설이 끝나갈 때쯤, 그는 거기에 모여 있는 사람들의 얼굴을 바라보았다. 정부의 고위 관리와 이름이 알려진 예술가, 기업의 대표, 그리고 유족들. 그는 그들의 표정을 살폈지만, 걷잡을 수 없는 슬픔에 빠진 유족들을 제외하면 다른 이들에게서는 어떤 **낌새**도 읽을 수 없었다. 그는 그들이 그 연설문을 어떤 식으로 받아들이는지 궁금해서 미칠 지경이었다. 하지만 그와 동시에, 그는 그들이 모두 저 연설을 마음에 들어 할 거라는 사실을 알 수 있었다. 더 이상 다른 표현은 없었다. 그것은 **완벽한** 연설이었다.

'호텔 초이선 철거와 새로운 공공지역 활성화를 위한 모금운동'이 불러일으킨 파장이 있었다. 무너지는 건물이 사람들 마음 깊은 곳에 잠겨 있던 무언가를 떠오르게 해서 표류하게 만들었다면, 이번에는 바로 그 장소에서 사랑하는 남편을 잃은 여성의 연설—그리고 거기에 덧붙여진 유족의 눈물—이 결국 그것들을 흘러넘치게 했다. 며칠 후 그는 신문에 실린, 자신이 P에게 **준** 글을 읽었다. "우리는 호텔 초이선이 이미 오래전에 사망했다는 사실을 알고 있다…… 나는 그 죽음이 이 도시에 그저 매몰되는 것을 원하지 않는다…… 나는 이제 혼자 남겨졌고, 아마도 남편의 죽음에 대해 영원히 알지 못하리라…… 그래도 그들을 영원히 기억할 수는 있을 것이다." 그는 그 글을 읽고, 읽고, 또 읽었다. 그는 그 글의 두 부분 정도, 아니 세 부분, 아니 네 부분 정도가 자신이 쓴 것과 다르다는 걸,

누군가 손을 봤다는 걸 알았다. 하지만 그게 무슨 상관이란 말인가? 그는 회사 사람들이 모금운동에 대한 이야기를 나눌 때 일부러 그 글에 대한 이야기를 꺼냈다. 그 글을 배우가 썼다는 걸 믿을 수 있어? 사람들의 반응은 제각각이었다. 하지만 역시 그게 무슨 상관이란 말인가? 그는 아내에게도 그 글이 실린 신문을 보여주었다. 아내는 P의 사진—물 마시는 모습이 담긴—을 오랫동안 바라보았다. 그날 밤 그는 칼럼이 실린 부분만 잘라서 서랍장 가장 아래에 넣어두었다. 행사가 열린 지 한 달 후, 조간신문에는 이런 기사가 실렸다. "시에서는 다음 주 내로 호텔 초이선을 헐 예정이다. 시의 한 관계자는 모금이 다 되는 대로 서울 시민을 위한 공원과 영국의 런던아이와 같은 대형 관람차를 지을 계획이며 이 사업에 대한 공모전을 따로 개최할 것이라고 밝혔다…… 이 사업은 서울시가 국제적으로 명성을 얻을 수 있는 기회이며…… 해외 관광객을 불러 모을 기회가 될 것이라고 전망했다." P는 대중의 관심을 받기 시작했다. 물론 그건 더 이상 여배우로서가 아니었다. 이제 P는 정숙한 미망인, 자신의 상실을 바람직한 방식으로 극복한 사례가 될 것이었다. 그녀는 자신이 최초에 썼던 글—신문의 칼럼—에 대해 자주 이야기를 했다. 그것이 자신에게 어떤 의미인지에 대해서도 즐겨 말했다. 새로운 경험이었죠. 치유되는 느낌이었어요. 나 자신을 치유하면서 동시에 이 사회를 치유한다고나 할까? 인터뷰의 마지막에 그녀는 늘 자신의 일생에 대한 책, 혹은 아프리카에 사는 아이들에 대한 이야기, 혹은 동물 학대에 대한 이야기를 글로 쓰고 싶다고 밝히곤 했다.

그는 다시 회사 일에 집중했다. 하지만 그는 자신이 예전과 달라졌다는 것을 느꼈다. 그게 좋은 변화인지 나쁜 변화인지 가늠하기 힘들었다. 그는 가끔 밤에 잠에서 깨어나 '빈방'으로 갔다. 그리고 신문 칼럼을 읽었다. 나의 글이다. 그는 그렇게 생각했다. 그는 멋진 문장들을 하나하나 적재적소에 배치해서, 자신이 글을 쓰기 전에는 단 한 번도 만나본 적이 없는 여성의 삶을 재창조했다. P는 그에게 다시 만나고 싶다고 말했지만, 그는 그런 일은 생기지 않을 것을 알았다. P는 자신을 주춧돌로 삼아서 완벽한 성을 쌓았다. 자신과 얽혀서 흠집을 내는 일 따위는 하지 않을 것이다. 거기에 내가 하고 싶었던 말이 다 들어 있었어요. 그는 P의 말을 떠올렸다. 자신을 바라보던 그 눈빛, 경외심을 품은 그 표정, 자신에게 찻잔을 건네며 살짝 떨리던 그 손길. P가 연설을 끝냈을 때, 그녀에게 박수를 보내던 사람들, 눈물을 흘리던 사람들. 그 주말에 그는 아내와 아들을 데리고 제주도로 여행을 갈 예정이었지만 돌연 취소했다. 그들은 오랫동안 여행을 다니지 못했다. 아이를 가지기 전에 그들은 시간이 날 때마다 유럽으로, 홍콩으로, 부산으로 여행을 갔었다. 그는 그들이 갔던 마지막 여행을 떠올렸다. 동남아의 어떤 섬이었다. 아내는 쇄골이 드러나는 하얀색 점프슈트를 입고 있었다. 매끄러운 다리와 목덜미가 기억났다. 그건 헛된 꿈이 아니에요. 그녀는 그렇게 말했었다.

　제주도 여행을 취소한 후 그는 주말 내내 빈방에 들어앉아 글을 쓰려고 노력했다. 그리고 신문 칼럼을 읽었다. 거울에 비친 자기 모습을 보며 자신이 여전히 멋진 미소를 가졌다고 생각했다. 문득 그는 아들의 모유 수유를 중단하려고 했다가 실패한 일을 떠올렸다. 그는 그때 아들이 발광하는 거라고 생각했다. 그 자신도 믿기 어려웠지만, 그는 정말 '발광'이라는 단어를 떠올렸었다. 그는 자신의 아들이 아직 제대로 앉지도 못한다는 사실을 떠올렸다. 며칠 뒤, 그가 저녁 식사 후 설거지를 하고 있을 때였다. 그의 아내가 아이를 안고 자장가를 부르기 시작했다. 그는 자신이 그 노래에 무자비하게 **노출**되었다고 느꼈다. 그게 무슨 의미인지도 모르면서 그런 생각을 했다. 그 날 밤 잠에서 깨어났을 때, 그는 가슴을 옥죄어오는 괴로움을 느꼈다. 아들이 벙어리가 될까 봐, 아들이 자폐아가 될까 봐, 아들이 멍청이가 될까 봐. 그는 다른 어떤 사람도 자신의 아내를 원하지 않을 거라는 사실 때문에 두려웠다. 그는 이런 삶이 자신에게 주어진 운명일까 봐 두려웠다.

　며칠 후 그는 점심때 전화를 한 통 받았는데, 뜻밖에도 P의 매니저였다. 일주일 후에 P가 고르메 레스토랑을 빌려서 조촐한 파티를 열 계획인데 그가 와줬으면 한다는 내용이었다. 그냥 친구들을 부르는 자리라고 했다. 공식적인 모임이 아닙니다. 가족분들을 모시고 오세요. 매니저가 딱딱하게 말했다. 그날 밤 그는 아내의 젖을 빨고 있는 아들을 바라보았다. 우리 아들, 너무 크지 않아? 그가 물었다. 우리 아들은 먹기만 하는 거 같아. 그는 그다음 문장도 생각했지만 도저히 입 밖으로 낼 수는 없었다. 아들이 잠든 후에 그는 그녀에게 P의 초대에 대해 이야기했다. 같이 갈 거야? 그녀는 아무런 대답도 하지 않았다. 그는 그게 무슨 의미인지 몰랐다. 아이는 어떡하고요? 그들에게는 아이를 돌봐줄 사람이 없었다. 데리고 가면 돼. 그는 그냥 그렇게 대답했다. 그녀가 진짜로 함께 갈 거라고 생각하지 않았으니까. 잠자리에서 그는 아내의 가슴을 만졌다. 그는 아내가 나중에요,라고 말할 거라고 생각했지만 그녀는 아무 말도 하지 않았다. 오히려 적극적이었다. 그는 머릿속으로 마지막 여행 때 아내가 입었던 하얀색 점프슈트를 떠올리려고 애썼다. 젠장. 그녀의 몸에서 떨어지며 그가 낮게 중얼거렸다. 괜찮아요. 너무 피곤해서 그런 거예요.

파티 날 아침부터 비가 내리기 시작했는데 저녁이 되자 기온이 내려가서 비는 눈으로 변했다. 그는 자주색 풀오버 위에 피코트를 걸쳤다. 그건 버버리프로섬 제품으로 그가 가지고 있는 옷 중 가장 비싼 것이었다. 그의 아내는 옷장을 뒤져서 그나마 크고 신축성이 좋아 아직 입을 수 있는 저지 원피스를 찾아냈다. 화장을 하면서 그녀는 최대한 꾸미는 것을 자제하려고 했지만 잘되지 않았다. 그는 자신의 아내가 아직 서른세 살

밖에 되지 않는다는 사실을 믿을 수 없었다. 그녀는 아들에게도 작고 깜찍한 케이프 코트를 걸쳐주었다. 그는 그 옷이 자신의 아이에게 어울리지 않는다고 생각했다. 그는 운전을 하면서 뒷좌석에 앉아 있는 아내의 얼굴과 카시트 위에 누워 있는 아들을 보지 않으려고 애썼다. 중간쯤 갔을 때 아이가 칭얼거리기 시작했다. 그들은 체온계를 가지고 나오지 않았다. 그가 아내에게 아이가 아픈 게 아니냐고 물었고, 그녀는 아이를 카시트에서 꺼내 품에 안았다. 아이는 좀더 칭얼거리다가 잠에 들었다. 고르메 식당에 도착한 후, 그는 트렁크에서 접어놓은 유모차를 꺼내서 펼쳤다. 그 위에 잠든 아이를 눕힌 후에 뒷좌석에서 아이에게 필요한 물품이 들어 있는 가방을 꺼냈다. 그동안 그녀는 우산을 받쳐 들고 있었다. 고르메 식당의 직원 중 한 명이 저 멀리서 그들을 쳐다봤다. 그가 유모차를 밀었고 그의 아내가 가방을 들었다. 차가운 눈이 그의 뺨에 부딪쳤다. 레스토랑 안에 다른 손님은 없었고, P와 몇몇 사람이 커다란 원형 테이블에 앉아 와인을 마시고 있었다. P는 소매가 없고 몸에 딱 달라붙는 붉은색 니트 원피스를 입고 어깨에 검정 캐시미어 코트를 걸치고 있었다. P가 한 손에 와인 잔을 든 채로 그들에게 다가왔다. P에게서 술 냄새가 났다.

　―어머나, 가족이 다 왔네? 반가워요. 정말, 정말, 정말.

　P는 유모차 위의 아이를 슬쩍 쳐다보았다. 그러고는 그의 아내를 바라보았다. 무언가를 확인하고 싶은 걸까? 우선 저 사

람들, 인사부터 해요. P는 그들 가족을 사람들이 모여 있는 테이블로 데리고 갔다. 테이블에는 세 명의 남자가 있었다. 한 명은 얼마 전 규모는 크지 않지만 저명한 영화제에서 상을 받은 젊은 영화감독이었고, 다른 한 명은 어느 국회의원의 보좌관이었다. 그는 그를 티브이에서 본 적이 있었다. 다른 한 명은 P의 매니저였다. 이상한 조합이군. 그는 생각했다. 그는 P가 자신을 어떤 식으로 소개할지도 궁금했다. 시나리오작가? 제작사 직원? 친구? P는 와인 잔을 테이블 위에 올려놓고 친근한 눈빛으로 그를 바라보았다. 그리고 그의 어깨를 다정하게 감싸 안으며 큰 소리로 말했다.

—저번에 내 글을 대신 써준 분이야.

그들은 아무런 신경도 쓰지 않는 것 같았다. 보좌관이 물었다. 칼럼? 아니면 연설문? 영화감독이 대신 그 말을 받았다. 둘 다. 보좌관이 웃었다. 그렇군. 매니저는 웃지 않고 팔짱을 낀 채 그들을 바라보고만 있었다. P가 보좌관의 어깨를 찰싹 소리 나게 때렸다. 이분은 아내고, 여긴 아들. 가만, 아들 이름이 뭐죠? 그들은 잠시 호텔 초이선에 대해 이야기했다. 방화범은 아직도 못 잡았죠? 누군가 물었다. 그들은 일주일 후에 있을 초이선 폭파 철거 날 함께 모여 그걸 볼 거라고 했다. 우리는 이 촌동이 한눈에 보이는 호텔 방을 하나 빌렸어요. P는 그가 쓴 글, 아니 처음엔 그가 썼지만, 누군가 손을 봐서 더 이상 그의 것이 아닌 글의 어떤 부분을 인용했다. "우리가 죽은 사람들을 다시 깨울 수는 없겠지만, 그들을 영원히 기억할 수는 있을 것이다."

— 당신도 그날 와요.

그가 어색하게 웃으며 고개를 저었다. P가 갑자기 생각났다는 듯이 덧붙였다.

— 오, 물론 부인과 아드님도 함께 와요.

— 우린 안 돼요. 말씀은 감사하지만. 그렇죠?

그의 아내가 대답하며 그의 손을 꽉 잡았다. 영화감독과 보좌관이 서로 마주 보며 웃었고, 매니저가 이마를 찌푸렸다.

— 대관람차가 완공되면 우리는 함께 그걸 타러 갈 생각이에요.

P가 말했다.

— 그 안에서 서울의 야경을 보는 거죠. 무척 멋지겠죠?

그러자 영화감독이 그 말을 받았다.

— 소리도 지를 거야.

유모차 안의 아이를 내려다보던 그의 아내가 시선은 그대로 둔 채로 말했다.

— 거기서 술을 마시거나 소리를 지를 순 없어요. 그럴 수는 없을 거예요.

— 그럼요. 당연하죠. 우리는 그런 짓 안 해요. 우리는 죽은 사람들을 기억하고 싶은 거예요. 어쩌면 남편이 생각날지도 모르겠어요. 그이는……

P는 더 이상 말을 잇지 못했다. 그는 조심스럽게 P의 등에 손을 갖다 대고 한동안 가만히 있었다.

그들은 그의 가족에게 호의적이었다. 아들이 가끔 자지러질 듯이 울어댔고—다행히 발광까지는 아니었다—그의 아내는 아이에게 수유를 하거나 기저귀를 갈아주러 화장실을 들락날락했지만, 그런 상황에 대해 그들은 아무런 불평도 하지 않았다. 아이가 여러 번 토했지만 집에서도 가끔 있는 일이었다. 그는 아이가 울 때마다 마음속으로 아무도 모르게 기도를 했다. 뭘 바라는지도 모르면서 그렇게 했다. 아내가 토한 아이를 씻기고 돌아왔을 때 영화감독이 그녀에게 물었다. 아이 키우는 게 힘들지 않아요? 그의 아내는 그저 빙그레 웃었다. 영화감독이 다시 물었다. 아이가 엄청 큰 편이죠? 네, 발육이 빨라요. 발육이 빠른 건 좋은 거죠. P가 물었다. 아이가 걸어요? 그때면 걷나? 아님 좀더 기다려야 하나? 아내가 눈 하나 깜짝 안 하고 거짓말을 했다. 걸어요. 세 걸음 정도 걸을 수 있어요.

　　—하지만 오늘은 컨디션이 안 좋아요. 컨디션이 좋으면 입으로 예쁜 소리도 내요.

　　그가 아이의 그 이상한 웃음소리를 떠올리고 있을 때, 그의 아내가 P에게 자신을 기억하지 못하느냐고 물었다.

　　—전 K씨의 비서였어요.

　　—언제?

─4년 전까지요. 거의 3년 동안 그분의 비서였는걸요. 제가 그만두기 1년 전까지 K씨를 자주 보러 오셨죠?

P가 큰 소리로 웃었다. 잘 웃는 여자다.

─전혀 못 알아봤어요. 전혀. 우리 같이 밥 먹은 적도 있었어요. 그죠? K와 셋이서.

─전 일부러 모르는 척한다고 생각했어요.

─그럴 리가요! 정말 못 알아봤어요. 정말 많이 변했잖아요!

─그렇게 많이 변하지도 않았어요.

그의 아내가 미소를 지었다.

─세상에, 그때 K가 저이를 얼마나 좋아했었는지.

P가 믿을 수 없다는 듯이 과장스럽게 웃으며 말했다. 그 순간 웃는 사람은 P뿐이었다. 그녀의 어깨에 걸쳐져 있던 코트가 떨어졌다. 멀리서 직원이 다가오기도 전에 보좌관이 벌떡 일어나 P의 의자 뒤로 갔다. 보좌관은 바닥에 떨어진 코트를 주워서 탁탁 턴 후에 P의 어깨에 걸쳐주었다. 그뿐이었다. K에 대한 이야기는 거기서 끝이었다. 거기에 있는 사람들 모두 맛있는 음식을 먹고 비싼 와인을 마시며 자주 웃었다. 아이가 자꾸 칭얼거려서 그는 언젠가부터 아이를 계속 안고 있어야 했다. 그 역시 많이 웃었다. 볼이 아플 정도였다. 술 때문인지 그는 약간 어지럼증을 느꼈다. 그는 아이를 아내에게 맡기고 밖으로 나왔다. 눈 내리는 겨울밤의 공기는 무척 차가워서 코가

얼얼할 정도였다. 그는 코트 깃을 세우고 주머니에 손을 넣은 채로 도로를 걸었다. 처음에는 조금만 걸을 생각이었는데 어쩌다 보니 레스토랑에서 너무 멀어졌다. 머리카락이 얼어붙는 걸 느꼈다. 그는 불이 켜진 가게로 들어갔다. 제과점이었다. 세 개 정도의 테이블이 있었고 그중 한 테이블에 회색 터틀넥을 입고 까만 뿔테 안경을 쓴, 사십대 중반으로 보이는 뚱뚱한 남자가 책을 읽고 있었다. 스피커에서는 1970년대 미국 팝송이 흘러나오고 있었다. 그는 버버리프로섬 코트를 벗어서 물기를 턴 후에 옆의 의자에 걸어두었다. 내일 당장 세탁소에 맡겨야겠다. 그는 싸구려 커피를 마시면서 그런 생각을 했다. 그리고 점점 더 생각에 빠져들었다. 그가 원하지 않는 생각들. 그동안 마치 댐에 생긴 구멍을 막듯이 억지로 틀어막고 있던 생각들. 그는 자신이 사귀었던 여자들에 대해 생각했다. 그날 그들이 신혼여행에서 돌아왔을 때, 그들 집에 초대됐던 사람들에 대해서. 거기에 왔던 남자들이 자신의 아내를 쳐다보던 눈빛, 자신을 슬쩍슬쩍 만지던 여자들의 손길. 옆에 앉은 남자가 음악에 맞춰 상체를 흔들며 춤을 추는 게 보였다. 아니 그건 춤이라기보다는 경미한 경련처럼 보였다. 거대한 상체가 꿈틀꿈틀거렸다. 그는 역겨움을 느꼈다. 그 여자, 엄청 예쁜 여자예요. 예쁜 여자들. 아, 예쁜 여자들. 그때 그의 휴대전화가 울렸다. 액정에 뜬 건 그가 모르는 번호였다. 수화기 저편에서는 아기의 울음소리와 아내의 다급한 목소리가 뒤섞여 있었다. P의 목소

대관람차

리. 당신 아기, 당신 아기가 죽을 거 같아요. 그는 빵집을 나왔다. 처음에는 걸었고, 그러다가 어느 순간부터 그는 무작정 달리기 시작했다. 자신이 어디로 달리는지도 모르는 채로. 그는 죽은 사람들에 대해 생각했다.

아이의 병명은 장폐색으로 인한 패혈증이었다. 첫 개복수술 중간에 의사들은 다시 배를 덮었다. 무엇도 할 수 없다는 판단에서였다. 하지만 아이는 그대로 죽지 않았다. 버틸 만큼 버텼기 때문에 아이는 두번째 수술을 받을 수 있었다. 보좌관이 손을 써주어서 그들은 기다리지 않고 바로 수술에 들어갈 수 있었다. 수술실 바깥에서 문득 그는, 아이의 죽음을 떠올려보았다. 그리고 잠시 후 그는, 이제는 슬퍼할 힘조차 없어서 완전히 지쳐버린 표정으로 자신의 어깨에 머리를 기대고 있는 아내의 죽음을 떠올려보았다. 찰나였지만, 그는 하나도 슬프지 않다는 것을 깨달았다. 아들이 죽는다 해도, 아내가 죽는다 해도 그는 아무렇지도 않을 거 같다는 생각이 잠시 떠올랐다가 사라졌다. 아마도 그는 자신이 그런 생각을 했다는 사실조차 까맣게 잊어버리고 말리라. 그는 아내의 손을 꽉 잡았다.

아이는 퇴원해서 집으로 돌아갔다. 의사는 아이가 앞으로 백 퍼센트 건강이 회복될 것인지 어떨지 확신할 수 없다고 말했다. 조심하셔야 합니다. 하지만 무엇을 조심하라는 말일까? 그는 자신이 빵집에 버버리프로섬 코트를 두고 왔다는 사실을 깨달았다. 그들이 병원에 있는 사이 호텔 초이선은 철거되었다. 호텔 초이선이 역사 속으로 영원히 사라지던 그날 밤, 사람들은 폭죽을 사 들고 한강 건너편에 모여 그걸 구경했다. 누군가는 이렇게 말했다. 거대한 불꽃놀이. 그는 저기 호텔 어디선가 그 장면을 지켜보는 P와 그 친구들을 상상했다. 호텔 초이선이 철거된 후 그다음의 일들은 일사천리였다. 2년여에 걸친 대관람차 공사가 끝나고 공원이 개장되었다. 공원 입구 왼쪽에는 죽은 사람들의 이름을 새긴 커다란 조형물이 세워졌다. 티브이 뉴스는 그 조형물을 한참 보여주었다. 유족들은 압도된 표정으로 그 조형물을 바라보았다. 하지만 더 압도적인 건 대관람차였다. 높이는 175미터였으며, 25인승 관람차 35량이 이어져 있는, 그야말로 세계에서 가장 큰 대관람차였다. 그래, 여러분도 본 적이 있는 바로 그 대관람차. 서울에 살고 있다면 한 번씩은 타봤을 바로 그 관람차. 그의 가족도 대관람차를 타러 간 적이 있었다. 아들이 세 살 정도 되었을 때의 일이다. 그 당시 아들은 또래에 비해 무척 작았고, 말도 잘하지 못했다. 앞으로 영원히 그럴 것 같았다. 관람차가 움직이기 시작했을 때 아들이 웃었다. 그건 정말로, 웃음소리였다. 그는 창밖을 바라보았다. 탁한 색깔의, 깊이를 알 수 없는 강과 그리고 저 멀리 철교를 건너는 전철, 그리고 간선도로를 지나는 자동차가 장난감처럼 보였다. 대관람차는 너무 화려하고 거대해서 아무도 외면할 수 없는 그러한 것이었다. 지금 저기 전철에 탄 사람들

혹은 저기 달리는 차 안에 있는 사람들은 대관람차를 보고 있을 것이다. 관람차 안에 행복한 표정으로 앉아 있는 자신을 상상하면서. 그는 거기에 탄 다른 가족들을 바라보았다. 그는 아무 맥락도 없이, 갑자기 어쩌면 자신이 진짜로 글을 쓸 수 있지 않을까 하는 생각을 했다. 진짜 불행으로부터 끌어 올려진 글. 그는 자신이 가족에 대해 느끼는 감정—그것이 무엇이든 간에—이야말로 이 세계의 어떤 것에도 오염되지 않은 순수한 감정, 이를테면 우리가 흔히 예술이라고 부르는 영역의 감정과도 같다고 느꼈다.

그런데, 몇 달 후 그의 아들이 그를 아빠,라고 불렀다. 조금 지나자 그의 아들은 여러 가지 문장을 만들어냈다. 그리고 노래도 불렀다. 그의 아들은 여섯 살 때 자전거를 배웠고, 여덟 살 때는 정상적으로 초등학교에 입학했다. 그즈음 그는 K의 회사를 나와서 따로 작은 제작사를 차렸고, 길광용 감독의 「문리버」를 제작해서 큰돈을 벌었다. 아들이 초등학교 3학년이 되었을 때, 그는 아들에게 럭비를 시켰다. 그는 아들이 단단한 헬멧과 숄더패드를 착용하고 입에는 마우스가드를 끼운 채 운동장을 가로지르는 모습을 보면 가슴이 울렁거렸다. 어떤 때에는 눈물이 날 것 같았다. 그의 아들은 고등학교 때 럭비를 그만두었다. 그리고 명문대 법대에 진학했다. 그 무렵 그는 꽤 많은 영화를 히트시킨 유명 제작자가 되어 있었다. 그의 옷장에는 버버리프로섬, 톰포드와 지방시 코트가 몇 벌씩이나 있었다. 그는 가끔 신인 여배우들과 잠을 잤다. 하지만 그는 아내를 정말로 사랑했고 존경했다. 더 이상 육체적인 관계를 맺지는 않았지만, 그는 인생의 많은 부분을 아내에게 빚지고 있다고 생각했다. 누군가 구체적으로 그게 무엇이냐고 묻는다면 그는 어쩌면 자신의 인생 전체라고 대답할 터였다.

어느 밤, 그는 무심코 잠에서 깨어났고 갑자기 몸이 얼어붙는 두려움에 사로잡혔다. 그는 아내를 흔들어 깨웠다.

—무슨 일이죠?

그는 잠에서 깨어난 자신의 아내를 바라보았다. 그녀는 흰 머리카락이 드문드문 섞인 머리를 곱게 묶어두었고 아주 통통해져서 마치 만화에 나오는 상냥한 할머니처럼 보였다. 아니면 마녀 같은 것?

—나 이상한 꿈을 꿨어.

—무슨 꿈을요?

그가 한동안 아무 말도 하지 않고 가만히 있었지만 그녀는 참을성 있게 기다렸다.

—여보, 뭔가 끔찍한 일이 일어날 거 같아.

그는 어둠에 익숙해질 것 같았고, 그게 두려워서 두 눈을 감았다.

—아냐. 그렇지 않아요.

그의 아내가 말했다.

—아무 일도 일어나지 않을 거예요. 정말로 아무 일도 일

어나지 않을 거예요.

그는 아내의 목소리가 이상하다고 생각했다. 한 번도 들어본 적이 없는 목소리처럼 느껴졌다. 몇 시간 후 그는 다시 잠에서 깼다. 이번에는 아내를 깨우지 않았다. 그는 거실로 나와 소파에 앉았다. 그런 일은 실로 오랜만이었다. 그의 집은 한강변에 있었고 거기서는 한눈에 대관람차가 보였다. 그건 20여 년 동안 거기 서 있었다. 밤에는 운행하지 않았지만 그것을 비추는 조명은 여전히 환하게 밝혀져 있었다. 그건 언제나 깨어 있는 것이었다. 영원히 잠들지 않는 그러한 것…… 그는 그게 얼마나 더 거기에 그렇게 살아 있을지 궁금했다. 자신이 죽은 후에도? 그는 오래전 갈기갈기 찢어진 채로 한동안 저 자리에 서 있었던 초이선을 떠올렸다. 초이선의 다른 모습은 어쩐지 하나도 떠오르지 않았다. 초이선은 진짜 모습을 잃어버린 것이다. 문득 P가 떠올랐다. 그리고 그 친구들. 이제 P의 친구들은 아무도 남아 있지 않았다. P가 자살했을 때, 아무도 P의 죽음에 대해 이야기하지 않았다. 그는 문득 자신과 루이 벡터맨의 영화를 함께 봤던 여자를 떠올렸고 그런 자신 때문에 소스라치게 놀랐다. 자신의 삶이 파도에 쓸려 온, 아무도 줍지 않는 빈 술병—혹은 과자 봉지, 담배꽁초, 혹은 이것저것 등등—처럼 될까 봐 두려웠던 그때, 그는 죽을 때까지 그 여자를 다시는 떠올리지 않겠다고 다짐했었다. 이제, 그는 아무런 공백도 없이 꽉 채워진 이 도시에 대해 생각했다. 그러자 어쩐

52

지 안심이 되었다. 아무 일도 일어나지 않을 거라는 아내의 말이 맞다는 생각이 들었기 때문이다.

산책

그녀는 남편을 흔들어 깨운다. 그는 깊게 잠들어 있어서 웬만해서는 깰 것 같지 않았지만, 그녀는 인내심을 가지고 그의 왼쪽 어깨를 계속 흔들었다. 이윽고 그가 끙, 소리를 내며 몸을 뒤척였다. 그녀는 그의 귀에 대고 조그만 목소리로 속삭였다. 일어나, 일어나, 어서. 그가 눈을 떴다. 살짝 열린 문틈 사이로 길게 불빛이 들어와 있었지만 그것을 제외하고 방 안에 빛이라고는 없었다. 불완전한 어둠 속에서, 그는 자신의 눈앞에 아내의 실루엣이 점점 또렷하게 떠오르는 것을 느꼈다. 그녀는 코트를 입고, 목도리를 둘둘 말고, 장갑까지 낀 채로 침대에 걸터앉아 있었다. 그는 어안이 벙벙했지만, 곧 양손을 뻗어 그녀의 허리를 감싸 안았다.

"지금 퇴근한 거야?"

그는 여전히 잠에 취해 있었지만, 다정한 말투로 그녀에게 물었다.

"일어나."

그는 눈을 감은 채 그녀의 품으로 파고들었다.

"일어나, 일어나보라구."

허리를 감은 그의 손을 억지로 풀려고 애쓰면서 그녀가 말했다. 작지만 단호한 목소리였다.

"아버지 집에 가봐야겠어."

그녀의 허리를 놓아주지 않으려고 장난을 치던 그는 손을 풀었다. 그제야 완전히 제정신이 돌아오는 것 같았다.

그녀의 아버지는 그들의 집에서 차로 40분을 달려야 도착할 수 있는 서울 근교 주택가에 살고 있었다. 서울의 복잡함에 싫증이 난, 돈 좀 있는 어르신들이 모여 사는 동네였다. 집은 한결같이 크고 멋스러웠으며, 대문 앞에는 좋은 차가 주차되어 있었다. 5년 전에 그녀의 아버지는 다니던 은행에서 정년퇴임했고, 그 후 퇴직금과 이러저러한 돈을 모아 그 동네로 이사를 갔다. 그 '이러저러한 돈' 중에는 그녀가 보탠 것도 있었다. 그때 그는, 그녀가 돈을 보태는 것에 이러쿵저러쿵 참견할 만한 처지가 아니었다. 2년 전에 3개월 정도 일을 쉬었을 때를 제외하면, 쉴 새 없이 돈을 벌어들이는 건 그녀였지 그가 아니었다. 그녀는 명품 화장품을 취급하는 외국계 회사에 다녔다.

툭하면 야근을 해야 했고 자주 해외 출장을 가야 했지만, 3개월을 쉬고 일에 복귀한 후로 그녀는 더 이상 출장을 가지 않았다. "난 앞으로 우리 가족에게 더 관심을 기울일 거야. 미안해, 내가 당신에게 너무 소홀했어." 그녀는 그에게 그렇게 말했었다. 그녀는 아버지에게도 더 많은 신경을 쓰기 시작했다. 남편을 데리고 아버지 집에 들러 함께 식사를 했고, 자주 안부 전화를 걸었다. 전에는 없던 일이었다. 그들 부녀의 통화는 대개 아주 짧은 시간 동안 형식적으로 이루어졌지만, 그래도 그녀는 전화 거는 것을 멈추지 않았고, 그녀의 아버지 역시 딸의 전화를 성실하게 받았다. 모든 것이 자연스러워 보였고, 문제가 생길 건덕지 같은 건 전혀 없었다. 정말이지 모든 게 괜찮았다.

그런데 어느 날 밤, 그녀의 아버지가 전화를 받지 않았다. 그녀는 별생각 없이 한 시간 후에 다시 전화를 걸었고, 그제야 아버지와 통화를 할 수 있었다. 그녀는—그 이유는 자신도 몰랐지만—자신이 한 시간 전에 전화를 걸었다는 말 같은 건 하지 않았고, 그냥 언제나 그랬던 것처럼 통상적인 대화를 나누었다. 그리고 보름 후쯤 다시 그런 일이 생겼고, 열흘 후에 그런 일이 또 일어났다. 자꾸 그런 상황이 반복되자, 결국 그녀는 아버지가 전화를 받지 않는 것을 몹시 신경 쓰게 되었다. 참다못한 그녀가 도대체 왜 그렇게 자주 전화를 받지 않는 거냐고, 혹시 밤마다 어디에 나가는 거냐고 묻자, 그녀의 아버지는 쑥

스럽다는 듯이 웃었다. 자신은 밤중에 하는 산책에 재미가 들렸다는 것이었다.

"아무도 없는, 어둡고 고요한 거리를 혼자 걸으면 내 정신이 깨끗하게 씻기는 것 같단 말이다. 40년간 돈과 관련된 일을 해온 나를 정화시킨단다."

그는 장인의 말을 백 퍼센트 이해하기는 어려웠지만, 딱히 그게 거짓말이라고 생각하지는 않았다. 하지만 그녀의 생각은 전혀 달랐다. 그녀는 아버지를 좋아했지만, 아버지를 온전히 솔직하고 올바른 인간이라고 여기지 않았다. 그녀는 아버지와 어머니가 이혼했던 당시를 똑똑하게 기억하고 있었던 것이다. 그녀는 웃지 않았다. 냉정한 말투로 건강에 좋지 않으니 삼가라고만 말했을 뿐이다. 하지만 그녀의 아버지는 '산책'을 그만두지 않았고, 결국 그녀는 아버지의 '산책'을 완전히 못마땅하게 생각하게 되었다. 그녀는 자신의 그런 감정이 아버지에 대한 애정에서 비롯되는 거라고 주장했다.

"아버진 이제 나이도 많으셔. 예전 같지 않으시다고. 그렇게 혼자 밤에 돌아다니시다가 무슨 사고라도 나면 어떡해? 난 진짜 너무 걱정이 돼. 잠이 오지 않아. 견딜 수가 없다고."

물론 이런 걱정을 한 것은 사실이었지만, 그녀가 아버지의 산책을 못마땅하게 생각한 데는 결정적인 다른 이유가 있었다. 그녀는 자신의 아버지가 같은 동네에 혼자 사는 노부인과 눈이 맞았다고 믿었다. 하지만 그녀는 그런 말을 입 밖에 낼 수는 없다고 생각했다. 그녀는 아버지의 연애에 대해 이러쿵저러쿵 말하는 것이 자신을 꽉 막힌 사람으로 보이게 할까 봐 **두려웠다.**

차에 시동을 건 그는 마지막으로 그녀에게 물었다.

"꼭 지금 거길 가야겠어?"

하지만 그는 그녀의 대답을 이미 알고 있었다. 그녀는 이럴 때마다 "자기 아버지라고 생각해봐"라고 말했다. "자기 아버지가 이렇게 어두운 밤 동네의 골목을 걷고 있다고 생각해보라고, 마음이 편해?"라고 말이다. 하지만 그는 자신의 아버지에 대해 그런 식으로 상상할 수가 없었다. 그는 더 이상 그녀를 설득할 생각 같은 건 하지 않았다. 사실, 그는 한 번도 그녀를 설득할 생각을 해본 적이 없었다. 그는 그녀에게 눈 좀 붙이라고 말했다.

"차가 안 막히니까 20분 정도 걸릴 거야."

그녀가 다니는 회사는 사소한 법정 분쟁 때문에 계속 비상이었다. 매일 늦은 시간에 피곤한 몸으로 집에 돌아왔지만, 그녀는 아버지 집에 전화 거는 것을 잊지 않았다. 전화를 받지 않는 날이면 그녀는 남편과 함께, 그게 몇 시든 아무런 상관도 하지 않고 아버지가 사는 동네로 차를 몰았다.

그녀가 좌석을 뒤로 젖혔다. 12시가 넘은 시간이었지만, 도로 위에는 아직도 차가 꽤 있었다. 그녀가 혼잣말하듯 중얼거렸다.

"도대체 사람들은 이렇게 늦은 시간에 어디를 가는 걸까?"

"집으로 돌아가는 사람들이지."

"뭐 하다가?"

그가 웃으며 대답했다.

"자기처럼 늦게까지 일을 하다가."

"그렇지 않을 거야."

"그럼?"

"글쎄."

그녀는 어두운 창밖을 잠자코 바라보았다. 그는 사랑스럽다는 듯이 그녀의 왼쪽 허벅지를 쓰다듬었다.

"회사 일은 어때?"

그가 물었다.

"조만간 해결이 될 것 같은데, 모르겠어."

그녀는 이렇게 말하고 좌석을 원상태로 만든 후 허리를 펴고 똑바로 앉았다. 그녀가 갑자기 생각난 듯이 덧붙였다.

"어쩌면 나, 프랑스에 다녀와야 할지도 몰라."

그는 가만히 고개를 끄덕였고, 그들은 잠시 아무 말도 하지 않았다. 그는 사이드미러를 통해 빠른 속도로 밀려나는 도로를 바라보았다.

"자기는 오늘 뭐 했어?"

"그냥 집에 있었어."

"하루 종일?"

"응. 설거지도 하고, 청소도 하고, 책도 읽고 그랬지. 왜?"

"왜 학교에 안 갔어?"

"오늘은 강의도 없고, 그냥 집에 있고 싶었어."

그들은 또다시, 아무 말도 나누지 않았다. 침묵이 그들을 에워쌌다. 그녀가 갑자기 명랑한 목소리로 그에게 물었다.

"오늘, 하루 종일 집에만 있었다는 거지?"

그는 힐끗 그녀를 바라보았다. 그는 그녀보다 두 살이 어렸다. 그는 자신이 자기 또래의 남자들보다 더 어려 보인다고 생각했고, 그건 어느 정도 사실이었다. 그는 영문학을 전공했고, 2년 정도 미국에서 유학을 했다. 그리고 지금은 대학에서 영문학사를 강의하고 있지만, 정말 하고 싶었던 건, 소설을 쓰는 일이었다. 학부 시절에는 줄기차게 소설을 썼다. 심지어는 미국에 있을 때도 줄기차게 써댔다. 한때는 자신이 만들어내는 이야기가 너무 많아서 주체할 수 없을 정도였다. 그랬던 적도 있었다.

목적지에 도착하고 나서, 언제나 그랬던 것처럼 그들 부부는 차에서 내리지 않았다. 그녀는 차 안에서 아버지 집 쪽을 주시하다가 전화를 걸곤 했다. 아버지가 전화를 받으면 그녀는 마치 자신의 집에서 전화를 걸었다는 듯이 통상적인 안부를 건넨 후에 아무렇지도 않게 통화를 끝냈다. 전화를 받지 않을 때에는 아버지를 기다렸다가, 집에 들어가는 게 보이면 다시 전화를 걸곤 했다. 그녀의 아버지는 딸이 이렇게 밤늦은 시간에 집 앞까지 와서 자신의 안부를 확인하고 있다는 사실을 꿈에도 모를 것이다. 하지만, 이번에는 달랐다. 그녀는 아버지와 직접 대화를 나누고, 자신이 아버지를 얼마나 걱정하고 있는지 직접 알려줘야겠다는 생각이 들었다. 그녀는 아버지가 저 멀리 모퉁이를 돌아 걸어오는 게 보이자마자 차에서 내렸다. 그는 이 사태를 어떤 식으로 받아들여야 할지도 모르면서 그냥 아내를 따라 차에서 내렸고, 주머니에 손을 넣고 어깨를 움츠린 채 아내 뒤를 따라 걸었다.

"아버지, 저랑 얘기 좀 해요."

그녀의 아버지는 딸 부부의 갑작스러운 방문에 무척 놀랐고 당혹스러움을 숨기지 못했다. 그녀는 아버지의 표정을 놓치지 않았고, 혹시 다른 사람이 있는가 해서 아버지가 나타난 골목 뒤쪽을 슬쩍 살펴보았다. 그는 주머니에 두 손을 넣은 채 장인에게 가볍게 묵례를 했다. 세 사람 사이에는 기묘한 긴장감이 흘렀는데, 그건 누구도 섣불리 먼저 말을 꺼내서 괜히 손해 보지 않겠다는 태도에서 비롯되는 것이었다. 그 긴장감을 깨고 먼저 말을 시작한 건 그녀의 아버지였다.

"자, 어쨌든 들어가자꾸나."

그녀의 아버지는 도어록의 비밀번호를 누르면서 꾸민 듯한 목소리로 말했다.

"무슨 급한 일이 생겼나 보구나."

"아버지가 전화를 안 받으셨잖아요."

"뭐라고?"

그녀의 아버지는 문을 열다 말고 영문을 모르겠다는 표정으로 그녀를 바라보았다. 하지만 그녀가 아무런 대답도 하지 않았기 때문에 그가 대신 대답했다.

"장인어른이 걱정돼서 그래요."

마지막으로 집에 들어간 그녀가 문을 닫으며 크게 한숨을 쉬었다. 집 안은 깜깜했고, 잠시 후 불을 켜자 가구들이 모습을 드러냈다. 거실 탁자 위에는 고지서들이 아무렇게나 놓여 있었다.

"아버지, 제가 항상 말씀드렸잖아요. 이런 건 그냥 자동이체를 하시라고요. 그게 훨씬 편하다구요."

그녀는 몹시 신경질적으로 말했지만 그녀의 아버지는 별로 개의치 않는 말투로 대답했다.

"나는 자동이체는 딱 질색이다."

잠자코 있던 그가 물었다.

"왜요?"

그녀가 어이없다는 표정으로 그를 바라봤다. 그녀는 그런 질문조차 불필요하다고 생각했던 것이다.

"자동이체는 믿을 수가 없거든. 그걸 누가 믿을 수 있겠나? 자네, 뭐 한잔 마시겠나?"

"아뇨."

그가 고개를 가로저었다. 그는 이제부터 그저 사태가 어떻게 흘러가는지 바라보기만 할 생각이었다. 이들 부녀의 일에 자신이 끼어들어야만 하는 상황이 발생하지 않기만을 바랄 뿐이었다.

"아버지, 왜 그렇게 제 말을 안 들으세요? 이렇게 추운 날 밤중에 나갔다가 쓰러지기라도 하면 어쩌시려고 그래요? 길이 얼마나 미끄러운 줄 아세요? 전 정말이지 걱정이 돼서 잠도 안 와요."

"그럼 안 되지."

그녀의 아버지는 정말로 미안하다는 표정을 지으며 그녀를 물끄러미 바라보았다.

"하지만 이런 시간에 집까지 쳐들어오다니 좀 당황스럽구나."

그녀는 '쳐들어왔다'라는 표현 때문에 약간 흥분했고, 그래서 격한 어조로 말했다.

"오늘이 처음이 아니에요."

"뭐라고?"

"오늘이 몇 번째인지도 모르겠어요."

"얘야, 그게 무슨 소리냐?"

"저기 저쪽에 차를 세워두고 아버지가 집에 계신가 안 계신가 확인했다고요."

"날 염탐했니?"

"아버지!"

그녀는 도움을 청하는 표정으로 그를 바라보았다. 그는 그녀와 눈이 마주치자 고개를 떨구었다. 그녀는 울 듯한 표정으로 아버지의 손을 잡았다.

"아버지, 전 정말 아버지가 걱정돼서 그래요. 산책은 낮에 하시면 되잖아요."

그녀는 근심 어린 표정으로 아버지를 바라보았다.

"얘야, 잘 들어라. 자네도 잘 들어. 이걸 그냥 내 취미 생활이라고 생각할 수 없겠니?"

그녀는 '취미 생활'이라는 단어가 대단히 부적절하다고 느꼈다. 취미 생활이라니! 아버지는 어째서 저런 식으로 이야기하는 걸까? 도대체 왜?

그때, 문득 그녀는 자신이 진정으로 원하는 것이 무엇인지 깨달았다. 이제까지 그녀는 아버지가 여자를 만난다는 사실이 끔찍하게 싫은 거라고 생각했었다. 하지만, 그 순간, 그녀는 그게 아니란 걸 알 것 같았다. 자신이 진짜로 원하는 것은 그런 게 아니었다. 그녀의 마음을 못 견디게 하는 이유는 따로 있었다. 그건, 아버지가 자신에게 거짓말한다는 사실이었다. 그녀는 아버지가 자신에게 진실을 털어놓기를 바랐다. 내가 바라는 것은 고작 그것뿐이야,라고 생각하며 그녀는 단호한 어조로 말했다.

"그러니까, 그 '취미 생활'을 밝을 때 하시면 안 돼요?"

그녀의 아버지가 한숨을 쉬었다.

"사실은, 이건 말이다. 그냥 내가 혼자 비밀로 간직하고 싶었는데 말이다."

그녀의 아버지가 머뭇거리며 입을 열었다. 그녀는 크게 심호흡을 했다. 드디어 아버지가 내게 진실을 털어놓으려나 봐.

"사실은 말이다. 정말 이건 죽을 때까지 비밀로 간직하고 싶었던 건데…… 이것 참…… 사실은……"

그녀는 아버지가 이야기 꺼내는 걸 어려워하는 기색을 보이면 보일수록 자신의 마음이 더욱더 편안해지는 것을 느꼈다. 누군가가 자신에게, 경건한 마음으로 진실을 털어놓을 시간이 가까워오고 있다는 사실에서 오는 감정이었다. 아버지가 고백을 다 끝내면, 아버지의 '산책'을 진심으로 축하해줘야지. 난 그렇게 꽉 막힌 사람이 아냐. 아버지의 연애쯤은 이해할 수 있어. 그녀는 그렇게 생각하고 있었다.

"저기 말이다. 저기 저 놀이터에, 한 달에 두세 번 정도 젊은 부부가 찾아온다. 단순히 젊은 부부가 아니라, 아주 어린아이들이지. 정말 아직 아기들이야."

그녀의 아버지가 어렵게 이야기를 시작했을 때, 맥이 빠진 건 그녀뿐만이 아니었다. 그 역시 그녀의 생각—아버지가 여자를 만난다는 생각—을 짐작하고 있었고, 그것이 어느 정도 사실일 거라고 믿고 있었기 때문이다.

"몇 달 전에 밤에 뭘 사러 나간 적이 있는데, 그때 우연히 보았다. 아주 어린 부부였는데, 항상 저기 놀이터 그네에 앉아 무언가를 의논하고 있더구나. 그래서……"

거기까지 말을 했을 때, 그녀는 조용히 아버지를 불렀다.

"아버지."

그녀는 말없이 아버지를 바라보다가 이윽고 이렇게 말했다.

"도대체 왜 거짓말을 하세요?"

그렇게 말한 후 그녀는 고개를 돌려 그를 바라보았다. 그리고 그를 향해 다시 한번 더 말했다.

"도대체 왜 거짓말을 하는 거냐구?"

그가 당황한 듯 어깨를 으쓱했다. 그녀의 아버지는 잠시 동안 그녀 부부를 말없이 바라보았고 평정심을 유지하려고 애쓰며 이야기를 시작했다.

"그래, 몇 달 전에 너희 부부가 우리 집에 와서 같이 저녁 식사 했던 거 기억나니? 기억이 안 날 수가 없겠지. 그때 자네가 와인을 몇 병 사 왔지 않나. 물론 그걸 자네 돈으로 산 건 아니겠지만 말이네. 여튼 아주 좋은 와인이었어. 그런데, 이 아이가 그걸 너무 많이 마셨지. 완전히 취했었어. 나는 그때처럼 이 아이가 화를 내는 건 본 적이 없네. 화가 나서 자네에게 와인글라스를 집어 던졌지. 기억나니? 기억이 안 날 수가 없겠지. 난 안다. 넌 술에 취해 있어서 하나도 기억나지 않는다고 말했지만, 넌 다 기억하고 있잖니? 너를 비난하려는 게 아니야. 너는 화를 냈어야만 했는데, 참았지. 왜 안 그렇겠니, 넌 너무 착해. 니 엄마랑 내가 이혼한 이후에도 너는 한 번도 우리 속을 썩이지 않았지."

"그런 얘기 듣고 싶지 않아요."

"안다, 하지만 이건 중요한 이야기 같구나."

"뭐가요? 아버지랑 어머니가 이혼한 이야기요?"

"아니, 너와 니 남편과 관련된 이야기 말이다."

그녀의 아버지는 그를 바라보았다. 그 표정은 뭔가를 질책하는 것도 아니었고, 뭔가를 추궁하는 것도 아니었다. 그건 뭔가를 갈구하는 것에 가까웠다. 그는 그것을 모른 척했고, 그녀의 아버지에게 눈길을 주지 않으려고 노력했다. 이윽고 그녀의 아버지는 그를 바라보는 것을 그만두고 이야기를 이어갔다.

"하지만, 니들이 원하지 않는다면 나도 거기에 대해 더 이상 이야기하지는 않겠다. 여하튼 그날 니들이 돌아간 후에 나 혼자 남아 청소를 했다. 너는 너무 취해 있었고, 자네도 정신이 하나도 없었지. 사실 난 자네가 저 애를 차에 태우지도 못할 줄 알았네. 그 정도로 저 앤 심하게 화를 내고 있었으니까. 여하튼 그날 난 이 집을 치워야만 했어. 깨진 와인글라스를 쓸어내고, 식탁보도 걷어내서 버렸어. 그게 얼마나 비싼 건지는 너도 잘 알고 있지 않니? 설거지까지 다 끝내고 거실 소파에 가만히 앉아 있으니 문득 맥주를 한잔 마시고 싶더구나. 그래서 냉장고를 뒤졌는데, 이런, 맥주가 없었지. 그래서 나는 사 오기로 마음먹었다. 그날 밤은 그냥 잠들 수가 없을 것 같았거든."

　그에게 자식이라고는 딸내미 하나뿐이었다. 그는 자신의 딸이 아내를 쏙 빼닮았다고 늘 생각했고, 그것이 다행이라고 생각했다. 그의 아내는 대학에서 회화를 전공했다. 그들이 사귀고 있을 당시 그녀는 유학을 준비하고 있었지만, 그는 그렇게 먼 곳으로 그녀를 보내고 오랜 시간 동안 기다릴 자신이 없었다. 물론 그건 그녀도 마찬가지였다. 그녀 역시 그렇게 오랜 시간 동안 그와 떨어져 있을 자신이 없었다. 그녀는 결국 유학을 포기했다. 유학을 떠나지 않고도 전공을 살릴 수 있는 일을 찾을 수 있으리라고 믿었고 그럴 자신도 있었다. 하지만 결혼을 하고 출산을 하면서, 그의 아내는 그쪽에서 완전히 손을 떼게 되었다. 나중에 그녀는 남편과 딸아이 때문에 자신의 재능이 다 고갈되어버렸다는 이야기를 자주 했고, 남편을 원망했다. 그는 그저 돈을 버는 것이 좋았다. 그는 명문대를 우수한 성적으로 졸업했다. 경기가 무척 좋았던 시절이었다. 그는 좋은 은행에 취직을 했고, 누구나 혀를 내두를 정도로 열심히 일했다. 그는 한 단계 한 단계 진급을 하며 성취감을 맛보았지만, 그의 아내는 자신의 인생이 한 단계 한 단계 점점 내려앉고 있다고 느꼈다. 그녀는 그런 느낌을 종종 딸에게 호소하곤 했다. 하지만 그때 딸의 나이는 고작 열세 살이었고, 그런 것들을 이해하기에는 너무 어렸다. 하지만 그때까지 어떤 문제들이 표면에 드러난 것은 아니었다. 여전히 그들 부부의 사이는 좋았고, 그들의 딸도 행복했다. 예나 지금이나 그의 고집은 몹시 꺾기 힘들었는데, 그래서 그의 아내는 종종 그를 "이 고집불통!"이라고 불렀다. 그들의 딸은 성인이 된 이후에도 그 말을 떠올리곤 했다. 그 말을 떠올릴 때면, 그들의 딸은 그들 가족이 더없이 행복하고 단란했던 한때를 생각해낼 수 있었다. 결국 깨져버렸지만, 그래도 그런 시절이 한순간이나마 있었던 것에 대해 그의 딸은 몹시 감사했다.

그들 부부가 이혼하게 되었을 때, 그들 모두 자신의 딸에게는 몹시 미안한 감정을 가지고 있었다. 이혼했다는 그 사실 때문만이 아니라, 딸 앞에서 그들이 한 말과 행동 때문이었다. 딸이 사윗감을 데리고 그녀를 찾아갔을 때, 그녀는 몹시 감격해서 이렇게 말했다.

"애, 엄마는 너무 기쁘다. 난 니가 정말이지 결혼 같은 건 아주 하지 않을 거라고 생각했지 뭐니."

그도 마찬가지였다. 그는 자신의 딸이 행복한 결혼 생활을 꾸리기를 바랐다. 세상 그 누구보다 행복해지기를 바랐다. 딸이 데려온 남자는 별 볼 일 없는 대학 강사였고 별다른 미래도 보이지 않았지만, 그래도 그와 그의 전 부인은 딸아이 부부의 앞길을 진심으로 축복해주었다.

그날 그는 딸과 사위를 보낸 후 도저히 잠을 이룰 수가 없었다. 그는 편의점에서 술을 사 오기로 결정했다. 처음에는 될 수 있는 한 빨리 취한 후 잠이 들고 싶었지만, 일단 밖으로 나오자 마음이 조금씩 진정되는 것을 느꼈다. 그는 자신에게 필요한 것은 술이 아니라, 잠시 숨을 돌릴 여유라는 것을 깨달았다. 그래서 그는 일단 동네 한 바퀴를 돈 후에, 술을 사러 갈 것인지 그냥 집으로 돌아갈 것인지 다시 생각해보기로 했다. 주위는 고요했다. 그는 단순하고 명쾌하게 지어진 건물 사이를 지나쳐 걸어갔다. 어둠 속에 서 있는 건물들은 마치 잠들어 있는 것처럼 보였다. 모두 아주 멋진 꿈을 꾸고 있는 것처럼 보였고, 그는 이 잠이 영원히 깨지 않기를 바랐다. 그는 마을 중앙의 커다란 공원까지 걸어갔고, 공원 벤치에 앉아서 잠시 쉬기로 했다. 어둠에 물든 나무에 휩싸인 채로 홀로 앉아 있던 그는 이제까지 느껴보지 못한 감정에 빠져들었다. 조금은 두려웠고 어쩌면 조금은 마음이 아팠지만, 다른 한편으로는 들뜨기도 했다. 도저히 말로 설명할 수 없는 기분이었다. 그는 그런 감정이 자신에게 좋은 영향을 줄지 그 반대일지조차 구별할 수 없었다. 내가 너무 낭만적인 감상주의에 빠진 걸까? 그는 이렇게 자기 자신에게 반문하면서 다시 걷기 시작했고, 어느새 동네의 가장 비싼 집 앞을 지나게 되었다. 그 앞에는 또다시 작은 공원이 있었다. 공원의 중심에는 작지만 화려한 분수대가 있어서 주민들은 그곳을 분수 공원이라고 불렀다. 밤에는 분수가 작동되지 않는 모양이었다. 그는 바람 때문에 수조 안의 물

산책

이 일렁거리는 것을 바라보았다. 분수 공원 바로 옆에는 조그만 놀이터가 있었다. 그 동네에는 놀이터에서 놀 만한 꼬맹이들이 살지 않았지만, 그곳 주민들의 손자 손녀가 놀러 올 때를 대비해서 만들어둔 것이었다. 놀이터 사방에 성인의 허리까지 오는 관목을 심어두어서 멀리서 보면 마치 울타리가 있는 것 같았다. 그가 분수 공원을 지나 놀이터 쪽으로 걸어갈 때였다. 놀이터 안에서 누군가 소곤거리는 소리가 들려왔다. 순간 그는 겁이 났다. 그는 반사적으로 걸음을 멈추고 몸을 낮춘 후, 관목 아래로 자신을 숨겼다. 누구지? 지금 이 시간에 도대체 누구지? 그는 여전히 몸을 낮춘 채, 관목 너머를 살피며 목소리의 주인공을 찾았다. 목소리의 주인공은 놀이터 그네에 앉아 있는 남녀였다. 그들은 감자칩 같은 걸 먹으며 이야기를 나누고 있었다. 여자가 과자 부스러기 묻은 손가락을 쪽쪽 빨았다. 그들은 그에게 아무런 관심도 없는 것 같았고, 자신들의 이야기에만 푹 빠져 있는 것처럼 보였다. 그는 머쓱해져서 몸을 폈고, 마치 아무 일도 없었다는 듯이, 그들에게는 눈길도 주지 않고 그곳을 지나갔다. 그리고, 그는 그들이 자신을 보지 못했기를 바랐다. 그는 자신이 이렇게 밤늦게 동네를 배회한다는 사실을 그 누구도 몰랐으면 하고 바랐던 것이다.

그가 그들을 다시 본 것은 한 달쯤 후의 일이다. 그사이에도 그는 종종 밤 산책을 나갔는데, 그 사실을 그의 딸이 알게 되었다. 그의 딸은 그가 밤 산책을 한다는 사실을 죽도록 싫어했기 때문에 그는 웬만하면 자제하려고 애썼다. 그래도 가끔 참을 수 없을 정도로 울적해지면 어쩔 수 없이 밖으로 나가 동네를 산책했다. 코스는 항상 같았다. 마을 중앙의 공원까지 걸어가서 잠시 쉰 후, 동네의 가장 비싼 집 앞의 분수 공원을 지나 놀이터를 거쳐서 집으로 돌아온다. 두번째로 그들을 본 장소도 놀이터였다. 하지만 그는 지난번처럼 그곳을 지나치지 못했고, 그들을 보고는 분수 공원으로 되돌아와야 했다. 왜냐하면 그들이 그네에 앉아서 키스를 하고 있었기 때문이다. 그는 도저히 아무렇지도 않게 그 옆을 지나갈 용기가 없었다. 그는 울렁거리는 마음을 진정시키며 분수대 근처 벤치에 앉았다. 그곳이라면 그들은 그를 볼 수 없을 터였다. 잠시 후 그들의 목소리가 들려오기 시작했다. 때로는 웃음소리도 들렸다. 웃음소리가 들리자 그는 왠지 안심이 되었다. 그런데 어느 순간부터 그들의 목소리가 점점 커지기 시작했고, 갑자기 여자 쪽에서 화를 내며 소리를 질렀다.

"당신이 초인종을 누르기로 약속했잖아! 애초에 그렇게 약속했기 때문에 난 이곳으로 당신을 따라온 거라고!"

남자 쪽에서는 잠자코 듣고만 있었다. 그 역시, 거기에 그렇게 앉아 그들의 이야기를 듣고만 있었다.

그 후로도 그는 그들을 종종 볼 수가 있었는데, 그는 그들이 매월 첫째 주나 마지막 주에 거의 정기적으로 그곳을 찾아온다는 것을 알게 되었다. 또한, 그는 그들이 결혼식을 올리지 못한, 혼인신고만 한 부부라는 것과 고작해야 스무 살이 갓 넘은 아이들이라는 사실도 알게 되었다. 그는 딸이 자신이 밤에 나가는 걸 걱정한다는 사실을 알고 있었다. 그래서 밤에 나가는 것을 최대한 자제하려 했지만, 어린 부부가 오는 날이 되면 어쩔 수 없이 밤 12시가 넘은 시간에 집을 나설 수밖에 없었다. 그들이 놀이터에 와 있는 걸 확인하면 그는 분수 공원에 앉아서 그들의 이야기를 엿들었다. 그들이 오지 않은 날에는 작동하지 않는 분수대의 수조 안을 한동안 바라보곤 했다. 어린 부부는 대부분의 시간 동안 시시껄렁한 이야기를 나누었고, 때로는 웃었다. 그러다가, 그 동네에서 가장 비싼 집의 초인종을 누가 누를 것인가로 실랑이를 벌이곤 했다. 끝에 가면 결국 남자는 입을 다물었으며, 여자는 울음을 터뜨렸다. 그것은 그로서는 이해할 수 없는 일이었다. 그토록 어린 부부가 밤늦은 시간, 그곳에 앉아 감정적인 소모를 하는 것도 이해할 수가 없었고, 자신이 그들을 보러 나온다는 사실, 그리고 어떤 의미에서 자신이 그들을 기다린다는 사실도 이해할 수 없었다. 계절은 겨울을 향해 달려가고 있었고, 그는 그들이 더 이상 나타나지 않을까 봐 **두려웠다.** 하지만 어린 부부는 매월 첫째 주 혹은 마지막 주가 되면 어김없이 그 동네를 방문했다.

언젠가부터 어린 부부는 과자를 먹는 대신 술을 마시기 시작했고, 그들 사이에 오가는 단어는 전보다 과격해졌다. 그들은 막가려고 하는 것처럼 보였다. 그는 그들 앞에 나타나서 뭔가를 도와주고 싶었지만, 그게 자신이 해야 하는 일인지, 혹은 자신이 할 수 있는 일인지에 대한 확신이 없었다. 그건 이상한 감정이었다. 그는 이렇게 무언가를 확신할 수 없는 처지에 놓인 것이 까마득히 오래전의 일이라는 것을 알게 되었다.

"그렇지 않니? 내가 하는 일은 대부분 아주 단순한 일이었다. 나는 뭐든 확신을 가지고 일을 해왔어. 다른 많은 사람이 직장을 그만둬야만 했던 그해에 내가 살아남을 수 있었던 이유 중의 하나는 내가 확신을 가지고 일을 처리했기 때문이었어. 나는 우물쭈물한 적도 없었고, 갈팡질팡한 적도 없었지. 난 말이다. 내가 이런 말을 한다면 니가 어떤 반응을 보일지 두렵지만 말이다. 니 엄마랑 이혼을 할 때도 확신이 있었다. 니 엄마랑 헤어지는 게 훨씬 내 삶에 도움이 될 거라고 말이다. 그래, 나는 내 삶에 도움이 될 만한 일을 하고 살아왔어. 하지만, 그 부부에 대해서는 난 아무런 결정을 내릴 수가 없었다. 그래, 맞다. 니 말이 맞아. 그들이 나에게 완전한 타인이기 때문에 그런지도 몰라. 나랑 아무 상관 없는, 정말이지 근본적으로 아무 상관도 없는 타인 말이다."

딸 부부가 들이닥친 그때에도, 그는 분수 공원에 앉아 그들의 대화를 엿듣고 돌아오는 중이었다. 날씨가 꽤 추워졌기 때문에 그는 산책을 하러 나갈 때면 두꺼운 코트를 입고 목도리를 둘렀으며, 장갑을 끼고, 귀를 가리는 방한용 모자까지 썼다.

괜히 감기에 걸려서 딸을 걱정시키고 싶지는 않았다. 그렇지만 어린 부부의 옷차림은 처음 봤을 때와 거의 차이가 없었다. 둘은 낡고 얇은 코트만 걸치고 있었다. 그들은 장갑도 없어서 늘 맨손이었다. 그날, 그들은 아주 다정한 부부처럼 굴었다. 그네에 앉아서 서로의 언 손을 꼭 잡고 있었다.

"다음 달에 우리 결혼기념일이 있는 거 알아?"

여자가 부드러운 목소리로 남자에게 말했고, 남자는 고개를 끄덕이며 알고 있다고 대답했다.

"나는 자기랑 결혼한 거 후회하지 않아. 나는 당신이 영원히 저 집의 초인종을 누르지 못한다고 해도 변함없이 자기를 사랑할 거야, 알지?"

남자는 또 고개를 끄덕였다.

"하지만 당신이 저 집의 초인종을 누른다면 난 좀더 편한 마음으로 당신을 사랑하게 될지도 몰라. 나는 말이야…… 당신을 정말 사랑하지만…… 지금은 마음이 너무 불편해. 행복하지 않다는 말이 아니라 그냥 불안한 거야. 나는…… 내 마음을 자기가 잘 알아야 한다고 생각해……"

여자의 말은 자주 끊겼다. 여자는 가끔 다음 단어가 생각이 나지 않는다는 태도로 힘들게 이야기를 끌어갔고, 최대한 나긋나긋하고 사랑스러운 말투를 이어가려고 노력하고 있었다. 그때 여자의 말을 끊고 남자가 말했다.

"자기야, 사랑하는 자기. 내가 왜 저 집의 초인종을 누르는 걸 망설이는 건지 알아?"

여자는 남자를 바라보았다. 그는 이야기를 더 잘 엿듣고 싶어서 모자를 벗었다. 귀가 금방 차가워졌다.

"예전에 우리 할머니가 몹시 편찮으신 적이 있었어. 그때 할머니 연세가 이미 칠순이 넘었던 거 같아. 대수술을 이미 두 번이나 받으셨는데, 세번째 수술을 받을 때는 모두 할머니가 돌아가실 거라고 생각했었거든. 근데 기적적으로 할머니가 살아나신 거야. 그리고 당신 집으로 돌아오실 수 있게 됐어. 난 그때 열 살이었어. 부모님이 나를 할머니 집에 데리고 가셨지. 할머니 집에는 예쁜 새소리가 나는 초인종이 있었는데 나는 그 초인종을 누르는 걸 굉장히 좋아했단 말이지. 그래서 할머니 집에 가면 그 초인종을 누르는 건 항상 내 몫이었어. 키가 닿지 않을 때는 아버지가 이렇게 날 들어 올려주셨거든."

남자는 이렇게,라고 말하면서 작은 아이를 들어 올리는 시늉을 해 보였다.

"그날도 마찬가지였지. 그때는 이미 초인종을 직접 누를 수 있을 정도로 자랐으니까, 난 의젓하게 초인종을 눌렀어. 새소리가 났지. 그리고 할머니가 직접 현관문을 열어주셨어. 우리 가족은 집 안으로 들어갔어. 우리가 거실에 앉아 있는 동안 할머니는 내게 뭘 가져다주시겠다며 방으로 들어가셨는데, 아무리 기다려도 나오지 않으셨어. 무슨 일이 일어난지 알겠어? 할머니는 내게 문을 열어주고 방으로 들어가서 곧바로 돌아가신

79   산책

거야. 이게 무슨 말인지 알겠어? 자기야, 사랑하는 자기야, 나는 그래서 초인종을 누를 수가 없어. 초인종을…… 누를 수가 없어."

남자가 이야기를 마치고 나자 잠시 정적이 흘렀다. 그는 입안에 고인 침을 삼킬 수조차 없었다. 그때였다. 여자가 큰 소리로 웃기 시작했다. 그는 자기도 모르게 두 손으로 모자를 꽉 쥐었다. 잠시 후 웃음을 멈춘 여자가 또박또박하게 말했다.

"세상에, 그 이야기는 우리가 자주 보는 미국 시트콤에 나왔던 거잖아. 왜 거짓말을 하는 거야? 이런 상황에?"

남자는 여자를 바라보았다. 이번에도 정적이었다. 하지만 이번에는 아무도 웃지 않았다. 어느 누구도 입을 열 수 없으리라는 걸, 남자도, 여자도, 그리고 그걸 엿듣고 있던 그도 알 수 있었다. 그는 고개를 숙였다. 모자를 꽉 쥐고 있는, 가죽 장갑을 낀 두 손이 보였다. 차가운 공기가 그의 얼굴을 때렸다. 시간이 얼마나 흘렀을까? 그는 모자를 썼다. 이제 돌아가야겠어. 벤치에서 일어났을 때, 그는 여자의 목소리를 들었다. 그 어린 여자애는 방금 전과는 달리, 울먹이며 이렇게 말하고 있었다.

"자기야, 미안해, 정말 미안해. 그런 식으로 말할 생각이 아니었는데. 난 자기 마음 다 이해해. 그 말이 거짓말이 아니란 것도 알아. 알고 있어. 정말 미안해. 응?"

집으로 돌아올 때는 그녀가 운전을 했다. 그들은 아무 말도 하지 않았다. 그녀는 절망감에 빠져 있었고, 그는 이 모든 상황이 조금 짜증스러워진 상태였다. 그는 운전하는 그녀의 옆에 멍한 표정으로 잠자코 앉아 있었지만, 실제로 그의 머릿속에서는 몇 달 전 술에 취해 소리를 질러대던 그녀의 얼굴이 떠올랐다가 사라지길 반복하고 있었다. 그때 그녀는 여러 가지 말을 했고, 입을 열 때마다 새로운 비난이 쏟아져 나왔지만, 한 문장만은 그녀가 입을 열 때마다 빠지지 않고 등장했다. "그때, 당신은 어디 있었지? 내가 집에 없는 동안 당신은 어디 있었어? 이 개새끼!"

입을 꽉 다물고 있던 그녀는 집에 돌아와서 옷을 갈아입고 침대에 눕자마자 이해할 수 없을 정도로 격렬하게 울었다. 그녀가 울음을 그칠 때까지 그는 옆에 앉아서 그녀의 어깨를 쓰다듬었다. 그녀는 울면서, 아버지가 도대체 왜 그런 거짓말을 하는지 이해할 수가 없다고 말했다. 그가 거짓말이 아닐 수도 있다고 말하며 그녀를 달래주었지만, 그녀는 들으려고 하지 않았다.

"나도 그 시트콤을 알아. 내가 어렸을 때 아버지랑 즐겨 보던 시트콤이니까. 그건 아주 예전에 한 거라고. 지금 스무 살짜리 여자애는 그런 내용을 알 수가 없어. 알아? 당신 내 말 듣고 있어?"

그녀는 똑같은 이야기를 반복하며 계속 울기만 했다. 하지만, 시간이 흐른 후에 다행히도 그녀는 진정을 되찾을 수 있었고, 그는 그런 아내를 위해서 따뜻한 물을 가져다주었다.

"난 아버지가 누구를 만나든 상관 안 해. 다만 나는 아버지가 진실을 말해주길 원했을 뿐이야. 거짓말은 이제 질렸어."

말을 이으면서 그녀는 가끔 딸꾹질을 했지만, 그 정도면 양호한 편이었다. 그는 불을 끄고 그녀의 곁에 누워서 팔베개를 해주었다. 그녀는 그의 배 위에 손을 올려 껴안았고, 그의 가슴 위에 머리를 댔다.

"난 무슨 일이 있어도 프랑스에는 안 갈래. 며칠씩 집을 비우고 싶지 않아, 내 말은……"

"알아."

"설사 날 해고하겠다고 하더라도…… 나는……"

"그래."

그녀는 격렬한 감정의 터널에서 막 빠져나온 참이었기 때문에, 금방 잠이 쏟아지기 시작했다. 하지만 잠들어서는 안 된다는 생각이 들어서 그녀는 감기는 눈을 억지로 뜨려고 노력했다. 눈을 뜨려고 하면 할수록 점점 더 심하게 감겼기 때문에, 그녀는 이번에는 뭔가를 말해야 한다고 생각했다. 그녀는 뭔가를 중얼거리며 점점 더 깊은 잠에 들었는데, 그녀는 자신이 잠들면서 무슨 말을 중얼거렸는지 영원히 알지 못했다.

임시교사

날씨가 좋은 오후에 P부인은 낮잠에서 깬 아이의 손을 잡고 밖으로 나오곤 했다. 그곳은 고급 아파트가 모여 있는 동네였고, 아파트 단지의 한가운데에는 공들여 만든 놀이터가 있었지만, P부인은 항상 아파트 단지 바깥으로 나와 근처에 있는 공원까지 걸어갔다. 공원으로 향하면서 P부인은 이 아이, 동그랗게 자른 머리와 쌍꺼풀이 없는 큰 눈을 가진 이 다섯 살짜리 사내아이의 손을 잡고 함께 거리를 거닌다는 것이 자신에게 얼마나 순수한 기쁨을 주는 행위인지 새삼스럽게 깨닫곤 했다. 공원의 한가운데에는 아이들이 뛰어놀 수 있도록 잘 손질된 잔디가 깔린 공터가 있었다. P부인은 가지고 온 돗자리를 공터의 가장자리에 펴고 아이와 함께 앉았다. 근처에는 P부

임시교사

인처럼 아이들을 데리고 나온 젊은 여자들이 삼삼오오 모여서 이야기를 나누거나, 아이들이 뛰어노는 것을 지켜보고 있었다. P부인은 그 여자들과 가볍게 눈인사를 나누었지만 한 번도 이야기를 나눈 적은 없었다. 아이가 "가서 **놀아도** 돼요?"라고 물었고 P부인은 웃으며 고개를 끄덕였다. 아이가 달려가고 나면 P부인은 조그마한 천 가방에서 책을 꺼내 읽기 시작했다. 책을 읽는 것을 멈추고 눈으로 아이를 좇을 때도 있었다. 거기에 모인 아이들은 저희들끼리 잘 어울려 놀았다. 가끔 아이가 다른 아이의 장난감을 빼앗으려고 하거나, 자기보다 어린아이를 힘으로 제압하려고 하는 모습이 보이면 P부인은 읽던 책 페이지의 귀퉁이를 접어두고 아이에게 다가갔다. 그리고 아이의 어깨를 가볍게 잡고 작지만 힘이 들어간 목소리로 말했다. "착한 아이가 아니구나." 젊은 여자들은 P부인이 아이에게 경고하는 것을 지켜보았다.

이쯤에서 잠깐 아이 엄마에 대해 언급하고 넘어가는 것이 좋을 것 같다. 아이 엄마의 말을 빌리자면 그녀는 "남편에게 속아서 결혼한 케이스"였다. 하지만 그건 그저 귀여운 하소연에 불과했다. 그녀는 자신이 예술 작품에 대한 감식안을 가지고 있다는 것을 깨달은 순간부터 프랑스에서 일할 수 있게 되기를 바랐고, 실제로 고등학교 때 파리로 날아가, 파리의 대학에서 예술사를 전공했다. 하지만 오랜 타국 생활에 지친 그녀는 대학원을 졸업한 후 곧바로 한국으로 돌아오게 된다. 계속 한국에 머물 생각이었던 것은 아니었다. 반년 정도만 부모님 곁에 머물면서 심신을 치유한 후 다시 떠날 생각이었다. 하지만 어찌된 일인지 그녀는 불과 9개월 후에 웨딩드레스를 입고 하객들 사이를 걷고 있었다. "함께 공부하던 친구들은 뉴욕이나 암스테르담이나 런던에 자리를 잡았어요. 막연하게나마 나 역시 언젠가는 파리로 돌아갈 수도 있다는 정신 나간 생각을 했더랬죠. 결혼한 후에도 말이에요." 그녀는 직장 동료들에게 자신의 결혼 이야기를 들려준 적이 있었다. "그이가 얼마나 내게 잘해주는지 몰라요. 그이는 정말로 저를 사랑한답니다." 하지만 그 이야기의 클라이맥스는 바로 이것이었다. "임신테스트기에 글쎄 줄이 두 개 나타난 거예요. 그때 얼마나 당황했는지!" 그녀는 이 부분을 이야기할 때마다 금방이라도 울 것 같은 기분이 들었다. "그 애를 정말 사랑해요. 지금 제게는 무엇과도 바꿀 수 없는 보물이에요. 아이를 키우는 게 힘들었냐고요? 아니요, 아니요, 정말 행복했어요." 정말로, 그녀는 꼬박 3년 동안 집에 머물면서 아이를 키웠다. 그녀의 어머니는 그녀가 결혼을 한다고 했을 때 일종의 배신감을 느꼈고, 아이를 낳아도 육아에 도움을 주지 않겠다는 선언을 했으며, 실제로도 그렇게 했다. 그녀의 이야기를 들으면 사람들은 그녀의 겉모습에 깊은 인상을 받게 된다. 왜냐하면 그녀에게서는 아이를 낳고 키운 여자의 흔적을 전혀 찾을 수 없기 때문이다. 단백

질이 충분히 공급된 머릿결은 보기 좋게 컬이 들어간 채 어깨를 살짝 덮고 있었고, 피부는 생기가 넘쳤으며 팔다리는 길고 날씬했다. 어쨌든 그녀는 그해 봄이 시작될 즈음 미술관에 취직—비록 인턴직이었지만—했고, 그녀 대신 보모—그러니까, P부인—가 아이를 돌보게 되었다. 가끔 그 이야기를 듣던 사람들이 그녀에게 보모에 대해 물어보는 경우가 있었다. 그럴 때마다 그녀는 잠시 생각에 잠겼다가, 이렇게 대답하곤 했다. "그분요? 음…… 좋은 분이세요."

만약에 누군가가 자신에 대한 질문을 아이 엄마에게 던진다는 사실을 알았다면 P부인은 이런 식으로 대답하길 원했을 것이다. "그분요? 그분은 임시교사셨대요." 물론 '임시'라는 단어를 빼고 말해도 되겠지만, 그건 어쩐지 올바르지 못한 일처럼 여겨졌다. P부인은 무려 20년 동안 학교에서 아이들에게 역사—때로는 사회, 때로는 지리—과목을 가르쳤다. 그리고 그 일을 무척 좋아했다. 모르긴 몰라도 젊은 시절엔 '정식' 교사가 되기를 간절하게 바랐던 적도 있었을 것이다. 어쨌거나 다행스럽게도 임시교사가 필요한 학교는 생각보다 많이 있었고, P부인은 작년까지 여러 학교를 전전하며 중학생이나 고등학생들에게 역사—때로는 사회, 때로는 지리—과목을 가르칠 수 있었다. 하지만 작년 봄에 출산휴가를 얻은 여선생 대신 일한 후로는 그녀를 쓰려고 하는 학교가 나타나지 않았다.

그 사실—이제 영원히 임시교사로서 교단에 설 일이 없을 거라는—을 결국 인정해야 했을 때도 P부인은 별로 절망하거나 속상해하지 않았다. P부인은 천성적으로 남을 비난할 줄 모르는 사람이었다. 지하철에서 누군가 메모지를 돌리며 적선을 부탁하면 절대로 거절하는 법이 없는 여자였다.

보모가 되기 위한 면접을 보러 그 집에 처음 갔을 때 아이 아빠가 말했다. 아이 아빠는 몇 년 전 사법고시에 합격했고, 지금은 이름을 대면 알 만한 기업의 법무팀에 있었다. "교직에 계셨다고 들었습니다만." 왜인지 알 수 없지만 그는 P부인이 아이의 보모가 되겠다고 자신의 집 거실에 앉아 있는 상황에 약간의 동정심이나 측은함, 심지어는 미안한 감정까지도 느끼고 있었다. 그러나 P부인은 간단하게 이렇게 대답했다. "나보다 훨씬 더 젊고 유능한 임시교사들이 있는데 내가 어떻게 거기에 더 머물 생각을 하겠어요. 그건 양심도 없는 생각이죠." P부인은 자신이 가르친 아이들을 떠올렸다. 자신의 말을 경청하고 고개를 끄덕끄덕거리며 눈을 마주치던 아이들. 그런 생각을 하며 P부인은 티테이블 위 화병에 꽂혀 있는 백합을, 베란다 유리창을 가리고 있는 커튼의 기하학적 무늬를, 거실과 바로 통하는 부엌의 목재 장식장과 그 안에 순전히 장식용으로 넣어둔 티 세트를 둘러보았다. 그리고 이 가족—잘생기고 예의 바른 젊은 아버지와 아름답고 우아한 젊은 엄마와 귀엽고 똑똑해 보이는 아이. 어쩌면 그 순간, P부인은 자신의 집을

89

떠올렸을지도 모른다. 소박한 벽지와 합성섬유로 만들어진 커튼, 작은 침대 같은 것. 그리고 그곳에서 혼자 밥을 먹거나, 혼자 옷을 갈아입거나, 혼자 잠을 청하는 자기 자신을. 하지만 그런 생각을 한 것은 짧은 순간—심지어 그런 것을 떠올렸다는 사실을 알아차릴 수 없을 정도로—에 불과했고, P부인의 머릿속은 금방 자신의 책상으로 가득 찼다. 거대한 마호가니 책상. 아니, 사실 그건 식탁이었지만, P부인은 그걸 책상으로 사용했다. 아무려면 어땠을까. 그건, P부인이 가진 것 중 가장 비싸고, 가장 아름다운 것이었다. 아름다운 것. P부인은 그 문장을 마음속으로 반복해보았다. 그런 후 허리를 꼿꼿하게 세우고 이렇게 덧붙였다. "그러니까, 그게 바로 세상의 이치랍니다." 그렇게 말한 후 P부인은 입고 온—자신이 가지고 있는 것 중 가장 좋은 옷인—트위드 재킷의 금속 단추를 만지작거렸다.

P부인의 일은 비교적 단순했다. 오후 2시쯤, 이를테면 출근하는 길에 어린이집에 들러서 아이를 집으로 데리고 온 후에, 아이의 부모 중 누군가가 귀가할 때까지 함께 있어주면 되었다. 아이의 부모는 해가 진 후까지 아이를 남의 손에 맡겨두는 것에 대한 막연한 거부감을 가지고 있었고, 둘 중 한 명이라도 아이와 함께 저녁 식사 하는 것을 일종의 원칙으로 삼고 있었다. 냉정하게 말해서, 그 식탁에 P부인이 공헌한 바는 하나도 없었다. 그건 주말에 들러서 온갖 반찬을 만들어놓는 도우미

아주머니와 퇴근한 후의 아이 엄마(때로는 아빠)의 합작품이었다. 그러므로 P부인은 아이 아빠(때로는 엄마)가 저녁 식탁을 다 차릴 때까지 아이를 돌보아주었지만, 그 식탁에 함께 앉아본 적이 없었고, 거기에 대해 어떤 감상을 가진 적이 없었다.

첫날, P부인이 아이를 데리러 어린이집에 갔을 때, 아이는 제 엄마가 올 때까지 집에 가지 않겠다고 고집을 부렸고 결국은 울었다. 그런 일은 초반에 여러 번이나 반복되었다. 그럴 때마다 P부인은 아무 일도 아니라는 듯이 능청스럽게 한숨을 쉬고, "그럼, 그러자꾸나"라고 대답했다. 그녀에게는 여하튼, 20년간의 노하우가 있었다. 시간이 지나면 아이는 결국 P부인의 손을 잡고 집으로 돌아오게 되어 있었다. 아이가 낮잠에 들면, P부인은 자신의 조그마한 천 가방에서 책과 집에서 싸 온 음식을 꺼냈다. P부인은 그 집에 있는 사과 한 알도 먹은 적이 없었다. P부인이 그 집에서 일하는 것이 결정되었을 때, 아이 엄마가 제일 먼저 한 일은 각종 티백이 정리된 티 박스와 온갖 약이 들어 있는 진열장, 그리고 과일을 보관하는 냉장고를 알려주는 것이었다. "남의 집이라고 **생각하지 마세요.**" 하지만 P부인은 그 집의 티브이나 라디오를 켜본 적이 없었고, 전화기를 사용한 적도, 심지어는 약통을 건드린 적도 없었다. 아이의 방과 거실, 부엌을 제외하면 다른 곳은 구경한 적조차 없었고, 서재 책장에 꽂혀 있는 책, 그 수많은 책에도 손을 대지 않았다.

임시교사

공원 산책을 마치고 돌아오면 아이는 대부분의 시간 동안 장난감을 가지고 놀았고 때때로 P부인에게 책을 읽어달라고 요청할 때가 있었다. P부인이 소리 내어서 책을 읽으면 아이는 조그만 목소리로 P부인의 목소리를 따라 했다. P부인은 그런 아이를 보면서 언젠가 들었던 노래의 가사를 떠올렸다.

갈매기의 울음이 마음을 흔드네. 그건 죄인들이 죄를 짓는 동안, 아이들이 뛰어놀기 때문이지. 아이들이 뛰어놀기 때문이지.

어째서 이런 노래가 떠오른 걸까? 그녀는 무심코 고개를 돌려 유리창 밖을 바라보았다. 그 집에선 한강을 가로지르는 다리와 그 너머 일렬로 늘어선 아파트 단지, 그리고 그 단지와 조금 떨어진 곳에서 하루 종일 돌아가는 거대한 관람차를 볼 수 있었다. 햇빛이 비친 강의 표면은 반짝반짝거렸고 완연한 봄의 바람에 수면이 마치 몇백 장이나 되는 종이를 차르르 넘긴 것처럼 넘실거렸다. P부인은 문득 자신의 마음속에서 무엇인가 뚝 떨어져나간 느낌이 들었고, 덜컥 겁이 났다.

그녀는 다시 고개를 돌려 자신의 말을 따라 하는 그 귀엽고 영특하고 조그마한 아이를 잠시 바라보다가, 애정을 담아 아이의 머리를 쓰다듬었다.

어느 날, 아이는 커다란 스케치북과 크레용을 양손에 들

고 말했다. "그럼 그릴 줄 알아요?" "당연하지." P부인은 부드
럽게 미소 지으며 아이에게서 크레용과 스케치북을 받아 들
었다. "공, 그려주세요." "공?" 그녀는 까만색 크레용으로 커
다란 원을 그렸다. "이건 공이 아닌데." 아이가 말했다. P부인
은 약간 혼란스러움을 느꼈다. "이건 공이란다." 아이가 고개
를 흔들었다. "축구공은 이렇게 안 생겼단 말이에요." 축구공
이 어떻게 생겼더라……? 농구공은 어떻게 그리지? 야구공은
대체 어떤 모양이지? 채근하는 아이에게 떠밀려 스케치북을
한 장 더 넘기고 까만색 크레용으로 크게 원을 그렸지만, 그다
음, 원의 어느 부분에 어떤 식으로 선을 그어야 할지 판단할 수
없었다. P부인은 자신의 머릿속을 둥둥 떠다니는 세상의 온갖
공에 대해 집중하려고 애썼다. 그날 밤 P부인은 집으로 돌아
가는 길에 문구점에 들러서 축구공과 농구공, 야구공과 골프
공, 럭비공과 색색깔의 공을 오랫동안 구경했다. 그리고 집으
로 돌아와 작은 수첩에 종류별로 공의 모양을 정리해두고 그
걸 여러 번 따라 그렸다. P부인은 그다음 날엔 꽃의 종류를, 또
그다음 날엔 색깔의 종류를, 또 다른 날엔 자동차의 종류……
를 공부했다. 그리고 어느 날엔 그 나이 또래 아이들을 양육하
는 데 필요한 지식이 담긴 책을 구입해서 읽기 시작했다. 자신
의 그 작은 방 한구석에 놓인 커다란 책상—사실은 식탁이었
지만—앞에 앉아 그런 것들을 정리하고 있을 때면 견딜 수 없
는 행복을 느꼈다. 이런 감정을 마지막으로 느껴본 게 언제였

임시교사

을까? 하지만 곧바로 그녀는 그런 생각 자체가 아주 불경하다는 것을 깨달았다. 어쨌든 하루하루에 감사하며 살아가야 한다고, 그녀는 생각했다. 하지만 잠시 후 P부인은 조금 타협하기로 하고 이렇게 생각했다. "지금은 그 어느 때보다 **더** 행복하구나."

봄이 끝나고 여름이 시작될 무렵은 엉망진창이었다. 거의 매일 비가 내렸고, 뜨거운 습기가 대기를 감싸고 돌았다. P부인은 이제 트위드 재킷을 입지 않았다. 대신 소매가 손목 위로 조금 올라오는 얇은 면 블라우스를 입었다. 어느 날, 비가 억수같이 쏟아지던 날 아이는 어린이집 현관에 앉아서 장화를 신으려고 애쓰면서 말했다. "오늘 우리 엄마는 집에 있어요." 정말로 그랬다. 전날 아이의 부모는 큰 소리로 다퉜다. 처음엔 그저 여름휴가에 대한 이야기였을 뿐이었다. 그들 부부는 몇 달 전부터 아이를 데리고 **로마**에 가는 계획을 세워놨었는데, 이제 와서 남편이 일 때문에 갈 수 없다고 한 것이다. 게다가 그는 화를 내며 그렇게 어린아이를 데리고 로마에 가는 것이 무슨 소용이 있는지 알 수 없다는 말을 했다. 아이 엄마는 그게 아주 부당한 판단이고 자기 자신에 대한 모욕이라고 생각했기 때문에, 결국 아이의 방에 가서 잠든 아이를 끌어안고 울음을 터뜨리고 말았다.

P부인은 그들의 싸움이 본질적으로는 자신과 상관이 없는

일이라는 걸 알고 있었고 아무런 참견도 해서는 안 된다는 것을 잘 알고 있었다. 하지만 아이는? 이 어린아이는 어쩐단 말인가? 그들의 다툼이 아이에게 어떤 나쁜 영향을 끼친다면? 자신을 안고 울음을 터뜨리는 엄마를 이 아이가 **잊어버릴** 수 있을까? 그 기억이 이 아이의 가슴속 깊은 곳에 숨어 있다가 나중에 예상치 못한 방식으로 나타나지 않을 것이라는 보장이 있는가? P부인은 자신이 가르쳤던 **문제아**들을 떠올렸다. 그 아이들은 대체 어떤 모습으로 이 세상을 살아가고 있을까? 담배를 피우고, 상스러운 말을 하고, 소리를 지르던 그 아이들, 그 애들의 탁한 목소리. 그런 생각을 하자, P부인은 가슴이 철렁 내려앉는 것 같았고, 그 젊은 부부의 경솔함 때문에 화가 났다. 하지만 집에 도착해서 탐스러운 머리칼이 헝클어진 채 잠옷을 걸치고 침대 위에 누워 있는 아이 엄마를 보자, P부인의 마음은 조금 누그러졌다. P부인은 그녀에게 다가가서 도울 일이 없냐고 물었다. 그녀는 고개를 가로저었고 잠긴 목소리로 말했다. "부끄러운 모습을 보였어요." P부인은 고개를 흔들었다. "제가 일을 시작한 이후로 우리는 제대로 된 시간을 가져본 적이 없었어요. 알아요. 그이도 힘들겠죠. 그렇지만……" P부인은 아이 엄마의 어깨를 토닥여주었고 부엌으로 가서 따뜻하게 데운 우유를 가져다주었다. "이걸 마시고 한숨 자고 일어나면 기분이 괜찮아질 거예요." 마치 아이처럼 뜨거운 우유를 후후 불며 마시는 아이 엄마를 보며 P부인은 마음속으로 설명하

임시교사

기 어려운 감정을 느꼈고 그 마음을 억누르느라 혼이 났다. P부인은 아이 엄마에게 이렇게 말했다. "하지만 이 이야기는 꼭 하고 싶어요. 아이 앞에서 싸우는 건 좋은 행동이 아니에요."

아이 엄마는 나중에 P부인의 말을 되새기게 되는데, 그렇게 되기까지 아주 긴 시간이 필요한 것도 아니었다. 당장 그날 밤에, 그러니까 그녀의 남편이 그녀의 기분을 풀어주려고 장미꽃 한 다발을 건넨 그 밤에 그녀는 남편의 품에 안겨서 이렇게 말한 것이다.

"나한테 충고를 다 하더라니깐."

"뭐라고 했는데?"

"아이 앞에서 싸우는 건 좋지 않은 행동이라고."

"아이를 키워본 적이 없어서 그럴 거야. 모든 게 이론처럼 되진 않는다고."

그녀는 잠시 생각에 잠겼다. 왜 어떤 여자들은 결혼도 하지 않고 애도 낳지 않은 채 그런 식으로 늙어가는 걸까? 하지만 그녀는 곧 그런 생각을 하는 것을 멈췄다. 왜냐하면 자신은 그런 삶과는 거리가 너무나 멀었기에, 그녀의 상상력은 그곳 근처에도 도달하지 못했다.

"가족이 있다고 했나?"

"동생 부부가 지방에서 자동차 정비소를 한다고 처음 만난 날 이야기한 거, 기억 안 나?"

"아, 기억나. 기억났어."

"동생을 공부시켜 대학에 보내고 결혼까지 시켰다고 했는데."

그건 사실이었다. P부인은 동생이 전문대학을 졸업할 때까지 학비를 대주었고, 결혼할 때와 정비소를 차릴 때에도 자신이 모은 돈의 많은 부분을 떼어 주었다. 하지만 지난 몇 년간 P부인은 동생 부부와 만나거나 연락을 해본 적이 없었다. 그녀는 그런 사실을 몰랐으면서도 이렇게 말했다.

"생각해보면 참 불쌍한 여자야."

하지만 한 달쯤 후에, 그녀가 P부인에게 아쉬운 소리를 하게 되었을 때는 남편과 이런 이야기를 나누었다는 것조차 잊어버리고 말았다.

아이 엄마가 일하는 미술관에서는 가을에 '동유럽의 현대'라는 전시회를 개최하기 위해 애쓰고 있었다. 그 전시회에 관여된 거의 모든 일이 살얼음판을 걷는 것처럼 조심스럽고 더디게 진행되었고 이제 막 단단한 땅을 밟으려고 하는 찰나에 문제가 생겨버렸다. 갑자기 루마니아의 작가가 그 전시회에 작품을 보내고 싶지 않다고 한 것이다. 더 안 좋았던 건, 그 소식을 들은 동유럽 쪽 작가들 모두 줄줄이 그 전시회 참석을 취소하고 싶다는 의사를 전달했다는 점이다. 아이 엄마를 비롯한 미술관의 직원들은 루마니아나 폴란드, 혹은 체코의 해가 지는 시간까지 미술관에 머무르면서 그들과 대화를 시도해야만 했다. 그녀는 어쩔 수 없이 P부인에게 전화를 걸어 사정을 설명했다. P부인은 전화를 끊을 때쯤 아무 생각도 없이 이런 농담을 덧붙였다. "동유럽은 까다롭죠." 전화를 끊은 후 P부인은 몇 년 전 자신이 임시교사였던 시절, 포르투갈이 동유럽인지 아닌지 항상 헷갈려 했던 여학생이 문득 떠올라서 웃음이 났고, 어쨌든 동유럽에 대해서만큼은 아이 엄마보다 자신이 더 잘 알고 있으리라는 생각을 했다.

그날 밤, 냉장고를 뒤져서 콩나물과 계란을 꺼낸 P부인은 아이에게 콩나물 다듬는 법을 알려주었다. 식물을 손으로 직접 만지는 것이 아이의 발달에 좋다는 걸 얼마 전에 읽은 참이었다. 아이는 콩나물의 꼬리를 제멋대로 잘라내며 노래를 불렀고, 그녀는 계란을 풀어 파와 당근을 썰어 넣고 계란말이를 만들었다. 그걸 다 한 후에는 아이가 어질러놓은 콩나물을 정리하고 콩나물국을 끓였다. 다른 밑반찬은 이미 준비되어 있었다. 잠시 후, P부인과 아이는 단둘이 식탁에 앉아서 식사를 했다. P부인이 그곳에서 식사를 하는 것은 처음이었다. 그녀는 아이가 스스로 식사를 끝낼 때까지 참을성 있게 기다렸다. 식사가 끝난 후 P부인은 설거지를 했고, 아이를 씻겨주었다. 아이가 잠들 때에는 침대 옆에 앉아서 동화책을 읽어주었다. "내일 눈을 뜨면 엄마랑 아빠가 짠하고 나타나실 거야." 아이는 고개를 끄덕이며 알고 있어요,라고 말했다. P부인은 이불을 아이의 목까지 끌어 올려주며 말했다. "착한 아이구나."

아이가 잠든 지 한참이 지난 후에도 아이의 부모는 돌아오지 않았다. P부인은 거실 한가운데에 있는 소파에 앉았다. 아이가 낮잠에 들었을 때 언제나 그녀가 앉아 있곤 했던 자리였다. 하지만 어쩐 일인지 P부인은 마음의 갈피를 못 잡고 있었다. 그녀는 아이를 깨우고 싶은 충동을 느꼈다. 동시에 마치 자신이 빈집에 침입해 있고, 뭔가 대단히 부도덕한 일을 하고 있다는 느낌을 받았다. 결국 P부인은 집 안의 불을 모두 다―거실, 부엌, 그리고 빈방까지―켜둔 후에야 소파 한 귀퉁이에 오도카니 앉을 수 있었다. P부인은 너무나 두려워졌다. 도대체 왜?

그날 밤, 집으로 돌아간 P부인은 자신의 방, 작은 침대에 누워 있다가 문득 상체를 일으켰다. 그리고 창문을 향해 꿇어앉아 기도를 했다.

그 후로도 그들 부부의 원칙―해가 지기 전에 돌아가 아이가 **가족**과 함께 집에 있도록 하는 것―은 지켜지지 않기 일쑤였다. P부인은 부부가 늦게 들어오는 날 밤이면 아이와 함께 저녁 식사를 하고, 아이에게 양치질을 시킨 후 입안을 검사했다. 잠옷으로 갈아입히고 잠자리에서 아이의 이불을 덮어주고 동화책을 읽어주었다. 그녀는 그 어느 때보다 아이에게 정성을 들였다. 그들 부부는 P부인이 머문 시간을 계산해서 급여를 더 주겠다 했지만, 거절했다. "그럴 필요 없어요." 빈말이 아니라 P부인은 정말로 그렇게 생각했다. "이게 내 일인걸요." 이렇게 말하기도 했다. "아무 걱정 말아요." 며칠 후, P부인은 아이를 재운 후 부엌으로 향했다. 그리고 잠시 망설였지만, 결국 찬장을 열었다. P부인은 자신이 이 집에 처음 온 날, 아이 엄마가 했던 말을 떠올렸다. "남의 집이라고 생각하지 마세요, **제발요.**" P부인은 작은 새가 앙증맞게 그려진 찻잔—그것이 가장 마음에 들었다—을 꺼냈다가 집어넣었다가 다시 꺼냈다. 그리고 뜨거운 물을 찻잔에 부은 후, 티 박스에서 보라색 티백을 하나 꺼내 포장을 벗기고 찻잔에 담갔다. 잠시 후 그녀는 티백을 꺼내 쓰레기통에 넣었고 찻잔을 받쳐서 거실로 나왔다. P부인은 조심스럽게 티테이블 위에 찻잔을 올려둔 후, 이번에는 집 안의 모든 불—거실, 부엌, 빈방—을 끄고 거실의 장식용 스탠드만 밝혀두었다. 그리고 소파에 몸을 기대고 앉아 자신이 가지고 온 책을 꺼내 읽기 시작했다. 남의 집이라고 생각하지 마세요, 제발요. P부인은 그제야 아이 엄마의 그 말뜻을 완전하게 이해할 수 있을 것 같았다. 며칠 후에 P부인은 그들의 서재 문을 열고 그 안으로 들어갔다. 그리고 약간 망설이다 책을 한 권 꺼냈다. 더 이상 그녀는 자신의 작은 가방에 읽을 책을 넣어오지 않아도 되었다. 그 집에는 읽을 책이 너무도 많았기에.

그해 가을을 어떻게 설명해야 할까? 6년 후 가을에, 한 무리의 잘 차려입은 여자들이 작은 포치가 딸린 레스토랑에서 점심을 먹으며 수다를 떨고 있었다. 그녀들은 이제 막 자신들의 고민을 털어놓으며 유대감을 확인하는 데까지 나아간 참이다.

그들은 다소 떨어진 아이의 성적, 손실이 큰 주식 투자, 남편의 진급 실패, 잘못된 부동산 투자 같은 것을 이야기했다. 물론 그들은 아이가 다니는 학원의 수를 늘릴 것이고, 손해를 메꾸기 위한 다른 투자를 하거나, 남편의 기를 살려주기 위해 새 커프스단추를 준비할 것이다. 아이 엄마는 이제 조금 나이를 먹은 티가 나긴 했지만, 오히려 그 때문에 훨씬 더 품위 있고 아름다워 보였다. 그녀는 적당하게 따스한 햇볕이 거리를 비추고 색색깔로 물든 나뭇잎이 바스락거리는 이런 날에 모여서 왜 저런 이야기를 나눠야 하는 것인지 알 수 없다고 생각했지만, 다른 사람들의 이야기를 듣는 동안 문득 그해 가을이 떠올랐다. 사실은 문득 떠올린 것이 아니었다. 그해 가을을 처음으로 떠올린 건, 3년 전 여름이었다. 그 후로 그녀는 종종 그해 가을을 떠올렸다. 원하지 않아도 저절로 그렇게 되었다. 그해 가을엔 여러 가지 일이 일어났다. 마치 그렇게 되라고 짜기라도 한 것처럼. 그녀는 '동유럽의 현대'를 위해 이리 뛰고 저리 뛰었고, 주말마다 살림을 도와주던 도우미 아주머니는 아들 부부의 아이를 돌봐줘야 한다면서 갑자기 일을 그만뒀으며, 남편이 속한 회사 법무팀은 차례로 죽은 공장 노동자들 때문에 몇 주째 비상이었다. 무엇보다 갑작스러웠던 건 시어머니가 알츠하이머 진단을 받은 일이었다. 남편의 하나뿐인 누나는 외국에 거주하고 있어서 그들 부부가 시어머니를 모셔 와야만 했다. 그녀의 남편은 그들이 손쓸 기회를 "놓쳐버렸다"고 표현

했다. 그리고 그것 때문에 그들 부부는 통속적이고 전형적인 싸움을 여러 번 해야 했다. 하지만 손쓸 기회라는 게 과연 있었을까? 그녀는 한 번도 그 누군가에게 시어머니의 병명을 이야기한 적이 없었다. 그녀는 막연하게나마 알츠하이머가 유전이 될 거라는 사실을 알고 있었고, 그렇기 때문에 그 일은 단순히 시어머니의 발병에 그치는 게 아니라 자신의 남편—그는 나이에 비해 꽤 높은 직급에 있었다—과 아들—그 아이는 이제 열한 살이 넘었고 혼자 있는 걸 좋아하게 되었다—의 유전자에 새겨진 불길한 결함의 표지라는 생각에 누구에게도 이 이야기를 하는 것을 꺼렸다.

그녀의 기억은 자연스럽게 시어머니와 자신의 가족을 돌보았던 P부인으로 미치게 된다. 아니, 그건 어쩌면 잘못된 판단인지도 모른다. 그녀는 어쩌면 처음부터 그저 P부인을 떠올리고 싶었던 것일지도 모른다. 그녀의 생각은 꼬리에 꼬리를 물고 어느 날 밤 남편의 품에 안겨서 '그런' 여자들의 삶에 대해 궁금해했던 자기 자신에게로 향했다. 여하튼 그해 가을, 그녀는 그때가 자신의 인생 중 가장 힘든 시기가 될 거라고 생각했었다. 하지만 그건 정말로 순진한 생각이었다. 상상도 못한 일들이 그녀의 인생에 침입할 때마다 그녀는 자신이 저주받았다고 생각했다. 하지만 누가 누구에게 저주를 건단 말인가?

이제 그녀가 말할 차례였다. 그녀는 정말로 아무런 이야기도 하고 싶지 않았지만, 다른 사람들에게 유별나거나 으스대는 것처럼 보이기도 싫었다.

"몇 년 전에 시어머니가 편찮으셔서 모셔 왔던 적이 있어요. 알츠하이머셨죠."

그녀는 자기 자신이 '알츠하이머'라는 단어를 입 밖에 낸 것 때문에 깜짝 놀랐다. 처음이었다. 하지만 곧바로 다른 여자들이 훨씬 더 크게 충격받았다는 사실을 깨달았다. 그들은 누군가의 입에서 '그런' 이야기가 나오는 걸 한 번도 원한 적이 없었다. 하지만 그들은 언제나 금방 회복한다.

"아픈 시어머니를 모셔 오다니 대단하시네요."

"그때 전 미술관에서 큐레이터로 일했어요."

여기까지 말하자, 그녀와 친분이 있던 다른 여자가 대신 이야기했다.

"이이는 프랑스에서 예술사를 전공했거든요."

누군가 감탄 어린 탄식을 내뱉었다.

"프랑스어 잘해요?"

그녀는 장난스럽게 케스크 세, 사 바, 메르시 보쿠라고 말했다. 거기에 있는 여자들이 유쾌하게 웃었고, 다른 테이블의 사람들이 그녀들을 쳐다보았다.

"내 일에, 가족들 뒷바라지에, 시어머니까지 그런 상태셔서 정말 힘들더라고요."

"세상에, 상상도 못하겠네요. 정말 대단하세요."

그녀는 겸손한 말투로 대답했다.

"우리 아들을 돌보던 보모가 많이 도와주셨어요. 그분이 안 계셨으면 어떻게 되었을지 모르겠어요." 그렇게 말한 후 그녀는 재빨리 덧붙였다. "하지만 아무리 누군가 도와준다고 해도, 아시잖아요, 그게 얼마나 힘든 일인지."

아무도 시어머니가 지금 어떤 상태인지 물어보지는 않았다. 그녀는 다행이라고 생각했다. 시어머니는 작년에 돌아가셨다.

그녀는 헛기침을 한 번 한 후 말했다.

"하지만 이제 모두 끝난 일이에요."

만약 P부인이 그 시절에 대해 누군가에게 이야기할 기회가 있었다면 어떻게 말했을까? 아마도 그녀는 이렇게 말할 것이다. "그 가족에겐 저밖에 없었죠. 얼마나 저에게 고마워했는지 몰라요. 그 젊은 부부는 교양이 몸에 배어 있고, 품위가 있어서 누군가에게 받은 호의는 절대 잊지 않는 사람들이었어요." 하지만 P부인은 아마 이런 이야기를 아무에게도 하지 못할 것이다. 왜냐하면 이 세상에는 P부인의 그 시절에 대해 궁금해하는 사람이 아무도 없을 것이기에. P부인은 아주 오랜 시간이 흐른 후까지, 알츠하이머에 걸린 노부인을 처음 만났던 날을 떠올릴 수 있었다. 남색 캐시미어 카디건을 입고 진주 목걸이와 진주 반지를 끼고 있던 알츠하이머 환자. P부인은 자신이 그 노부인의 나이쯤이 되었던 어느 날 아침, 세수를 하다가 문득 욕실 거울을 보며 상념에 빠졌고, 결국 노부인에 대한 기억을 모두 잊기로 결심했다. 하지만 그건 너무나 오랜 후에 일어날 일이었고, 그 당시 P부인은 알츠하이머에 걸린 일흔에 가까운 노인이 그토록 정갈하고 멋스러울 수 있다는 것이 놀라울 뿐이었다.

P부인은 아침 일찍 그 집에 가서 그들 부부가 출근할 수 있도록 도와주었다. 장을 보고 음식을 만들고 청소와 빨래를 하고 아이와 노부인을 돌봤다. 그들을 데리고 산책을 나갈 때도 있었고, 또는 병원에 갈 때도 있었다. 부부가 출근을 하고 나면 P부인은 노부인의 장롱에서 매일 아침 다른 옷을 꺼내주었고, 그런 후에는 목걸이와 플립형 귀걸이, 그리고 반지까지 챙겨주었다—하지만 나중에 노부인이 반지를 낀 채로 P부인의 얼굴을 때리는 사고가 발생한 후로 반지는 결국 보석함에서 영영 나오지 못하게 되어버렸다. 때때로 P부인이 전혀 어울리지 않는 옷과 액세서리를 고른다고 화를 낼 때도 있었지만, 결국에 노부인은 자신이 화를 냈다는 사실조차 잊어버리고 말았다. "저희 어머니가 정말 복이 많으세요. 아주머니가 안 계셨다면 어쩔 뻔했어요. 정말 감사드려요. 정말 어떻게 해야 할지 알 수가 없었어요……" 아이 아빠는 자주 이런 말을 했다. 두려움과 슬픔에 빠져 허둥거리던 그들 부부는 P부인의 도움을 받으며 조금씩 평정심을 되찾았다.

주말이 되면 P부인은 그야말로 녹초가 되었다. 허리에 통증이 생겼고, 팔을 들어 올릴 때마다 어깨가 욱신거려서 파스를 붙여야만 했다. 다행인 건 아이가 파스 냄새를 좋아했다는 점이었다. 월요일마다 엉망진창이 되어 있던 그 집만 떠올려봐도 P부인은 그들 가족이 어떤 주말을 보내는지 대충 짐작할 수 있었고, 자신이 없는 시간 동안 고군분투할 젊은 부부, 아무것도 알지 못하는 그 **어린** 부부가 걱정이 되어 견딜 수가 없었다. 그래서 어느 토요일 오후에 아이 아빠가 자괴감과 고통에 빠진 목소리로 전화를 걸었을 때, P부인은 오히려 깊은 안도감을 느꼈다.

그 집에 도착했을 때, 아이 아빠는 거의 반쯤 정신이 나간 모습이었고, 아이 엄마는—P부인은 그 모습에 너무 큰 충격을 받았다—퉁퉁 부은 얼굴로, 여전히 나이트가운을 입은 채 헝클어진 머리에 헤어밴드를 아무렇게나 착용하고 있었다. 아이는 내복 차림이었는데 아직 세수도 하기 전인 것 같았고, 백과사전을 꼭 안은 채로 소파에 앉아 있었다. 노부인은 방에 갇혀 있었다.

"어쩔 수 없었어요."

아이 아빠는 부끄러움과 죄책감과 슬픔에 가득 차서 말했다. 노부인은 P부인을 보자마자 엉엉 울며 집으로 돌아가고 싶다고 말했다. "여기가 집이에요. 여기가 어머니의 집이라고요." 아이 아빠가 절망감이 담긴 목소리로 말했다.

P부인은 자신이 노부인과 아이를 씻길 테니 아이 아빠에

게 그동안 거실 청소를 좀 하라고 말했다. 그리고 아이 엄마에게는 세수를 하고 머리를 빗고 옷을 갈아입으라고 말했다. 잠시 후 니트 티셔츠와 슬랙스를 입은 아이 엄마가 나타나서 이제 뭘 하면 좋겠느냐고 P부인에게 물었다. P부인은 그녀에게 노부인 방을 환기시키고 침대 커버를 벗겨서 세탁기에 집어넣으라고 말했다. 그녀는 그렇게 했다. P부인은 먼저 아이를 씻긴 후 옷을 입혀 제 엄마에게 보냈다. 그리고 노부인이 목욕을 할 수 있도록 도와주고, 목욕이 다 끝난 후 노부인의 장롱에서 초록색 스웨터와 스커트를 꺼내서 입혀주었다──나중에 아이 아빠는 그날을 떠올리면서 자신의 어머니가 마치 '크리스마스트리' 같았다고 말했다──그리고 진주 목걸이와 귀걸이를 걸어주는 것도 잊지 않았다. 하루 종일 엄청난 감정의 소용돌이를 겪은 노부인은 P부인이 차려준 밥을 엄청나게 많이 먹고 일찌감치 잠에 들었다.

그날 밤, P부인과 아이의 부모, 그리고 아이는 저녁 식사를 함께하게 되었다. 그런 식으로 함께 저녁 식사를 하는 건 처음이었다. 그들 부부는 마치 자신들이 방금 재난에서 구조된 것 같다고 느꼈고, P부인은 그들, 그 곤경에 처한 아이들, 아니 그러니까 그 젊은 부부가 아까와는 전혀 다르게 정돈되고 깔끔하고 우아한 모습으로 식사하는 걸 바라보며 문득, 다시 한번 그 노래를 떠올렸다. 갈매기의 울음이 마음을 흔드네. 그건 죄인들이 죄를 짓는 동안, 아이들이 뛰어놀기 때문이지. 아이들

　　　　　임시교사

이 뛰어놀기 때문이지. 아이들이 뛰어놀기 때문이지. 아이들이 뛰어놀기 때문이지……

"정말 죄송해요. 의사를 부를 생각도 못했어요. 그냥 아주머니 생각이 났어요."

아이 아빠가 P부인을 바라보며 벌써 다섯 번 정도 똑같은 말을 반복했다.

"아니, 아니에요. 괜찮아요. 왜 그런 말을 해요."

P부인은 아이가 밥을 먹는 걸 도와주면서 말했다. 아이는 P부인의 어깨에 거의 매달리다시피 붙어 있었다. 원래라면 시간이 아주 오래 걸리더라도 아이가 스스로 밥을 먹게 하자는 주의였지만, 그날만은 아이의 입에 밥과 반찬을 직접 넣어주고 있었다.

"어머니는 저를 못 알아보세요. 며느리도, 심지어 손자도 못 알아보세요."

"곧 괜찮아지실 거예요."

P부인이 그를 위로했다.

"만약 괜찮아지지 않으시면 이제 우린 어떻게 하죠?"

아이 엄마가 P부인에게 물었다. P부인은 그런 건 알지 못했다. 그런 걸 알 리가 없었다. 그래도 P부인은 자신이 그녀에게 무언가 답을 해줘야 한다고 느꼈다.

"그분은 병에 걸리신 거예요."

"병에 걸렸어."

아이가 P부인의 말을 따라 했다.

"정말 끔찍했어요. 어떻게 해야 할지 알 수가 없었어요. 어머니 상태는 괜찮았어요. 아시잖아요. 어제까지만 해도 멀쩡하셨다고요."

아이 아빠는 약간 횡설수설했다.

"저희 부부는 요즘 눈코 뜰 새 없이 바쁘죠. 우리 애 좀 봐요. 물론 아주머니가 잘 돌봐주시지만…… 제가 하고 싶은 말은…… 모르겠어요…… 그냥 모든 게 엉망진창이에요. 아주머니, 그거 아세요? 저희 회사 공장에서 일하던 사람들이 죽었어요. 그런데 저희는 너무 많은 서류를 검토하고 작성해야 해서, 그러니까 제 말은……"

"여보, 이제 그만 말해도 돼."

아이 엄마가 남편을 위로하듯 말했다. 하지만 아이 아빠는 계속 이야기했다.

"모르겠어요, 제가 지금 무슨 이야기를 하고 있는 건지, 그냥 너무 무서워요. 어머니가 어떻게 되신 거죠? 아니, 제 말은 어머니가 병에 걸리신 건 아는데, 그러니까 저희가 뭘 어떻게 해야 하는 건지…… 정말 아무것도 생각이 안 나고 그냥 아주머니 생각만 났어요. 저는, 저희는……"

그 말을 하던 아이 아빠가 갑자기 울기 시작했다. 그러자, 아이가 제 아빠를 따라 울기 시작했고, 결국 아이 엄마까지 울기 시작했다. P부인은 하나도 난감해하지 않았다. 마치 그런 상황이 올 거라는 걸 예상이라도 하고 있었던 것처럼, 혹은 지금 이 상황을 해결하는 것이 자기의 의무인 양, 그들을 차례로 달래주었다.

"죄송해요. 우린 아무 생각도 못 했어요…… 모든 게 엉망이 되어버렸어요……"

아이 엄마가 울먹이며 말했다.

"세상에, 가엾어라. 더 이상 아무 말도 하지 말아요. 나쁜 일은 아무것도 생기지 않아요."

P부인은 울음을 멈출 때까지 그들을 돌보아주었다. 그들이 식사를 겨우 끝낸 후에는 식탁을 깨끗이 치우고 설거지를 했다. 그리고 작은 새가 그려진 찻잔을 꺼내서 따뜻한 우유 세 잔과 자기가 마실 차를 한 잔 만들었다. 그들은 티테이블에 모여 앉아 그걸 함께 마셨다. P부인은 그들 가족이 모두 잠들 때까지 그 집에 머물렀다.

그 후로 두 달여 동안 P부인은 매일매일, 하루도 거르지 않고 그들의 집에 들렀다. 그들 부부는 전문 요양사를 구하려고 했지만 P부인은 그러지 말라고 했다.

"나 하나로 충분하다우."

가을이 거의 끝나갈 무렵의 어느 금요일 밤, 아이 엄마가 퇴근하는 P부인에게 말했다.

"이번 주말은 안 오셔도 돼요. 집에서 푹 쉬세요. 그동안 너무 고생 많이 하셨어요."

"아니에요. 괜찮아요. 내가 없으면 할머니를 누가 돌봐요?"

"걱정하지 마세요. 아주머니도 쉬셔야죠."

아이 엄마는 P부인의 손을 잡았다가 놓았다.

나중에 P부인은 노부인이 요양소로 떠났다는 걸 알게 되었다. 아이의 외할머니가 알아본 곳으로, 국내에서 가장 비싸고 좋은 의료진이 모여 있는 곳이었다. "저흰 주말마다 시어머니를 보러 갈 거예요." 아이 엄마가 변명하듯 말했다. 그리고 실제로 그들 가족은 특별한 일이 없는 한 노부인이 죽을 때까지 일요일마다 거기에 들렀다. P부인은 노부인을 요양소로 보내는 것에 대해 자신에게 아무런 의견도 묻지 않은 것 때문에 조금 상처를 받았고, 그들 부부에게 무언가를 물어보고 싶었지만, 결국 아무것도 물어보지 못했다. 나중에, 그러니까 아주 많은 시간이 흐른 후에 P부인은 자신이 아무것도 물어보지 않은 것에 대해 스스로에게 감사했다. 여하튼 노부인이 떠난 이후로 P부인은 주말에 자신만의 시간을 가질 수 있었다. 나쁘지 않아. 좋아, 모든 게 좋아. 괜찮을 거야. 아무런 일도 일어나지 않을 거야. P부인은 자신의 어깨와 등에 파스를 붙이면서, 마치 기도하듯이 중얼거렸다.

여전히 P부인이 그 집, 그 가족을 위해 할 일은 많았다. 그들 부부 대신 장을 보고, 음식을 만들고, 아이와 함께 저녁을 먹고, 아이가 잠이 들면 작은 스탠드만 켜놓고 책을 읽으며 차를 마셨다. 날씨가 추워졌기 때문에 공원 산책은 그만둬야 했지만 집 안에서 아이와 함께 책을 읽거나 노는 것도 나쁘지 않았다. 얼마 안 있어 아이 엄마가 일하는 미술관에서는 '동유럽의 현대' 전시회를 무사히 마쳤다. 무사히,라는 표현은 좀 불공평한 것 같고, 사실 그 전시회는 대성공이었다. 그들의 전시회에 대한 기사가 여기저기 지역신문이나 여성지에 실렸다. 그들을 찍은 사진도 있다. 사진 속의 아이 엄마는 누구보다 여유로운 미소를 짓고 자연스럽게 카메라를 응시하고 있다. 아이 아빠의 회사 일도 잘 해결되었다. 그들 회사는 아무런 조치도 취하지 않아도 되었다. P부인이 말했던 것처럼 나쁜 일은 아무것도 일어나지 않았다. 그전만큼은 아니었지만, 이제 부부는 자신들의 원칙—아이와 함께 저녁을 먹는 일—을 지키는 날이 지키지 못하는 날보다 훨씬 더 많아졌다.

성탄절이 다가올 때, 부부는 여름에 가지 못한 휴가를 떠나기로 마음먹었고 아이를 데리고 동남아시아의 작은 섬으로 날아가서 며칠을 머물렀다. P부인에게도 오랜만에 찾아온 장시간의 휴가였다. P부인 역시 여행을 떠나려고 마음먹었지만 결국 아무 곳에도 가지 못했다. 휴가의 마지막 날에 P부인은 서점에 들러 아이가 읽을 만한 책을 잔뜩 산 후, 시내 카페에 혼자 앉아서 창밖으로 흩날리는 눈을 바라보며 차를 마셨다. 그해 겨울에는 눈이 많이 내렸다. 카페 안은 성탄절이 끝난 직후 흔하게 느낄 수 있는 피로함과 공허함, 그리고 미미하게 남아 있는 흥분감과 새로운 해를 맞이한다는 막연한 기대감이 뒤섞여 있었다. P부인의 맞은편에는 사십대 초반쯤으로 보이는 부부가 딸처럼 보이는 여자애와 함께 과일타르트를 앞에 두고 차를 마시고 있었다. 여자애는 간간이 휴대전화를 살펴보기도 했지만 웃거나 불평을 터뜨리거나 뭔가에 대해 자신의 부모에게 끝도 없이 이야기하기도 했다. P부인은 잠시 동안 그 가족을 물끄러미 쳐다보았다. 얼마나 시간이 흘렀을까? 갑자기 여자애가 고개를 돌렸고 그들은 눈이 마주쳤다. P부인은 황급히 짐을 챙겨 카페에서 나왔다. 엿보고 있다는 것을 여자애에게 들켜서가 아니라, 어쩐지 남동생에게 전화를 걸고 싶어졌기 때문이었다. 휴대전화를 집에 두고 나와서 그녀는 공중전화를 찾아 헤매야만 했다. 그녀는 다섯 블록을 넘게 걸었다. 눈 때문에 양말이 젖었고, 머리끝이 얼어서 딱딱해졌지만, 그녀는 결국 공중전화기를 찾아냈다.

드디어, 겨울이 끝났을 때, P부인은 다시 산책을 시작했다. 그녀는 아이에게 기분이 좋으냐고 물었고, 아이는 그렇다고 대답했다. 아이는 P부인의 손을 꽉 잡았다. 공원에서, P부인은 여전히 다른 젊은 여자들과는 한마디도 섞지 않았다. 그녀는 그전에 늘 그랬던 것처럼 책을 읽고, 아이를 눈으로 좇고, 하지 말아야 할 일과 해야 할 일을 구분해주었다. 주말에 집안일을 대신 해줄 도우미 아주머니가 새로 고용되기도 했고, 아이 엄마에게 시간적 여유가 조금 생겼기 때문에 더 이상 P부인이 음

임시교사

식을 만들거나 집안일을 할 필요가 없어졌다. 그래도 가끔 아이 부모가 돌아올 때쯤 간단한 음식을 만들기도 했다. 겨울에는 몇 번쯤 함께 식사를 했지만, 봄이 시작되고는 한 번도 그런 기회가 생기지 않았다. 가끔 부부가 둘 다 늦을 때에는 그 집에 늦게까지 머물렀지만, 이제 그건 아주 때때로만 일어나는 일이었다. 하지만 P부인은 실망하기는커녕 자신의 인생이 새로운 형태의 안정기에 접어들었다고 믿었다.

인생이 새로운 시기에 접어들었다는 생각을 한 건, 그들 부부도 마찬가지였다. 아이 아빠는 토요일에 직장 상사들과 함께 골프를 치러 나갈 때가 있었다. 아무나 거기에 참여할 수 있는 게 아니었다. 아이 엄마는 '동유럽의 현대'를 준비하는 동안 보여주었던 애정 어린 헌신이 좋은 평가를 받고 있었다. 그들 가족은 자주 외식을 했고 일요일에는 요양소에 갔다. 아이 아빠는 어머니의 상태가 점점 좋아진다고 생각했고, 실제로도 그랬다.

어느 날 도어록의 비밀번호를 누르고 집으로 들어선 아이 엄마는 이상한 기분에 사로잡혔다. P부인은 왜 항상 티테이블 위의 작은 전등불만 켜놓는 거지? 왜 이렇게 집 안을 어둡게 해놓는 거야? 그녀는 P부인이 자신에게 인사를 한 후 읽고 있던 책 페이지의 귀퉁이를 접어서 책장에 집어넣는 걸 바라보았다. 대체 왜 P부인은 책갈피를 사용하지 않는 거지? 그녀는 그런 광경을 이제껏 몇 번이나 봤다는 사실을 믿기 어려웠다. P부인이 집으로 돌아간 후 그녀는 P부인이 설거지통에 덩그러니 넣어둔 찻잔을 바라보았다. 작은 새가 앙증맞게 그려진 찻잔. 그건 영국제로 그녀가 가장 아끼는 것이었다. 그걸 사고 싶어서 그녀는 백화점 직원에게 몇 번이나 부탁했고, 두 달이나 기다려야 했다. 그럴 만한 가치가 있는 물건이었다.

그날 밤 그녀는 남편에게 이제 아이를 어린이집의 종일반에 맡기는 게 좋겠다고 말했다.

P부인은 보모 일을 그만두게 되었다.

몇 달 후 아이 아빠는 승진을 했고, 아이 엄마는 정직원이 되었다. 모든 것이 너무나 완벽했고 잘못된 건 아무것도 없었다. 정말로 나쁜 일은 하나도 일어나지 않았다.

해고 통보를 받은 날 밤, 잠들기 위해 침대에 누웠을 때 P부인은 언젠가 그 집에서 바라봤던 밤의 풍경을 떠올렸다. 가을밤의 기분 좋은 바람을 느끼며, P부인은 까만 강을 가로지르는 다리와 조명, 자동차 불빛의 행렬, 그리고 저 건너의 커다란 관람차의 움직임을 보고 있었다. 그때 P부인은 그런 생각을 했다. 저 불이 모두 꺼지면 이 세상에 무슨 일이 일어날까 하는. 만약 그런 일이 생긴다면, P부인은 자신이 달려가야 하는 곳은 너무도 명백하다고 믿었다.

그건 착각이었을까?

그녀는 자신의 삶에서 반복되었던 잘못된 선택, 착각, 부질 없는 기대, 굴복이나 패배 따위에 대해 생각했다. 언제나 그런 식이지. 그녀는 항상 그게 용기라고 생각했었다. 그리고 나중에서야 그녀는 그게 용기가 아니라는 걸 깨닫곤 했다. 그렇다면 그건 무엇이었을까? 때때로 무엇인가를 붙잡고 싶어질 때가 있었다. 삶이, 그녀 앞에 놓인 삶이 버둥거림의 연속이고, 또한 기도의 연속이라는 생각이 들 때도 있었다. 더 이상 기도를 하지 않기를 바라는 기도. 제발 내가 또다시 어리석은 결정을 내리지 않게 도와주세요. 그녀는 얼마나 자기 자신이 기도를 하지 않게 되기를 바랐던가.

그때, 아직 그녀가 젊었던 시절에 그녀는 '정식' 교사가 되기 위한 시험을 계속 준비했어야 했다. 그녀는 자신의 부모, 그 무능했고 자신에게 기대기만 했던, 그렇지만 자신이 너무나 사랑했던 부모를 떠올렸다. 그리고 동생 부부. 그들에게도 자식이 있었지만 P부인은 그 애를 본 적이 없었다. 그녀에게도 좋았던 시절이 있었다. 그녀가 사랑하고 그녀를 사랑했던 남자들이 있던 시절. 끝나지 않을 거라고 믿었던 시절. 결국 그녀의 곁에 아무도 남지 않게 되었지만 그건—누구라도 그러하듯이—그녀가 선택한 삶이 아니었다. 하지만 그녀는 잘못된 일들이 언젠가 아주 조그마한 사건을 통해 한순간에 해결될 것이라고 믿었다.

그 젊은 부부는 갑자기 외국으로 떠나게 되었다고, 그러니까 이제 오지 않아도 된다고 말했다. P부인은 그게 거짓말이라는 걸 알고 있었다. 하지만 그게 거짓말인들 어떠랴? 그들 부부에게야말로 잘못된 일은 아무것도 일어나지 않을 것이었다. 그 귀여운 아이는 부족함 없이 부모의 사랑을 받으며 잘 자랄 것이다. 얼마나 똑똑하고 멋진 아이로 자라날까? 어쩌면 그 아이는 나중에 멋진 청년으로 자라나서 자신에 대한 이야기를 할지도 모른다. 그 젊은 부부, 그 품위 있고 교양이 넘치는 부부는 어쩌면 나에게 역사—지리 혹은 사회—과목을 배운 적이 있는 아이들일지도 몰라. 하지만 P부인은 그게 너무나 과장된 생각이라는 점을 인정했다. 하지만, 적어도 자신이 가르친 아이들이 어디에선가 그 젊은 부부처럼 건강하고 우아하게 성장해서 넓고 깨끗한 건물의 꼭대기에 살며, 좋은 차를 몰고, 교양 있는 말투를 구사하며, 사회의 중요한 한 부분을 차지하고 있으리라는 생각을 했다.

사는 건 그런 거지. 그녀는 생각했다. 아, 괜찮을 거야. 언젠가 마치 끈 하나를 잡아당기면 엉킨 끈이 풀어지듯이 잘못된 일들이 고쳐질 거야. P부인은 그렇게 생각하면서 잠들기 위해 눈을 감았다. 잠들기 위해 눈을 감는 건, 생각보다는 언제나 쉬운 일이었다.

임시교사

고귀한 혈통

패리스 싱어Paris Singer는 1864년에 파리에서 태어났다. 그의 어머니인 이사벨라 우제니 보이어는 몰락한 귀족 집안의 딸이었다. 그녀가 태어났을 때 이미 그녀의 집안은 몰락할 대로 몰락한 상태였다. 그녀의 아버지는 파리 뒷골목의 선술집을 운영해서 가족들을 겨우 먹여 살렸다. 그녀의 아버지는 자식들에게 혈통에 대해 자주 이야기했다. 특히 외동딸이었던 그녀에게 몰락했을지언정 귀족의 여인인 만큼 정숙한 숙녀처럼 행동해야 한다는 잔소리를 귀에 못이 박이도록 했다. 그녀의 아버지는 가끔 어린 그녀를 자신의 술집에 데리고 갔다. 거기에는 가슴을 훤히 내놓고 웃고 떠들며 춤추는 여자들이 있었다. 여자들은 앞니가 하나씩 없었다. 그녀는 무서웠다. 가끔

고귀한 혈통

그녀는 이가 모조리 빠진 여자들이 나오는 무서운 꿈을 꾸었다. 그녀는 열일곱 살부터 1년 동안, 그러니까 그녀의 아버지가 도저히 수녀원 비용을 감당할 수 없게 되어서 그녀를 불러들일 때까지 남부 지방의 수녀원에서 교육을 받은 경험이 있었다. 패리스 싱어의 아버지인 아이작 싱어는 그 당시 사업차 파리에 들른 미국의 억만장자였다. 아이작 싱어와 이사벨라 우제니 보이어의 나이 차이는 무려 서른 살이나 났다. 그녀가 스물한 살이었으니까 아이작 싱어는 이미 오십대였다. 아이작 싱어는 두 번째 이혼 소송 중이었고 그 두 번의 결혼 생활에서 이미 여섯 명의 자식을 두었다. 그리고 혼외정사로는 거의 스무 명에 가까운 자식을 두고 있었다. 하지만 이사벨라는 그런 사실을 알지 못했다. 그녀는 그저 사랑에 빠져들었다. 그녀는 집을 나와 그가 머물던 호텔로 들어가 살림을 차렸다. 그녀의 아버지는 화가 나서 그녀에게 다시는 돌아올 생각도 하지 말라고 했다. 속수무책이었다고, 그녀는 나중에 말했다. 그녀가 임신을 했을 때에야 아이작 싱어는 자신의 복잡한 여자 관계에 대해 말해주었다. 그녀는 영어를 잘 알아듣지 못해서 몇 번이나 되물어야만 했다. 아이작은 어느 날 말도 없이 파리를 떠나버렸다. 혼자 남겨진 그녀는 도움을 청할 곳이 아무 데도 없었다. 어렸을 적에 보았던 그 이 빠진 여자들이 바로 자기 자신이라고, 그녀는 생각했다. 그녀는 임신한 채로 자살하려고 했지만, 마음을 고쳐먹었다. 그녀는 아버지 집으로 가서 매달렸다.

이듬해 봄에 그녀는 아버지 집에서 아들을 낳았다. 내가 사생아를 낳았구나, 그녀는 그렇게 생각했다. 그녀의 아버지가 아이의 이름을 뭐라고 할 거냐고 물었다. 그녀는 아들의 이름을 지어줘야 한다는 생각조차 못했다. 이름이라니! 그녀는 아이가 태어난 도시의 명칭을 따서 '패리스'라고 대충 이름을 지어주었다. 패리스가 태어난 지 1년이 지나지 않아 아이작 싱어가 그녀를 찾아와 청혼했다. 그녀는 마지막으로 만났을 때보다 훨씬 더 늠름해진 그의 풍채와 가슴께까지 내려오는 풍성한 수염을 바라보았다. 아이작이 아들의 이름이 뭐냐고 물었고, 그녀는 패리스라고 대답했다. 로맨틱한 이름이군, 그가 대답했다. 이미 그녀는 그에 대한 마음이 싸늘하게 식었지만, 다른 방도가 없었다. 그들은 함께 미국으로 갔다. 하지만 거기에는 너무 많은 아이작의 여자와 자식이 있었다. 그녀는 아이작에게 미국에서는 살고 싶지 않다고 말했다. 그래서 그들은 영국 데번으로 건너갔고, 아이작은 그녀와 아들을 위해 호화 저택을 구입했다. 아이작은 아주 가끔 데번에 들렀는데 그럴 때마다 영국 왕족이나 귀족을 초대했다. 패리스는 자신의 아버지가 친구들의 아버지보다 훨씬 더 늙었다는 사실을 알았다. 그에 비하면 어머니인 이사벨라는 젊고 아름다웠다. 그 어떤 귀족 여자들보다 그랬다. 이사벨라는 몸에 딱 붙는 이브닝드레스를 입었다. 그녀는 웃으며 손님들을 대했지만, 그들이 돌아가고 나면 입을 다물어버렸다. 아이작이 화를 내면 그녀는

고귀한 혈통

새된 목소리로 물었다. "술집에서 이 빠진 채로 춤추는 여자들과 당신이 다를 게 도대체 뭐죠?" 그녀는 그렇게 말하고는 패리스를 안고 방으로 들어가 문을 잠가버렸다. 그러면 아이작은 소리를 지르며 방문이 부서져라 두드려댔다. 그러는 동안 그녀는 슬픔에 빠진 목소리로 패리스에게 말했다. "애야, 엄마 가문의 피에는 긍지와 고귀함이 깃들어 있단다. 가난했지만 그 고귀함을 지켜냈어." 이사벨라는 이렇게 덧붙였다. "네게도 그 피가 반이 섞여 있는 거야. 딱 절반이 말이야." 그녀는 그를 꼭 끌어안았다. 그는 숨이 막혔지만 어머니가 자신을 놓아버릴까 봐 그런 내색은 하지 않았다. 잠시 후 하인이 가져다준 열쇠로 문을 딴 아이작이 방문을 활짝 열어젖혔다. 아이작의 얼굴과 수염은 눈물인지 땀인지 모를 것으로 젖어 있었다.

그가 일곱 살이 되던 해에 아이작 싱어가 심장마비로 죽었다. 그가 심장마비로 죽기 며칠 전에 이사벨라는 아이작이 바깥에서 낳은 딸이 있다는 사실을 알게 되었다. 그건 괜찮았다. 그녀를 화나게 한 것은 그가 그 딸에게 '이사벨'이라는 이름을 지어주었다는 사실이었다. 이사벨라는 너무나 분노해서 아이작의 장례식에서 눈물 한 방울 흘리지 않았다. 나중에, 패리스가 스물여섯 살이 되던 해에 그는 자신의 이복 여동생인 이사벨을 직접 만나게 된다. 처음이자 마지막 만남이었다. 그 애는 스물두 살이었고 몹시 아름다웠다. 어머니인 이사벨라와 피 한 방울 안 섞였지만 이사벨라의 젊었을 적 모습을 그대로 보는 것 같다고 그는 생각했다. 그는 왜 아버지가 그녀에게 그런 이름을 지어주었는지 알 것 같았다. 이사벨은 패리스의 손을 꼭 잡고 그의 이름을 부르며 작은 종달새처럼 말했다. "당신이 내 오빠예요?" 패리스는 그 손을 슬쩍 빼냈다. 그로부터 7년 후에 그는 자신의 이복 여동생이 자살했다는 소식을 듣게 된다. 그 당시 그는 가족들과 나폴리의 별장에서 휴가를 즐기고 있었다. 그는 릴리 그레이엄이라는 여성과 결혼해서 그 사이에 딸을 두고 있었고, 릴리는 패리스의 또 다른 아이를 임신 중이었다.

아이작은 이사벨라와 패리스 모자에게 엄청나게 많은 유산을 남겨주었다. 이사벨라는 겨우 스물아홉 살에 과부가 되었다. 패리스는 어머니를 위해 프랑스어를 배웠지만, 그다지 많이 사용하지는 못했다. 이사벨라는 집 안을 왕족, 귀족, 시인, 화가, 조각가, 학자, 음악가 들로 채웠다. 현악사중주와 테너 가수를 불러 음악회를 열기도 했다. 그들 집에 자주 머물렀던 예술가 중에는 바스톨디라는 조각가가 있었다. 그 당시 그는 미국으로 보낼 자유의여신상을 조각 중이었는데, 사람들 사이에서 그 모델이 이사벨라라는 소문이 돌았다. 하지만 바스톨디는 그것에 대해 일언반구도 하지 않았다. 그들 집에 바스톨디보다 더 많이 머물렀던 사람은 테너 가수이자 바이올리니스트로 명성을 날리고 있던 빅토르 레우브제트라는 이름의 남

고귀한 혈통

자였다. 빅토르는 자기를 독일 출신의 자작으로 소개했다. 빅토르가 바이올린을 켤 때 그는 어머니가 눈물을 닦아내는 것을 보았다. "저걸 좀 들어봐, 자작님이 켜는 바이올린이다. 고귀한 바이올린이다." 예술이라면 지긋지긋하다고 생각한 그는 몇 년 후 케임브리지에 진학해서 의학과 화학, 그리고 공학을 공부했다. 문학이나 음악, 미술 쪽으로는 눈길도 돌리지 않았다. 그는 키가 크고 날씬하며 금발의 머리칼이 구불거리는 멋진 청년으로 자라났고, 그의 주위에는 친구와 여자 들이 많았다. 하지만 그가 최초로 사랑을 느낀 여성은 흔히 이사벨라가 말하는 고귀한 출신의 여성이 아니었다. 그는 어머니의 하녀인 헨리에타 마라이스와 사랑에 빠졌다. 헨리에타는 헝가리 출신으로 이미 서른도 훌쩍 넘은 여자였다. 그 당시 이사벨라는 빅토르와 바스톨디에게 동시에 청혼을 받았다. 그녀는 둘 중 빅토르와 정식으로 재혼을 준비 중이었으며, 행복의 절정을 맛보고 있었다. 사십대 초반이었지만 이사벨라의 허리는 가늘었고 피부는 도자기같이 매끄러웠다. 이사벨라는 두 손을 가지런히 모으고 조용한 목소리로 패리스에게 말했다. "그런 천박한 여성과 결혼이라도 하겠다는 거니? 네 자식의 피를 그런 식으로 더럽히고 싶은 거야?" 그는 헨리에타와 파리로 날아갔다. 그는 헨리에타를 멍청한 예쁜이라고 불렀다. 멍청한 건 사실이었지만 예쁜 건 사실이 아니었다. 그들은 파리에서 엄청난 돈을 뿌리며 생활했다. 하지만 석 달도 지나지 않아 그는 그 생활에 싫증을 느꼈다. 이제 헨리에타는 그저 뚱뚱하고 늙은 여자에 지나지 않았다. 아니, 이제 뚱뚱하고 늙고 사치스러운 여자 하인이었다. 그는 헨리에타가 자신의 아이를 임신하지 않은 것을 신의 자비라고 생각했다. 오, 하느님. 그는 속으로 그렇게 중얼거렸다. 그는 헨리에타를 파리에 남겨두고 다시 데번으로, 어머니의 품으로 돌아갔다. 그는 자신이 이제 인생에 대해 조금 알게 되었다고 생각했다.

그가 데번으로 돌아간 후 몇 달 지나지 않아 그의 새아버지인 빅토르가 귀족 집안 출신이 아니라 구두공의 자식이라는 사실이 밝혀졌다. 이사벨라는 몹시 상심해서 아무도 집 안으로 들이려고 하지 않았다. 그는 가끔 어머니가 우는 것을 보았다. 한 달 후 이사벨라는 우는 것을 그만두었다. 그녀는 이탈리아의 왕인 움베르토 1세에게 공작 직위를 사서 빅토르에게 주었다. 돈이 얼마나 들었는지 아무도 알지 못했다. 그녀는 공작 부인이 되었지만 여전히 집 안에는 아무도 들이지 않았다. 패리스는 어머니의 아름다움이 퇴색되어간다고 느꼈다. 그는 그것 때문에 두려워졌다. 2년 후에 빅토르 레우브제트 공작은 원인 모를 병으로 죽었다. 이사벨라는 손수건으로 눈물을 훔치는 시늉을 했지만, 그는 어머니가 이번에도 장례식 때 눈물 한 방울 흘리지 않았다는 사실을 알았다. 그는 어머니를 위해 데번의 저택을 베르사유궁전풍으로 개조했다. 그리고 예술가, 음악가, 학자, 귀족 들을 불러들였다. 그들은 이사벨라를 공작 부인이라고 불렀다.

그는 스물일곱 살 때 자신보다 세 살 어린 릴리 그레이엄과 결혼식을 올렸다. 그녀는 미국에서 태어났지만 아버지 쪽은 오스트리아 귀족 출신으로 뉴욕 사교계에서 평판이 좋은 집안의 딸이었다. 릴리는 굉장한 미인은 아니었지만, 둥근 이마가 아름다웠고 쾌활했으며 패션 센스가 있었다. 라틴어와 프랑스어와 영어를 할 줄 알았고, 간단한 악기도 다룰 줄 알았다. 이사벨라는 릴리를 좋아했다. 물론 패리스도 릴리를 사랑했다. 결혼한 이듬해에 릴리는 바로 임신을 했지만 출산 도중 아이가 죽었다. 패리스는 아내를 위로하기 위해 런던에 거대한 저택을 마련해서 자신이 직접 집 안을 꾸몄다. 특히 그는 방 하나를 온갖 보석과 옷으로 가득 채웠다. 릴리는 무척 기뻐했고 그를 멋쟁이 건축가라고 불렀다. 그는 그게 마음에 들어서 런던 저택 현관문에 '건축가 싱어'라는 간판을 붙여놓았다. 나중에, 그러니까 10여 년 후에 릴리는 그 간판을 떼어내서 저택의 정원에 던져버렸다. 그건 한동안 거기에 그런 식으로 방치되었다. 아무도 그걸 주울 생각조차 하지 않았다. 사산을 하고 1년 후에 그녀는 두번째 임신을 했다. 이번에 그는 여러 가지를 조심하고 싶었다. 그래서 그는 필요할 때 다른 여자들을 만나서 자신의 욕구를 풀었다. 욕구 이외에는 아무런 목적도 열망도 없었다. 그는 임신이 되지 않게 하려고 조심했다. 릴리는 무사히 출산을 했다. 예쁜 딸아이였다. 패리스는 아이의 손가락을 처음 봤을 때를 잊지 못했다. 이사벨라는 손녀에게 고귀한 여성이라는 의미로 프란체스카라는 이름을 붙여주었다.

나폴리에서 휴가를 끝낸 뒤 그는 둘째를 임신 중인 릴리와 딸 프란체스카만 런던으로 돌려보냈고, 자신은 밀라노로 갔다. 그는 몇 년 전부터 밀라노에 새로운 항구를 개발하는 사업을 진행 중이었다. 거의 반쯤은 진행된 일이었다. 나폴리에서 밀라노로 간 그는 돌연 그 사업을 그만 접기로 했다. 진절머리가 난다고 그는 생각했다. 손해가 막심했지만 상관없었다. 그에게 돈은 너무나 많았으니까. 그는 가족이 있는 런던으로 돌아가기 전에 어머니가 사는 데번에 들렀다. 이사벨라는 하인 수십 명과 함께 살고 있었다. 이사벨라는 오십대였지만 사람들은 이사벨라를 훨씬 더 어리게 보았다. 그녀의 진짜 나이를 들으면 사람들은 믿으려고 하지 않았다. 패리스가 도착했을 때 이사벨라는 바스톨디를 비롯한 조각가와 화가를 초대해서 저녁 식사를 하는 중이었다. 그는 어머니의 손님들이 돌아가고 나면 어머니와 단둘이 남아 이야기를 나누어야겠다고 생각했지만, 이사벨라는 손님들을 계속 붙잡아두었다. 그는 식탁에 남아 그들의 웃음소리를 들어야 했다. 결국 그에게 허락된 시간은 어머니의 손님들이 후식을 먹고 떠드는 동안뿐이었다. 어머니의 방에 단둘이 남게 되었지만, 그는 자신이 무슨 이야기를 하려고 했는지 잊어버렸다. 이사벨라가 갑자기 바스톨디

고귀한 혈통

에 대한 이야기를 꺼냈다. "그이가 자유의여신상의 모델이 나였다고 털어놓더구나." 그는 어머니가 바스톨디에 대해 가지고 있던 마음이 변했다는 걸 알 수 있었다. 그는 어머니의 볼에 다정하게 키스하고 데번을 떠났다. 그리고 몇 년 동안 어머니를 만나지 않았다.

그는 런던으로 가지 않고 나폴리로 돌아갔다. 그리고 술집에서 엔젤이라는 이름의 여성을 만나 하룻밤을 함께 보냈다. 그는 임신이 되지 않게 하려고 조심했다. 석 달 후에 릴리가 출산했다는 소식을 들을 때까지 그는 거기에 머물렀다. 릴리는 아들을 낳았다. 릴리는 그 이듬해부터 약 7년 동안 세 번의 임신을 더 했다. 더 이상 사산은 없었다. 릴리는 다섯번째 출산을 했을 때, 그러니까 넷째 아이를 낳은 후 패리스에게 더 이상의 임신은 싫다고 말했다. 패리스는 왜냐고 물었다. "그냥⋯⋯ 더 이상은 싫어요. 모르겠어요. 모든 게 지겨워요. 내가 임신해 있는 동안 당신은 여기저기를 떠돌죠. 그것도 싫어요." 릴리의 말은 사실이었다. 그는 릴리가 임신해 있는 동안 외국을 떠돌면서 여자들을 만났다. 프랑스 여자, 러시아 여자, 네덜란드 여자⋯⋯ 그는 그 여자들이 이국의 언어로 떠드는 게 좋았다. 그는 그녀들이 무슨 말을 하든 그저 고개를 끄덕이기만 했다. 어떤 여자들은 유달리 슬퍼 보이는 눈동자를 가지고 있었다. 그런 걸 기억하고 싶었다. 어떤 순간에, 그는 죽을 때까지 잊지 못할 것 같은, 어쩌면 릴리와 예쁜 아이들을 포기하고 싶을 정도로 자신의 마음을 아프게 만드는 그런 여자도 만났다. 그는 그런 것들을 기억하고 싶었다. 하지만 슬프게도, 그는 그 모든 아름다운 여성을, 그녀들과 보냈던 시간을, 마치 종달새처럼 재잘거리던 그녀들의 목소리를 잊어버리고 말았다.

릴리는 더 이상의 임신을 원하지 않았지만, 결국 여섯번째 임신을 했고 다섯째 아들을 낳았다. 패리스는 오 남매의 아버지가 되었다. 두 딸과 세 아들. 막내아들이 태어난 후에 그는 사업에 전념했다. 켐페라에 이탈리아풍의 성을 짓기도 하고, 전기모터 자동차를 개발하기도 했으며, 에드워드 7세의 산드링헴 영지에 직접 전기 배선 시스템을 설치하기도 했다. 가끔 여자들을 만나기도 했지만 그건 말 그대로 아주 가끔이었다. 그가 대규모 의학 연구 단지 프로젝트 때문에 뉴욕에 가 있을 때, 그는 릴리로부터 이사벨라가 결혼한다는 전보를 받았다. 이사벨라는 이미 예순세 살이었다. 그는 당장 데번으로 갔다. 거기에는 이미 릴리와 다섯 아이들이 와 있었다. 릴리는 패리스의 얼굴을 쳐다보려고 하지 않았다. 그는 어머니의 새 남편이 바스톨디라고 생각했지만 그 예상은 틀렸다. 이사벨라의 세번째 남편은 폴 세이지라는, 이사벨라보다 스무 살 어린 케임브리지의 영문학 교수였다. 그러니까 패리스보다 겨우 한 살이 많았다. 에드워드 7세가 결혼식 증인으로 참석한 가운데 이사벨라는 성당에서 웅장한 결혼식을 올렸다. 그 어느 때보다 화려한 결혼식이었다. 패리스는 허리에 나잇살이 붙은 어

고귀한 혈통

머니가 머리카락을 위로 말아 올리고 몸에 딱 달라붙는 드레스를 입은 채 상체에 흰 레이스 판초를 걸친 모습을 지켜보았다. 어머니의 왼쪽 귀 뒤에는 흰 수선화가 꽂혀 있었다. 그는 이제 두 살이 된 막내아들을 품에 안고 있었다. 나머지 아이들은 릴리 옆에 쪼르르 얌전하게 앉아 있었다. 패리스는 눈을 감았다가 떴다. 벽에 붙은 거대한 십자가가 보였다. 하느님의 아들이 십자가에 못 박힌 채로 그들을 내려다보고 있었다. 그는 고개를 돌려 죽은 예수를 안고 있는 성모마리아상을 보았다. 그는 눈물이 날 것 같았다.

결혼식이 끝나고 그는 바로 뉴욕으로 갔다. 그는 자유의여신상을 보면서 바스톨디가 이사벨라를 모델로 자유의여신상을 만들었다던 그 말을 떠올렸다. 바스톨디는 어떻게 되었을까? 아무 여자나 안고 싶다는 생각이 들었지만, 패리스는 그 모든 유혹을 참아냈다. 몇 달 후 일을 끝마치고 런던으로 돌아왔을 때, 그는 자신의 저택 현관에 붙어 있던 '건축가 싱어'라는 명패가 정원 잔디에 처박혀 있는 것을 보았다. 릴리는 패리스에게 이혼을 해달라고 말했다. 그는 이혼 같은 건 생각해본 적이 없었다. 한 번도 없었다. 그는 릴리의 둥글고 아름다운 이마를 바라보았다. 이사벨라는 이혼은 안 된다고 못 박았다. "그런 식으로 서약을 깨뜨리는 일이 있어서는 안 돼. 절대로, 세상에, 절대로 안 돼." 그는 막내아들만 남겨두고 나머지 아이들을 뉴욕에 있는 릴리의 친정으로 보냈다. 그리고 어디론가 떠나지 않고 런던 저택에 머물면서 릴리와 다시 잘해보려고 애썼다. 보석을 사다 날랐고, 그녀가 좋아하는 디자이너를 불러 수십 벌의 옷을 만들게 했다. 어느 날 저녁, 식사를 하려고 식탁 앞에 앉아서 릴리를 기다리던 그는 하인으로부터 릴리가 식사를 하고 싶어 하지 않는다는 이야기를 전해 들었다. 그는 알았다고 대답했다. 그럴 수도 있다고 그는 생각했다. 유모가 막내아들을 제 엄마에게 데리고 갔고, 그는 혼자 저녁을 먹었다. 다음 날에도 릴리는 식당에 나오지 않았다. 그다음 날도, 그리고 그다음 날도 마찬가지였다. 그는 화가 난 목소리로 유모를 불렀고 막내아들을 데려오라고 말했다. 유모는 곤란해하면서 제대로 대답을 하지 못했다. 그는 갑자기 벌떡 일어났다. 그리고 릴리의 침실로 가서 문손잡이를 돌렸다. 문은 잠겨 있었다. 그는 문을 쾅쾅 두드렸다. "꺼져버려요!" 릴리의 목소리가 들렸다. 그는 하인들에게 열쇠를 찾아오라고 고래고래 소리를 질렀다. 조금 있다가 그가 열쇠를 열쇠 구멍에 밀어 넣었다. 찰칵, 하는 소리가 났다. 릴리는 어두운 침실 바닥에 주저앉아 막내아들을 안고 있었다. 패리스의 얼굴과 수염은 눈물로 젖어 있었다. 패리스는 양손으로 릴리의 어깨를 거칠게 잡고 흔들면서 물었다. "아이에게 무슨 말을 했어? 아이에게 무슨 말을 했어?"

그는 그다음 날부터 릴리와 별거를 시작했다. 릴리는 이혼을 원했지만 그에게는 별거가, 릴리를 위해 자신이 해줄 수 있

133   고귀한 혈통

는 최상의 것이었다. 그는 파리로 건너갔다. 그는 센 강 근처에 있는 저택을 사서 그냥 거기에 머물렀다. 그는 더 이상 어디론가 떠나고 싶지 않았다. 그는 그곳으로 여자들을 불러들였다. 그 여자들은 거의 다 패리스가 누구인지 알고 있었다. 억만장자 패리스 싱어, 바람둥이 패리스 싱어, 난봉꾼 패리스 싱어. 그를 모르는 여자들도 있었다. 어떤 여자들은 그에게 몇 살이에요? 하고 물었다. 그는 마흔세 살이라고 대답하고 자신이 그토록 나이 먹었다는 사실에 새삼 놀라워했다.

첫째 딸 프란체스카가 파리로 패리스를 만나러 온 것은 1909년 2월의 일이었다. 제 할머니인 이사벨라를 많이 닮은 그 아이는 이제 열다섯 살이었다. 그 애는 할머니가 자신에게 이름을 지어주었다는 걸 알고 있었고, 그 때문인지는 모르겠지만 어쨌든 이사벨라를 좋아했다. 언젠가 이사벨라는 패리스와 릴리 부부가 있는 자리에서 프란체스카에게 말했다. "네 이름은 정숙한 여자라는 뜻이야. 너는 고귀한 혈통의 아이니까 그 의미를 잘 새겨야 한다." 프란체스카는 웃으며 대답했다. "알고 있어요." 프란체스카는 어렸을 적부터 귀족들과 어울려 생활했다. 그 애에게는 범접할 수 없는 고귀함이 있었다. 그는 가끔 그 애가 제 엄마의 아름다운 이마를 물려받지 못한 것을 아쉬워했다. 프란체스카는 예술에도 관심이 많았다. 파리에 온 날부터 프란체스카는 가이테 극장에서 하는 무용 공연을 보러 가자고 패리스를 졸랐다. 그는 예술이라면 딱 질색이었다. 언제나 그랬다. 하지만 프란체스카를 이길 수는 없었다. 그날 밤 그는 이사도라 덩컨이라는, 미국 출신의 서른한 살짜리 무용수가 추는 춤을 보았다. 무대 위로 한 여자가 걸어 나왔다. 맨발에, 옛 그리스 여자들이 입었던 스타일의 옷을 입고⋯⋯ 그는 무언가를 떠올렸지만 곧 잊어버렸다. 프란체스카는 그 공연을 보고 큰 감동을 받았다. 무용수와 인사하고 싶어 했기 때문에 그는 프란체스카를 데리고 분장실로 갔다. 싱어 가문은 어디에든 갈 수 있었다. 이사도라가 말했다. "우리 예전에 만난 적이 있지 않아요?" 패리스는 전혀 기억하지 못했다. "누군가의 장례식이었어요." 또다시, 프란체스카가 졸랐기 때문에 며칠 후에 패리스는 이사도라를 저녁 식사에 초대했다. "자주 배를 곯았어요. 그때의 경험이 나를 춤추게 만들었죠. 강인한 영혼은 배를 곯는 것 따위에 지지 않으니까요." 그날 밤에 프란체스카는 그에게 '배를 곯는다'는 게 어떤 의미인지 물었다. 그는 뭐라고 설명해야 할지 잘 모르겠다고 솔직하게 대답했다. "어쩌면 할머니가 알고 계실지도 모르겠다." 시간이 조금 흐른 후에 프란체스카는 '배를 곯는다'라는 표현을 아예 잊어버렸다.

프란체스카가 파리를 떠난 후 그는 혼자 가이테 극장에 가서 이사도라의 공연을 또 보았다. 공연이 끝나고 그는 이사도라와 함께 저녁을 먹었다. 이사도라는 파리가 너무 춥다고 말했다. 그는 곧바로 이사도라를 데리고 니스로 갔다. 그들은 그 날 밤을 함께 보냈다. 패리스에게, 이사도라는 아무런 의미도 없는 그런 여자였다. 패리스는 이사도라의 무용이 얼마나 뛰어난 건지는 몰랐지만, 그녀가 어떤 부류의 여자인지는 알았다. 그녀가 뿌린 염문들을 알고 있었다. 그녀의 출생에 대해 알고 있었고, 그녀가 시어도어라는 이름의 사생아를 낳은 적이 있다는 것도 알고 있었다. 그는 이사도라가 파리에 머물 동안만 함께 지낼 생각이었다. 그리고 이사도라가 떠나가면, 항상 그랬던 것처럼 그녀에 대해 까맣게 잊어버리려고 했다. 이사도라의 가이테 극장 공연이 연장되었기 때문에 그들은 예상보다 좀더 오래 만났다. 어느 날 패리스가 점심 식사를 하고 있는데 이사도라가 방문했다. 그녀는 패리스의 품에 안기며 자신이 임신했다는 소식을 전했다. 그토록 많은 여자와 밤을 보냈지만 그는 한 번도 누군가를 임신시킨 적이 없었다. 릴리를 제외하고는 그 누구도 그의 아이를 임신한 적이 없었다. 패리스는 릴리를 제외하고 이 세상 그 누구도 자신의 아이를 낳을 자격이 없다고 생각했다.

이사도라가 패리스의 아이를 임신했다는 소식은 굉장히 빨리 퍼져서 런던에 있는 릴리와 데번에 있는 이사벨라에게까지 전해졌다. 릴리는 그에게 전화를 걸었다. "그 여자가 당신 아이를 가졌다는 게 사실인가요?" 그가 사실이라고 이야기하자 릴리는 한동안 아무 말도 하지 않았다. 패리스는 미안하다고 말하려다가 그만두었다. 도대체 무엇이 미안하단 말인가? 전화를 끊은 후, 그는 오랜만에 들은 릴리의 목소리를 기억하려고 애썼다. 잠시 후에 프란체스카가 다시 전화를 걸어서 그에게 물었다. "그 애가 아빠의 아이인가요? 저의 배다른 동생인가요?" 그가 아무런 대답도 하지 않자 프란체스카가 말했다. "아빠, 괜찮아요. 괜찮아요." 이사벨라는 몹시 화가 나서 다시는 패리스를, 아들을 보고 싶지 않다고 말했다. 패리스와 그런 일이 있기 전부터 그녀는 이사도라를 끔찍하게 싫어했다. 그녀는 이사도라가 예술을 더럽히고 있다고 생각했다. 이사벨라 앞에서 이사도라 이야기를 꺼낸 남자들은 다시는 이사벨라를 만나지 못했다. 그녀는 이사도라가 얼마나 천박한 집안의 출신인지도 알고 있었고, 온갖 남자와 놀아난다는 사실도 알고 있었다. 춤을 출 때마다 허벅지를 다 드러내고, 때로는 가슴까지 보여준다는 사실을 알고 있었다. 이사벨라는 이사도라야말로 자신이 어렸을 적 아버지의 술집에서 보았던 이 빠진 여성 같은 부류라고 생각했다. "어떻게 그런 여자가 우리 가문의 아이를 낳는다는 말이냐?" 패리스는 전화기 너머, 어머니의 목소리를 들었다. 그날 밤, 이사벨라는 어렸을 적에 그랬던 것처럼 이가 하나도 없는 여자들이 나오는 악몽을 꾸었고, 패리스는 이사도라를 자신의 저택으로 불러들였다. 이사도라는 자신의 딸인 시어도어를 데리고 들어왔다.

몇 달 후, 이사도라가 아이를 낳던 날 밤에, 그는 문득 자신

고귀한 혈통

과 함께 잠을 잔 여자들을 떠올려보았다. 기억나는 여자들보다 기억나지 않는 여자들이 더 많았다. 그는 그 기억들을 더듬다가 자신의 죽은 여동생인 이사벨을 떠올리게 되었다. "당신이 내 오빠인가요?" 자신의 손을 꼭 잡던 그 아이. 그는 그때 이사벨이 끼고 있던 하얀색 장갑을 떠올렸다.

이사도라는 아들을 낳았다. 패리스를 쏙 빼닮은 아이였다. 그는 그 아이의 얼굴을 오랫동안 바라보았다. 릴리는 이제 오남매의 얼굴을 볼 생각 같은 건 하지도 말라고 말했다. 그는 구역질이 날 것 같았다. 그들은 아이의 이름을 패트릭이라고 지었다. 1911년까지 패리스는 파리를 떠나 이곳저곳을 돌아다니며 항만 사업과 건축 사업을 벌였다. 어느 날 파리의 저택에 돌아온 그는 댄스홀이 사람들로 득실거리는 걸 보았다. 「트리스탄과 이졸데」 마지막 장이 댄스홀에 퍼지고 있었고, 이사도라가 맨발로 춤을 추고 있었다. 파리의 거의 모든 남자 예술가들이 거기에 모여 있는 것 같았다. 그는 모자를 벗어 두 손에 들고 천천히 댄스홀로 걸어 들어갔다. 몇몇 남자가 그를 알아보았지만 알은척하지는 않았다. 그는 빈 소파에 조용히 기대앉아 이사도라가 추는 춤을 지켜보았다. 그 누구도 어떤 말도 하지 않았다. 그 순간, 거기에 있는 사람들에게 이 세상은 댄스홀을 가득 메운 음악과 이사도라의 춤으로만 이루어진 것이었다. 그러나 패리스에게 음악과 그녀의 춤은 아무것도 아니었다. 패리스는 자신만 아주 동떨어진 세계에 있다는 걸 알고 있었다. 그녀가 다리를 들어 올릴 때 허벅지가 드러났고, 그녀가 입고 있던 튜닉이 조금 흘러내려서 그녀의 가슴 윗부분이 노출되었다. 춤이 다 끝났을 때도 여전히 정적이 흘렀다. 그 정적을 깬 것은, 패리스였다. 그는 소파에서 벌떡 일어나 큰 소리로 웃으며 박수를 쳤다. 이사도라는 그에게 천천히 다가가서 키스했다. 그는 이 여자가 저 남자들 중 도대체 몇 명과 잤을까, 하는 생각을 했다. 패트릭, 그 아이는 내 아이가 맞는 걸까? 그토록 조심했는데 어떻게 이 여자가 내 아이를 임신할 수 있었던 걸까? 어째서 내가 실수를 했던 것일까? 왜 하필이면 이 여자였던 걸까?

그 이듬해는 여러모로 운이 좋지 않았다. 1월이 되자마자 이사벨라의 세번째 남편 폴이 죽었다. 패리스는 드디어,라고 생각했다. 장례식은 마치 이사벨라의 결혼식이 그랬던 것처럼 웅장하게 치러졌다. 그들의 결혼식에 증인을 섰던 에드워드 7세는 2년 전에 이미 죽고 없었다. 이사벨라는 패리스를 보자마자 그의 두 팔에 안겼다. 일흔이 다 된 이사벨라는 젊었을 때의 아름다움을 잃어버린 지 오래였고, 이제 살이 많이 붙어서 둔해 보이긴 했지만, 늙었다기보다는 원숙하다는 느낌을 주는 편이었다. 릴리와 다섯 아이들도 와 있었다. 릴리는 패리스에게서 멀리 떨어져 있었고, 프란체스카가 동생들을 데리고 패리스에게 왔다. 그 아이들은 차례로 제 아버지의 볼에 입을 맞추었다. 막내아들은 약간 쭈뼛거리다가 앙, 하고 울음을 터뜨렸다. "쉿! 네가 몇 살인데 이런 데서 우는 거야. 창피하지도 않아?" 프란체스카가 막냇동생에게 따끔하게 말했다. 막내아들은 울음을 그치고 패리스의 볼에 입을 맞춘 후 제 엄마에게 달려갔다. 프란체스카는 패리스에게 물었다. "모든 게 괜찮은 거죠?" 그 애는 그의 대답을 기다리지도 않고 또다시 질문했다. "내 이복동생은 잘 있어요?" 패리스는 당혹스러움을 느꼈다. 그는 프란체스카의 어깨를 잡고 말했다. "얘야, 걔는 네 동생이 아니야. 네 동생이 아니란다." 릴리는 그 당시 유행하는 스타일의 드레스—허리 선부터 발목까지 타이트하게 덮어서 몸매가 드러나는—를 입고 있었고, 저 멀리서 그를 바라보고만 있었다. 그는 릴리가 어색해 보인다고 생각했다. 이사벨라는 이번에는 눈물을 흘렸지만, 그는 그 눈물이 죽은 폴에게 보내는 것인지, 아니면 다른 그 무엇에 보내는 것인지 가늠이 되지 않았다. 그날 패리스와 릴리, 그리고 다섯 아이들은 이사벨라를 위해 데번의 저택에서 하룻밤 머물기로 했다. 그들은 함께 저녁 식사를 했지만, 패리스와 릴리는 한마디도 나누지 않았다. 밤에, 모두가 잠든 후에 패리스는 몰래 릴리의 방에 들어갔다. 릴리는 깊은 잠에 빠져 있었다. 그는 릴리가 낮에 입었던 드레스—몸통에 딱 달라붙는—와 릴리가 가져온 다른 옷들—역시 유행을 따르고 있는—을 모두 챙겨서 나왔다. 그리고 차를 몰아 근처에 있는 호수로 가서 그것들을 버렸다. 다음 날 아침 그는 릴리가 자기 몸보다 커서 헐렁헐렁한 이사벨라의 드레스—몸매를 절대 드러내지 못하는—를 입고 있는 걸 보았다.

그해 4월에는 교통사고로 시어도어와 패트릭이 죽었다. 이사도라는 큰 상실감을 느껴서, 거의 매일을 울면서 지냈다. 패리스 역시 몹시 큰 충격을 받아서 몇 달 동안 두문불출했다. 어느 날 밤에 이사도라가 울면서 그의 품에 안겼다. 그녀는 패리스에게 아이를 가지게 해달라고 말했다. 패리스는 이사도라를 달랬고, 그녀가 잠들 때까지 깨어 있었다. 날이 밝자마자 그는 릴리를 만나러 런던으로 갔다. 릴리는 패리스에게 문을 열어준 하인에게 몹시 화를 냈고, 패리스를 보고는 입을 다물어버렸다. 그들은 응접실에 마주 보고 앉았다. 릴리는 패리스에게 차 한잔 대접하지 않았고, 잔뜩 화가 난 표정으로 바닥만 바라보았다. 잠시 후 그녀가 입을 열었다. "당신에게 생긴 일은 정말 유감이에요." 패리스는 응접실 한쪽 벽에 온갖 그림과 사진이 걸려 있는 걸 보았다. 릴리가 그걸 바라보고 있는 패리스에게 말했다. "저건 요즘 유행하는 화가의 그림이에요. 저건, 고흐예요. 미치광이였지만, 훌륭한 화가였죠. 이건 피카소예요. 피카소 알아요?" 갑자기 패리스가 릴리에게 말했다. "우린 아들을 한 명 더 낳아야 해." 릴리는 불쾌감과 당혹스러움과 수치심을 느끼며 자리에서 벌떡 일어났다. "모르겠어. 난 패트릭을 좋아한 적이 없어. 왜냐하면 그 애의 엄마가 당신이 아니었

고귀한 혈통

으니까……" 그녀는 입을 쩍 벌리고 무슨 말인가 하려다 그만
두고 그저 잠시 동안 패리스를 바라보았다. 그러다가 고개를
절레절레 흔들었다. "세상에, 패리스, 불쌍한 패리스, 나를 봐
요. 내가 몇 살인지 알아요? 나는 이제 마흔다섯 살이에요. 당
신, 머리가 어떻게 된 거죠?" 패리스는 릴리를 바라보았다. 그
렇게 자세하게 릴리를 뜯어본 것이 얼마 만인지 알 수 없었다.
이사벨라가 지금의 릴리 나이였을 때는 훨씬 더 아름답고 육
감적이었다. 그때 이사벨라는 그에게 왜 헨리에타 같은 여자
와 사랑에 빠졌느냐고 물었다. 왜 그런 천박한 여성과 놀아나
는 거냐고 물었다. 헨리에타와 헤어지고 데번으로, 다시 어머
니의 품으로 돌아왔을 때, 그는 자신이 인생에 대해 뭔가 알았
다고 생각했었다. 문득 그는 이사벨을 떠올렸다. 만약 이사벨
이 살아 있어서 사십대 중반이 되었다면 어떤 모습일까? 그때
릴리가 울먹이며 말했다. "오, 불쌍한 패리스, 당신 모습을 좀
봐요. 당신은 정말 아무것도 모르는군요. 당신은 정말 아무것
도 알지 못해요." 패리스는 릴리의 눈물이 순수한 동정의 의미
라는 걸 깨달았다. 파리로 돌아온 그는 이사도라가 그 집에서
남자 예술가들을 불러 파티를 열었다는 사실을 알았지만 아무
말도 하지 않았다. 그는 이사도라를 위해 많은 돈을 들여 파리
에 무용 학교를 세워주었다. 어느 날 밤에 집으로 돌아왔을 때,
그는 침실에서 남자와 있는 이사도라를 발견했지만 아무런 말
도 하지 않았다. 그리고 몇 달 후에 이사도라가 다른 남자의 아

이를 임신했다는 사실을 알았을 때야 비로소 그는 그녀를 떠났다. 그리고 5년 후에 패리스는 릴리와도 정식으로 이혼했다. 릴리가 여성으로서의 아름다움을 다 잃어버린 후의 일이었다.

이사도라를 떠난 후 그는 애디슨 미즈너라는 건축가와 함께 미국 남동쪽에 있는 거대한 늪지대를 개발할 계획을 세웠다. 그들은 그곳에 사교 클럽을 세웠고 몇 개의 건물도 세웠으며 광장도 두 개―그 광장에는 그들의 이름을 따 각각 미즈너 광장, 패리지 광장이라는 이름을 붙였다―만들었다. 이것들이 훗날 플로리다 팜비치의 시작이 되었다. 그들은 그렇게 착실하게 플로리다라는 도시를 만들어냈다. 물론 가끔 불법적인 일에도 손을 댔고, 그것 때문에 감옥에 가기도 했다. 그가 감옥에 있는 동안 프란체스카가 결혼을 했다. 몇 년 후에는 둘째 아들이 결혼을 했다. 그는 그 당시 감옥에서 나와 플로리다 사업에 활발하게 참여하고 있었지만, 그 결혼식에 참석하지 않았다. 이사벨라가 그에게 전화를 해서 도대체 왜 그러는 거냐고 물었다. "도대체 아버지가 참석하지 않는 결혼식이 말이 되는 거니?" 그는 어머니의 목소리가 젊었을 때와 변함없다는 사실이 새삼 놀라웠다.

몇 년 후에 릴리가 결핵으로 죽었다는 소식을 들었다. 그는 릴리의 장례식에 참석했지만 이사벨라는 참석하지 않았다. 패리스는 딸과 사위, 아들과 며느리, 그리고 자신의 손자들에게

고귀한 혈통

둘러싸여 어색하게 서 있었다. 임신 중인 프란체스카가 그를 꼭 껴안아주었다. 눈물이 나지 않았지만, 그것에 대해 아무도 이상하게 생각하지는 않았다. 그는 그날 밤 오랜만에 런던 저택에 머물렀다. 그는 온갖 사진과 그림으로 가득 차 있던 응접실에 들어가보았다. 여전히 많은 수의 사진과 그림이 붙어 있었다. 그는 그중 어떤 그림 앞에서 발길을 멈추었다. 그림 속, 탁한 군청색 하늘에 떠 있는 노란 달은 마치 조각난 것처럼 보였다. 달 아래에는 빨간 지붕을 한 커다란 저택이 그려져 있었다. 검은 드레스를 입은 두 여자가 그 저택으로 들어가고 있었다. 그리고 앞쪽에는 머리를 틀어 올린 늙은 여자가 그 집을 나와서 걸어가고 있었다. 저택으로 들어가는 여자들은 너무 작게 그려져 있어서 그 나이를 짐작할 수 없었지만, 그는 그녀들이 젊은 여자일 거라고 생각했다.

그는 문득 예전에 나폴리의 별장에서 휴가를 보내던 때를 떠올렸다. 행복한 시절이었다. 그날 오후에 그는 아내와 딸 프란체스카와 함께 나폴리 해안으로 나와 일광욕을 했다. 그런데 호텔의 직원 한 명이 거기까지 그를 찾아와서 편지를 한 장 건네주었다. 딸아이는 끈이 달린 노란색 티와 앙증맞은 반바지를 입고 모래를 만지며 놀고 있었다. 릴리는 하얀색 원피스를 입고 있었다. 그녀는 임신 때문에 부푼 배를 위로 하고 모래사장에 누워서 미소를 지은 채 눈을 감고 있었다. 그는 엎드려서 한 손을 아내의 배에 올린 채 편지를 읽기 시작했다. 그건 이사벨의 유서였다. 이사벨은 자살하기 전날에 자신의 스무남은 명의 이복형제 중 다섯 명에게만 편지를 보냈다. 그는 그날 저녁으로 소고기 카르파초와 안초비가 들어간 피자, 그리고 생선튀김을 먹었다. 저녁 식사를 하는 동안 프란체스카가 알아들을 수 없는 노래를 불렀다. "뚜르네, 뚜르네, 뚜라 너 어스로 뚜아 몬트 허브, 뚜르네, 뚜르네……" 패리스와 릴리는 처음에 그게 무슨 노래인지 전혀 몰랐지만, 곧 릴리가 알아맞혔다. 전날 밤에 해변 근처에 있는 카바레에서 여가수가 부른 상송을 엉터리 프랑스어로 흉내 낸 것이었다. 그는 프란체스카의 영특함 때문에 무척 흡족했지만, 릴리는 프란체스카에게 말했다. "다시는 그 노래를 부르면 안 돼. 엄마한테 혼날 줄 알아." 그리고 패리스에게 말했다. "이럴까 봐 내가 이렇게 어린 애를 그런 쇼에 데리고 가면 안 된다고 한 거예요." 그는 프란체스카를 꼭 껴안고 정수리에 입을 맞췄다. 그가 상송을 부르기 시작했다. 릴리가 얼굴을 찌푸렸지만 곧 그냥 웃었다. "뚜흐네, 뚜흐네, 뚜아 모나무흐 뚜아 몽 헤브, 쎌라 발스 데떼 끼 누자 마히에(몸을 돌려요, 몸을 돌려요, 그대 내 사랑, 그대 나의 꿈, 그리고 우리를 하나가 되게 해주었던 여름날의 왈츠)." 릴리가 그의 어깨에 기댔다. 그리고 집게손가락으로 프란체스카의 코를 톡톡 두드리며 말했다. "다시는 저런 노래, 불러서는 안 돼." 프란체스카는 죽을 때까지 그 노래를 다시는 부르지 않았다.

고귀한 혈통

그날 밤, 패리스는 가족들이 다 잠들었을 때 혼자 서재에 남아 낮에 해변에서 건네받은 그 편지를 다시 한번 더 읽었다.

"패리스 오빠, 몇 년 전에 만났을 때 제게 친절하게 대해주셔서 정말 감사했어요. 그때 오빠를 볼 수 있어서 얼마나 좋았는지 몰라요. 그 이후로 또 만나고 싶었지만 그럴 기회가 오지 않은 것이 무척 슬퍼요. 오빠, 패리스 오빠, 이제 아마 영원히 볼 수 없게 되겠죠."

편지를 다 읽고 나서 그는 방문을 잠갔다. 그리고 잠시 동안 울었다. 아주, 잠시 동안만. 그 시절의 그는 그 일이 자신에게 어떤 식으로 영향을 끼칠지 알지 못했다. 아니, 그 후로도 그는 그런 건 전혀 알지 못했다. 인생은 그냥 그런 식으로 흘러가는 것이었다.

그는 런던 저택에 일주일을 더 머무르고 나서 어머니를 만나러 데번으로 갔다. 이사벨라는 이제 정말 할머니가 되었다. 머리는 하얗게 세었고 몸에는 살이 많이 붙었는데 특히 가슴이 엄청나게 거대해졌다. 그녀는 수다스러워졌고, 목소리도 몹시 커졌다. 그는 아무리 분노할 만한 일이 있어도 목소리를 낮추며 기품을 지키던 이사벨라가 이 세상에서 사라졌다는 사실 때문에 몹시 충격을 받았다. 그는 어머니의 주름진 볼에 입을 맞추고 서둘러 자신의 도시, 플로리다로 돌아갔다. 그는 가끔 릴리의 말—"당신은 정말 아무것도 알지 못해요"—을 떠올렸다. 그는 그 말을 뭉개는 방식으로 어린 여자들과 잠을 자는 걸 선택했다. 여전히 임신이 되지 않도록 조심하면서. 그는 더 이상 그 여자들의 눈에서 슬픔을 보지 못했다. 자신의 모든 것을 포기하게 만들 만한 그런 감정도 느끼지 못했다. 그는 그저 그 모든 것을 빠르게 잊어가기만 했다.

이사벨라는 오래 살았다. 바스톨디를 비롯하여 그 시대를 함께했던 예술가들이 하나둘씩 사라져서, 결국 그 집을 드나드는 사람이 아무도 남아 있지 않을 때까지 그녀는 살아 있었다. 몇 년 후에 자신의 마지막 손자를 낳았던 이사도라 덩컨이 불의의 사고로 죽을 때도 그녀는 살아 있었고, 자신의 첫째 손녀인 프란체스카가 셋째 아이를 낳다가 죽은 후에도 살아 있었으며, 그리고 자신의 하나뿐인 아들, 패리스 싱어가 죽은 후에도 몇 년을 더 살았다.

고귀한 혈통

죽은 사람(들)

그리고 예전처럼 동쪽 빌딩 벽에 거침없이 그려진, 빨간 네온 불
빛에 채색된 빨간 말을 바라보았다. 무슨 일이 일어나건 변함없
이 그곳에 있는, 날개 달린 빨간 페가수스다. 어떤 이야기 속에
등장할까. 그녀에게도 말한 적이 있다. 어쨌든 나는 언제나처럼
수를 세었다. 1, 2, 3, 4, 5, 6, 7. 날개는 항상 7번 파닥거리게 되어
있었다. 그런 후 말은 조용해졌다가, 잠시 후 다시 파닥파닥 날갯
짓한다. 그러자 이 아파트 전체가 새빨간 광채에 휩싸인다. 말이
날갯짓을 멈추자 어찌된 영문인지 주위가 온통 하얗게 변한다.[•]

세계가 끝도 없이 가라앉고 있다. 착각인가? 분명히 착각일
것이다. 눈앞이 일렁거린다. 거대한 파동이 내 몸을 훑고 지나

• 찰스 부코스키, 「치킨 세 마리」, 『일상의 광기에 대한 이야기』, 김철인 옮김, 바다출판사,
2000, p. 110.

죽은 사람(들)

간다. 몸이 균형을 잃고 휘청거린다. 감마선 폭발,이라는 단어를 떠올린다. **아마 어디선가 읽었던 표현이겠지.** 더 이상 궁금하지는 않다. 서쪽으로 고개를 돌리면, 회전목마가 보인다. 십이각형의 초록색 지붕, 색색깔로 화려하게 장식된 기둥, 눈에 보석이 박힌 목마가 회전하며 위아래로 움직인다. 목마는 한 번도 멈춘 적이 없다. 경쾌한 음악도 멈춘 적이 없다. 성인 가슴 높이의 펜스가 회전목마를 둘러싸고, 입구에 세워진 팻말에는 '입장 금지'라고 크게 씌어져 있다. 그 뒤쪽으로 펼쳐진 바다가 보인다. 부두에는 상한 해산물을 실은 낡은 배 몇 척이 정박해 있다. 동쪽에는 거대한 저택이 있다. 너무나 크고 웅장해서 고개를 한껏 빼고 올려다봐도 그 끝을 알 수 없을 정도이다. 구름을 만질 수 있을 것 같은 꼭대기층 발코니에 한 여자가 기대어 서서 아래를 내려다본다. 그녀는 오래전에 자신이 입장 금지 안내문 앞에서 찍은 사진을 떠올리고 있다. 그녀 역시 한 번도 목마에 올라타본 적이 없다. 그녀 역시 항상 실패했다. 그리고 앞으로도 실패하리라. 나는 그녀에게 인사를 하고 싶다고 생각한다. 그때, 거대한 파동이 또 한 번 밀려온다. 아니, 이것도 착각일까?

감마선 폭발.

다시 그 단어를 떠올린다. 갑자기 내 앞으로 파란 하늘과 초록색 잔디가 펼쳐지고 색색깔의 꽃들—튤립과 히아신스, 패랭이꽃—이 순식간에 피어나기 시작한다. 마치 손잡이를 내리면 블라인드가 차르르 반대편으로 뒤집히는 것처럼, 그런 식으로 순차적으로 바뀐다. 하지만 회전목마의 음악 소리는 멈추지 않는다. 아, 아니다, 저건 음악 소리가 아니다. 뱃고동 소리인가? 누군가가 노래를 부르고 있는 것일까? 저 소리는 내 마음을 아늑하게 만들어준다. 그렇지만, 동시에, 저 소리가 나를 나약하게 만들까 봐 무섭기도 하다. 문득, 음(音)이 미묘하게 갈라지고 있다는 느낌에 사로잡힌다. 분절된 음들이 묵직해진다. 아주 규칙적으로, 끊이지 않는 소리들이 어디론가 내려앉는다. 쿵쿵쿵쿵쿵, 소리들이 나를 잡아끈다. **이건 음악 소리가 아니야. 뱃고동 소리도 아니야. 노랫소리는 더더군다나 아니지.** 나는 고개를 젓는다. 숨이 막힌다. 차갑고 축축한 것이 솟구쳐 오른다.

깜빡 잠이 든 모양이었다. 쿵쿵쿵쿵쿵, 그녀가 주먹을 쥐고 차창을 있는 힘껏 두드리고 있었다. 차 문을 잠근 채 잠이 든 모양이었다. 내가 눈을 뜬 걸 확인하자, 그녀는 차창을 두드리는 걸 그만두고 화가 잔뜩 난 표정으로 한숨을 쉬었다. 머리가 깨질 듯이 아팠다. 얼마 동안 잠들어 있었던 거지? 방금까지 끔찍한 꿈을 꾼 것 같은데 그 내용이 도통 기억나지 않았다. 나는 얼굴을 찡그리며 대시보드의 디지털시계로 눈길을 돌렸다. 시계는 꺼져 있었다. 손목시계를 잃어버렸다는 사실을 깨달은 것도 그때였다. 나는 좀처럼 물건을 잃어버리는 일이 없다. 그

죽은 사람(들)

런 건 불가능에 가까웠다. 나는 어딘가를 떠날 때, 소지하고 있던 물건을 확인하는 버릇이 있다. 내 시계를 마지막으로 확인한 게 언제였을까? 역시 기억이 나지 않았다. 나는 자동차 문의 잠금 장치를 풀고 차에서 내렸다. 기지개를 켠 후, 얼른 두 손을 코트 주머니에 집어넣었다. 밤공기가 너무나 차가웠다. 몇 시인지 궁금했지만, 그녀에게 묻지 않을 것이다. 그녀는 내가 시계를 잃어버렸다는 사실을 알아차리지 못할 것이다. 영원히.

"여기가 얼마나 위험한데 차 안에서 잠을 자고 있어요? 강도라도 당하면 어쩌려고요?"

그녀는 내게서 약간—다섯, 여섯 발자국 정도—떨어진 곳에 서 있었다. 그녀는 자세가 아주 똑발랐다. 한때, 아니, 오랫동안 무용수로 지냈기 때문이다. 그녀의 입에서 나온 입김이 한참 공기 중을 떠돌았다. 네크라인이 턱까지 올라오는 두꺼운 헤링본 코트와 털모자와 장갑까지 착용했는데도 그녀의 양볼과 코끝은 빨갰다. 추위 때문이리라. 아니, 어쩌면 그녀는 내가 잠들어 있는 동안 울었을지도 모른다. 나는 그녀를 다시 한번 바라보았다. 그제야 그녀의 두 손에 여전히 들려 있는 조그마한 떡갈나무 상자가 보였다.

몇 시간 전에 그녀는 내게 전화를 걸었다. 가끔씩 새벽에 전화가 걸려올 때가 있었다. 새벽의 전화벨 소리가 암흑 속에서 순식간에 공간을 장악해버릴 때마다 나는 수화기 너머의 목소리가 분명히 누군가의 부음을 전해주리라 막연하게 생각하곤 했다. 하지만 그 생각이 정확히 들어맞은 것은 이번이 처음이었다. 케이가 죽었어요. 그녀는 다짜고짜 이렇게 말했다. 처음에 그 말을 들었을 땐, 어안이 벙벙했다. 대체 케이가 누구란 말인가? 그녀는 횡설수설했다. 나는 그녀가 미친 사람 같다고 생각했다. 케이가 죽었다고요. 그녀는 계속 그 말을 반복했다. 케이? 내가 반문하자 그녀가 믿을 수 없다는 말투로 내게 물었다. 당신, 설마 케이를 **잊어버렸어요?** 아니, 나는 케이를 잊어버리지 않았다. 똑똑히 기억하고 있었다. 심지어 케이가 기억하는 첫번째 크리스마스에 대해서도 알고 있었다. 케이가 다섯 살쯤 되었을 때의 일이다. 아마도, 그럴 것이다. 자고 일어났더니 케이의 머리맡에 놓여 있던 커다란 양말에 초콜릿과 사탕이 잔뜩 들어 있었다. 양말 가장 안쪽에는 카드도 있었다. 산타클로스의 썰매를 끄는 순록의 빨간 코를 누르면 외국 캐럴이 흘러나오는 카드였다. 케이는 너무 어려서 글자를 읽을 줄 몰랐지만 그게 산타가 보낸 카드라는 사실 정도는 알아차렸다. 케이는 당장이라도 부모님 방으로 달려가고 싶었지만 부모님이 깰 때까지 기다려야 했다. 평소라면 장난감을 가지고 놀았겠지만, 그날만은 다른 장난감은 하나도 필요 없었다. 다섯 살짜리 케이는 침대에 잠자코 누워 몇 번이고 반복해서 순록의 코를 눌렀다. 사실, 노래 가사는 약간 추잡했지만 다섯 살짜리 케이는 외국어를 몰랐다. 몇 년 후, 사춘기가 찾아왔을 때, 케이는 그 노래 가사를 이해하고는 그때까지 보관하고 있었던 카드를 버리게 된다. 그즈음부터 케이는 줄곧 키가 크고 약간 통통한 체형을 유지하고 있었다. 동그란 얼굴에는 언제나 미소가 떠나지 않았다. 보일 듯 말 듯한 미소. 하지만 전혀 음흉하게 느껴지지는 않았다. 오히려 상대를 편안하게 해주는 그런 종류의 미소였다. 그는 아주 느릿느릿하게 말했고 표정에는 별로 변화가 없었다. 감정을 내보이는 일도 별로 없었지만, 그렇다고 냉정한 타입은 아니었다. 사람들과 어울리는 것을 아주 즐기는 편은 아니었지만, 그렇다고 책만 읽는 공부벌레 타입도 아니었다. 대학을 다니던 시절, 그는 사람들이 좋아하는 소설을 꼽아보라고 하면 미셸 투르니에의 『방드르디』를 댔고, 영화를 꼽으라고 하면 하워드 혹스의 「스카페이스」를 댔다. 케이는 그런 식으로 사람들이 자신을 저급하게 생각하지 않으면서 동시에 자신에게 거리감을 느끼지 않도록 **조절**했다. 그런 그의 생각은 언제나 먹혔다. 사람들은 그를 좋아했다. 명문 대학의 경영학과를 졸업한 케이는 두 번의 실패 끝에 결국 유명 금융회사에 입사했다. 어쨌든 모두들 취업에 한 번 이상은 실패하던 시절이었다. 케이의 고객은 두 부류였다. 그의 과묵함을 즐기는 부류와 그의 과묵함을 불쾌해하는 부류. 후자의 부류라도 어쨌든 그의 얼굴에서 떠나지 않는 미소를 좋아했다. "그 미소에는 마술적인 부분이 있어요." 그녀는 그렇게 말했다. 하지만, 무엇보다 케이는 돈에 대한 감각이 있었다.

그게 바로 누구도 그를 미워할 수 없는 무기가 되었다. 그는 사람들에게 좋은 상품—돈을 불릴 수 있는—을 소개해줬다. 실패한 적이 별로 없었다. 실패하지 않을 것. 그게 그의 윤리였다. 언젠가부터 케이는 매달 인권 단체에 일정한 돈을 기부했다. 사람들에게 그런 사실을 말한 적은 한 번도 없었고, 거기서 보내온 우편물을 뜯어본 적도 없었다.

케이와 그녀는 2년 전까지 연인 사이였다. 그저 그런 가벼운 사이는 아니었다. 그녀는 국립무용단에 소속되어 있었고, 케이는 자주 그녀의 공연을 보러 갔다. 공연이 끝나면 케이는 꽃다발을 건네고 조그마하지만 힘이 들어간 목소리로 "정말 훌륭했어요"라고 말했다. 그녀에게 그런 말을 하지는 않았지만, 케이는 공연이 시작할 때마다 군무를 추는 무용수들 사이에서 그녀를 찾지 못하게 될까 봐 항상 조마조마해하곤 했다. 그녀를 찾은 후에는 그녀가 피루엣을 돌다가 넘어질까 봐 또다시 조마조마해졌다.

헤어진 후로 그들은 한 번도 만나지 않았다. 그리고 그녀는 오늘 밤, 내게 케이의 죽음을 알려준 것이다. 케이의 소식을 알려주는 내내 그녀가 미친 사람처럼 굴었기 때문에 나는 아무런 질문도 하지 않고 그저 이야기를 듣기만 했다. 어둠 속, 아늑한 침대 위 구스 이불에 파묻힌 나는 그녀의 말을 이해하려는 노력 같은 건 하나도 하지 않았다. 나는 아무런 궁금증도 가지지 않고 그냥 잠자코, 그녀의 말을 듣기만 했다. 그러니까,

마치 죽은 사람처럼, 아, 이 얼마나 나쁜 농담인지! 케이는 교통사고를 당했다고 했다. 아니, 침몰 사고를 당했다고 말해야 할까? 케이의 신형 파사트는 호수 속으로 잠겨 들어갔다. 어떻게 그런 일이 생길 수 있어요? 이 모든 설명 끝에 그녀가 말했다. 케이에게 돌려줘야 하는 물건이 있어요. 나는 내 귀를 의심했다. 뭐라고? 뭐라고 말했어? 그게 무슨 말이야? 그녀에게 되물었다. 그에게 돌려줘야 하는 게 있는데 그가 그렇게 죽어버렸으니 이제 어쩌면 좋아요? 잠시 후 그녀는 마치 세계의 끝이라도 본 사람처럼 한 번 더 내게 물었다. 나는 어쩌면 좋아요?

그래서 나와 그녀는 지금 이 허름한 동네에 서 있는 것이다. 나는 입고 있는 패딩 블레이저의 깃을 올리며, 도로 쪽으로 시선을 돌렸다. 시간이 궁금했다. 몇 시일까? 대체 시계를 언제 어디서 잃어버린 것일까? 도로의 가장자리에는 오래된 연식의 차들이 일정한 간격으로 서 있었다. 다닥다닥 붙어 있는 낡은 집 중에 불이 켜진 창문은 단 한 곳도 없었다. 다만, 내가 서 있는 도로 맞은편에서 모텔 네온사인의 휘황찬란한 빛이 규칙적으로 점멸하고 있었다. 마치, 자신이 이 세상의 유일한 빛이라도 된다는 듯이. 그걸 증명이라도 해보이겠다는 듯이. 모든 게 무너져도 자신의 광채만은 포기할 수 없다는 듯이. 모텔의 이름을 새겨 넣은 네온사인에서 하얀빛이 쏟아져 나온다. 그러다 어느 순간 그 빛이 꺼지고 네온사인 끝의 날개 달린 페가수스 한 마리에만 붉은 불이 들어오기 시작한다. 그 붉은 불이 깜빡깜빡거릴 때마다 마치 페가수스가 날갯짓을 하는 것처럼 보였다. 나는 페가수스가 몇 번 날갯짓을 하는지 세어보려고 했지만 번번이 실패했다. 어려운 일도 아닌 것 같은데 어쩐지 그렇게 되었다. 여하튼 분명한 것은 지금은 모두들 자신의 편안한 침대 안에서 이불에 폭 싸여 잠들어 있을 시간이라는 점이었다. 깨어 있는 건 퉁퉁 부은 도둑고양이들과 가출한 불량 청소년들, 부랑자들, 그리고 페가수스뿐이다.

"상자를 왜 아직도 가지고 있어?"

나는 그 상자에 무엇이 들어 있는지도 몰랐다. 그녀 역시 케이가 건네준 상자에 무엇이 들었는지 모른다고, 한 번도 열어본 적이 없다고 했다. 떡갈나무로 만들어진 조그만 상자는 값비싸 보였다. 특별히 봉해져 있는 것은 아니었다. 그 안에 무엇이 들었는지 궁금하다면 그저 뚜껑을 열어보면 되었다. 아주 손쉬운 일이었다. 그런데도 그녀는 그걸 열어본 일이 없다고 했다. 나는 그녀의 말을 믿었다.

"왜 그냥 나왔어?"

나는 다시 한번 더 질문했다. 그녀는 약간 화가 난 표정으로 나를 바라보았다. 나는 그녀가 추위 때문에 골이 났을지도 모른다고 생각했다.

"못 들어갔어요."

"뭐라고?"

"집 안으로 못 들어갔다고요. 집은커녕 아파트 입구에 얼씬도 못했어요."

그녀는 여전히 내게서 약간 떨어진 곳에 서서 큰 소리로 말했다. 나는 그녀의 목소리가 사람들의 달콤한 잠을 방해할까봐 걱정이 되었다. 나는 그녀에게 다가갔다. 여전히 똑바른 자세로 선 그녀가 나를 올려다보며 말했다.

"당신이 같이 좀 가줘야 할 거 같아요."

"뭐?"

"무서워요."

그녀가 말했다. 나는 그녀의 차가운 볼을 꼬집으며 말했다.

"무서울 거 없어."

"무서워요, 무서워 죽겠어요."

그녀는 진절머리가 난다는 듯이 대답했다.

"그럼 돌아가자. 집에 데려다줄게."

"그럴 수 없어요."

나는 그녀가 괜한 고집을 부린다고 생각했다.

"당신이 나와 함께 케이의 집으로 들어가줘야겠어요."

"그러고 싶지 않아."

나는 한 번 더 말했다.

"정말로 그러고 싶지 않아. 여기에 오기 전에 이미 약속한 거잖아."

우리는 정말로 그런 약속을 했었다. 케이의 아파트에는 그녀 혼자서 들어갈 것. 나는 그의 집에 들어가고 싶은 마음이 추호도 없었다. 그녀는 아무 말도 하지 않고 잠자코 내 눈을 들여다보았다. 소리를 지르지도, 애원하지도, 눈물을 보이지도 않았다. 그럴 수 없어요. 돌아갈 수 없어요. 이 상자를 돌려줘야만 해요. 당신이 필요해요. 그녀는 조그마한 목소리로 그 말을 여러 번 반복했을 뿐이다. 어디선가 버려진 고양이의 울음소리가 들려왔다. 우리 사이로 차가운 바람이 지나갔다. 그녀 뒤쪽으로 서 있는 모텔의 네온사인 속 페가수스가 날갯짓을 막 다시 시작하려는 참이었다. 나는 또다시 페가수스의 날갯짓이 몇 번인지 세어보려고 애썼다. 하지만 이번에도 역시 실패했다. 나는 고개를 내저었다. 이런 식으로 밤을 샐 수는 없는 노릇이었다. 나의 패배였다.

"좋아, 함께 들어가자."

나는 케이의 아파트 쪽으로 걷기 시작했다. 입구는 좁고 어두웠다. 우리는 페인트가 벗겨져서 군데군데 철골이 드러난 엘리베이터에 올라탔다. 그녀가 아무 버튼도 누르지 않았기 때문에 내가 숫자 '5' 버튼을 눌렀다. 엘리베이터의 형광등은 금방이라도 꺼질 듯이 지지직거렸고, 움직이는 내내 금속이 어딘가에 긁히는 소리가 났다. 엘리베이터가 너무나 천천히 움직였기 때문에 우리는 아주 오랜 시간 동안 그 안에 있었다. 마치 지구의 중심에서 아주 멀고 먼 곳으로 떠나가려는 것처럼. 마치 중력의 영향을 받지 않는 곳으로 떠나가려는 것처럼.

죽은 사람(들)

쓸데없는 생각이었다. 어느 순간 엘리베이터가 한 번 덜컥, 거렸고 문이 열렸다. 좁고 긴 복도에는 때가 탄 붉은색 주단이 깔려 있었다. 벽에는 금이 가 있었고 바닥에서는 오줌 냄새가 났다. 나는 왜 케이가 이런 집에서 살다가 죽었는지 궁금했다. 어쨌든 그는 잘나가는 금융맨이었다. 이탈리아산 옷감으로 만든 맞춤 양복을 입고, 매일 오후에는 구두닦이 소년에게 구두를 맡기고, 휴가 때는 싱가폴에서 한 시간 정도 배를 타야 도착할 수 있는 섬에서 머물렀다. 혼자 머물 때도 있었고, 여자와 함께 머물 때도 있었다. 그에게 무슨 일이 있었던 것일까? 케이의 집은 복도의 가장 안쪽에 있었다. 앞장서서 가던 그녀가 아주 잠깐 휘청거렸다. 나는 그녀를 부축해주었다. 나는 그녀가 케이의 죽음 때문에 울었는지 궁금했다. 케이의 현관문 앞에 다다랐을 때 나는 그녀 대신 주단의 끝을 살짝 들어서 열쇠를 찾아내주었다. 열쇠를 그녀에게 건네자, 그녀는 나를 뚫어지게 바라보았다. 그녀는 온몸을 부들부들 떨었지만, 두 손에 들고 있는 상자만은 꽉 쥐고 있었다.

"당신이 열어요."

그녀의 얼굴은 아주 창백했다. 나는 그녀가 진짜로 쓰러지지나 않을까 걱정이 되었다.

"빨리 열어봐요."

그녀가 하얗게 질린 얼굴로 나를 재촉했다. 나는 열쇠를 열쇠 구멍 안으로 넣고 돌렸다. 찰칵, 하고 소리가 났다. 문을 열기 직전에 그녀가 내 손을 잡고 나를 제지했다.

"잠깐만요."

그녀는 아주 오랜 시간 동안 아무 말도 하지 않고 꼿꼿한 자세로 서 있었다. 아니, 어쩌면 아주 짧은 순간이었는지도 모른다. 나는 실제로 시간이 얼마나 흘렀는지 알지 못했다. 왜냐하면 나는 시계를 잃어버렸으니까. 나는 그녀에게 다정하게 말했다.

"내키지 않는다면, 집으로 그냥 돌아가도 돼. 지금이라도 늦지 않았어."

"그럼 이 상자는 어떻게 해요?"

나는 생각했다. 그런 걸 누가 신경이나 쓴단 말인가?

"아녜요, 돌아갈 수 없어요. 이 상자를 가지고 돌아갈 수 없어요."

그렇게 말한 후 그녀는 결심한 듯 말했다.

"들어가요."

그녀가 그 말을 하자, 이상하게도 이번에는 내가 덜컥 겁이 났다. 손바닥이 땀으로 축축해졌다. 세상에, 내게 무슨 일이 생기려고 하는 걸까? 도대체 내게 무슨 일이 생기려고 하는 걸까? 나는 그녀가 문을 여는 순간 눈을 질끈 감았다.

'아무 일도 일어나지 않았다.'

문이 열리고, 눈을 뜨자마자 내 머릿속에 떠오른 문장이었

죽은 사람(들)

다. 집 안에는 온기가 돌았다. 아마도 케이가 나갈 때 깜빡 잊고 난방장치를 꺼놓지 않은 모양이었다. 나는 패딩 블레이저를 벗어서 현관문 옆 옷걸이에 걸면서 생각했다. 대체 나는 무슨 기대를 했던 것일까? 내가 이 집에 들어서는 순간, 뭔가 무서운 일이 시작되리라고 생각했던 것일까? 케이의 유령이라도 볼 거라고 생각했던 것일까? 전등은 모두 꺼져 있었고, 맞은편 모텔 건물 네온사인의 점멸하는 하얀빛과 붉은빛이 쉴새 없이 케이의 커다란 창문으로 비쳐들고 있었다. 케이는 이런 곳에서 어떻게 잠을 이룰 수 있었을까? 그 집에는 커튼이 없었고 창문은 한 벽을 다 차지할 만큼, 지나치게 컸다. 침대 위는 베개와 여러 개의 시트가 겹쳐져 있고 책상에는 책 몇 권이 가지런히 꽂혀 있다. 협탁 위에는 액정이 꺼진 디지털시계가 하나 있었고 바닥에는 낡은 러그가 깔려 있었다. 부엌은 거실과 바로 연결되어 있었는데 그릇은 모두 깔끔하게 정리되어 있었다. 식탁 위에는 먹다 남은 샌드위치와 식은 커피가 놓여 있었다. **이게** 바로 죽은 사람의 집이군.

나는 남은 샌드위치를 한입 베어 물었다. 맛이 꽤 괜찮았다. 찬장을 열어보니 먹다 남은 와인과 진, 버번이 한 병씩 있었다. 찬장을 좀더 뒤진 끝에 나는 새 버번을 찾아낼 수 있었다. 나는 버번의 뚜껑을 딴 후 컵 두 개에 반쯤 따라서 그녀에게 가지고 갔다. 그녀는 털모자도 벗지 않고, 코트와 장갑도 그대로 착용한 채로 거실 한가운데에 우두커니 서 있었다. 마치 자연스럽게 행동하는 법을 잊어버린 사람 같았다. 그녀는 그저 그렇게 서서 창밖을 보고 있었다. 모텔의 네온사인은 창문의 모든 면을 차지할 만큼 커 보였다. 창 안으로 비쳐 들어오는 빛이 그녀 뒤로 기다란 그림자를 만들었다. 나는 그걸 바라보았다. 나는 그녀를 사랑했다. 어떨 땐 내 목숨보다 더. 항상, 죽을 때까지, 내 곁에 있어주기를. 그녀가 뒤를 돌아보았다. 손에 들고 있던 상자를 협탁 위에 올려둔 후, 양가죽 장갑과 털모자를 차례로 벗어서 침대 위에 가지런히 올려두었다. 그리고 내게서 받아든 술을 한 모금 마신 후 침대 위에 걸터앉았다. 여전히 코트 단추를 목 끝까지 채운 채였다. 점멸하는 빛과 빛 사이에 보이는 그녀의 얼굴은 여전히 지치고 두려워 보였다. 나는 그녀에게 괜찮으냐고 물었다. 그녀는 그렇다고 대답했다. 나는 그녀의 옆에 앉아서 중얼거렸다.

"감마선 폭발."

"그게 뭐죠?"

"나도 잘 몰라."

"괜찮아요, 설명해봐요."

그녀가 말했다.

"아마도, 우주에서 일어나는 폭발 같은 거야. 별이 폭발하면서 그 짧은 시간 동안 우주 공간으로 상상도 할 수 없을 만큼 많은 에너지를 내뿜을 때가 있다고 하더군. 정말 엄청나게 큰 에너지라고 했어."

"어느 정도인데요?"

"1945년에 히로시마에 떨어진 원자폭탄 1천조 개가 30조 년 동안 매일매일 터져야 그 세기와 비슷해질 정도라고 했어. 상상할 수 있어?"

"별로 상상하고 싶지 않군요."

그녀는 마치 추운 나라의 사람처럼 코트 깃을 올리며 중얼 거렸다. 원자폭탄이라니. 모두가 죽어버릴 거 아니야. 그녀는 진절머리가 난다는 듯이 중얼거렸다. 그녀는 술잔을 내려놓고 다시 장갑을 꼈다. 나는 다른 식으로 설명하기로 했다.

"이를테면, 태양이 전 생애를 걸쳐 내뿜을 에너지를 불과 몇 분, 아니 몇 초만에 다 내뿜어버리는 거야. 4억 5천만 년 전 쯤에, 지구에는 많은 종류의 생물이 살고 있었어. 대부분은 삼 엽충이나 해양 생물 같은 것들이지. 그런데 어느 순간 갑자기 그 생물의 절반이 넘는 수가 멸종되어버렸어. 아무도 그 이유 를 몰라. 그걸 어떻게 알겠어? 어떤 사람들은 그게 감마선 폭 발 때문일지도 모른다고 말해. 그 시기에 지구로부터 6천 광 년 거리에서 초신성이 폭발한 적이 있다는 거야. 그때 지구로 강력한 감마선이 방출된 거지. 단 10초간 지속된 폭발이었어. 10초. 그 10초간의 폭발로 지구의 절반이 넘는 생물이 죽어버 린 거야."

도대체 내가 무슨 말을 하고 있는 거야? 이걸 다 어떻게 알 고 있는 걸까? 나는 감마선 폭발이라는 단어를 어디서 들었던 걸까? **아마 어디선가 읽었던 표현이겠지.** 나는 계속 이야기 했다.

"우주에서는 하루에 평균적으로 세 번씩 감마선 폭발이 일어나고 있어. 지구와 몇백억 광년이나 떨어진 곳에서. 어쩌면 우리가 이 집에 들어온 이후로도 우주 어딘가에서는 몇 번이나 감마선 폭발이 일어났을지도 몰라. 아니, 지금 이 순간에도 어떤 행성의 생물들이 감마선 폭발 때문에 절반쯤 사라졌을지도 모르지. 하루에 세 번이야. 믿을 수 있어? 하루에 세 번이라고. 우리가 살아오는 동안 3만 번도 넘게 감마선 폭발이 일어났다는 말이야. 그리고 폭발의 잔광이 있어. 폭발의 잔광이 빛의 속도로 우주를 이동하는 거야. 때때로 우리에게 도달하기도 하지."

내가 이 말을 끝내는 순간, 페가수스가 날갯짓을 하기 시작했다. 그녀가 나를 바라보았다. 그녀의 얼굴에 붉은빛이 반사되었다. 나는 그녀를 꼭 껴안고 그녀의 귀에 속삭였다.

"그렇게 생각하면 케이의 죽음 같은 건 **아무것도 아닌 거야.**"

오, 세상에, 그녀가 두 손으로 얼굴을 감쌌다. 그리고 내 어깨에 자신의 얼굴을 파묻었다. 우리는 그대로 아주 오랫동안 남아 있었다. 나는 눈을 감고 저 어두운 우주 너머로 흐릿하게 보이는 섬광을 떠올려보았다. 별의 폭발. 별의 거대한 폭발. 우리는 결코 알 수 없을 별의 죽음, 잔광, 빛 메아리들. 무려 125억 광년을 이동해서 도달한 빛 메아리가 있었다. 그건, 그러니까, 125억 광년 전의 빛인 셈이다. 케이의 죽음 같은 건 아무것도 아닌 거야. 나는 방금 내가 한 말을 떠올려보았다. 케이의 죽음 같은 건 아무것도 아닌 거야. 우리는 죽은 케이의 침대위에서 오랫동안 부둥켜안고 있었다. 무언가 차갑고 축축한 것이 차오르는 것처럼 느껴졌다. 하지만 나는 이게 착각이라는 사실을 잘 알고 있었다.

눈을 떴을 때, 나는 온통 땀투성이였다. 방 안의 온도가 너무 높았다. 침대 시트가 땀으로 젖었을까 봐 걱정이 되었지만 나는 곧 그게 쓸데없는 걱정이라는 사실을 깨달았다. 왜냐하면 이건 죽은 사람의 침대이니까. 그녀는 여전히 외투 단추를 목 끝까지 채우고 장갑과 모자를 착용한 채로, 침대 끄트머리에 앉아 있었다. 그녀는 땀 한 방울 흘리지 않았다. 외투로 꽁꽁 싸매고 있지만, 그래도 나는 그녀의 곧은 척추를 알아볼 수 있었다. 아직도 깜깜한 밤이었다. 밤이 영원히 계속될 것만 같은 그런 날이 있다. 깨어 있기도 잠들어 있기도 두려운 밤. 밤이 지속되는 것도 원하지 않고, **새로운** 아침이 오는 것도 바라지 않는. 습관적으로 손목시계를 확인하려다가 그만두었다. 아, 시계를 잃어버렸지. 나는 다시 눈을 감았다. 작년에 케이의 직장 상사 한 명이 죽었다. 차 안에서 스스로 목숨을 끊었다고 했다. 여자였고, 두 아이의 엄마였다. 큰 아이가 고등학교에 다닌다고 했다. 그녀는 좋은 사람이었지만, 나약한 사람이었다고 케이가 말했다. 시간이 지나면 아무도 모를 만한 그런 이야기라고, 영원히 아무도 기억하지 않을 그런 이야기라고, 죽은 사람이 잘못이라고 케이는 말했다. 무슨 짓을 해서라도 살아남을 거라고 케이는 말했다. 그 말을 할 때 케이의 얼굴에는 미소가 잠시 사라졌지만, 금방 미소는 자신의 자리를 되찾았다.

"케이는 어릴 적에 크리스마스카드를 선물 받은 적이 있어요."

나는 눈을 감은 채로 대답했다.

"알아."

"그이는 그 카드를 끔찍하게 싫어했어요."

"그랬어?"

"몰랐어요?"

나는 몰랐다고 말하고 싶지 않았다. 나는 그제야 건너편 모텔의 네온사인이 멈췄다는 것을 깨닫는다. 빛 한 점이 없었다. 어떻게 바보처럼 그걸 이제야 알아차렸을까? 어둠 속에서 나는 그녀의 뒷모습만을 볼 수 있었다. 마치 그녀의 몸 전체가, 그 곧은 근육들이 말을 걸고 있는 것 같은 착각에 빠졌다. 그녀가 입을 열었다

"이런 걸 상상해봤어요. 아주 오랜 시간이 흐른 후를 말이에요. 그러니까 케이가 죽지 않고 살아 있게 된 먼 훗날을 말이에요. 아마도 25년 후쯤. 케이는 오십대 중반이에요. 아내나 자식은 없어요. 처음부터 결혼을 하지 않았을지도 모르고, 결

혼을 했지만 이혼했는지도 몰라요. 여하튼 그는 혼자예요. 그의 어머니는 아주 오래 살았어요. 백 살도 넘게. 하지만 지금이 이야기는 케이의 어머니가 백 살이 넘었을 때까지 흘러가지는 않을 거예요. 이 이야기는 케이의 어머니가 일흔아홉 살쯤 되었을 무렵에 관한 것이에요. 당신도 잘 알고 있겠지만 케이의 부모님은 동갑이셨죠. 그의 아버지는 일흔일곱 살이 되던 해부터 병원 신세를 지고 있었어요. 몇 번이나 죽을 고비를 넘겼죠. 의사가 이번에야말로 죽을 거라고, 그러니까 마음의 준비를 단단히 하라고 했을 때도 그의 아버지는 죽지 않았어요. 케이는 몇 번이나 밤중에 자다가 전화를 받고 병원으로 차를 몰고 갔다가 다시 집으로 돌아오곤 했어요. 점점 그들은 그런 식으로 아버지의 죽음에 대해 무감각해졌어요. 의사도 마찬가지였죠. 그들은 케이의 아버지가 그런 식으로 영원히 죽지 않을 거라고 막연하게 생각하고 있었을 수도 있어요. 물론 그런 상황을 마냥 좋아했다거나 그런 건 아니었겠지만 말이에요. 뭐랄까, 익숙해졌다고나 할까, 아니면 심드렁해졌다고나 할까. 그래서 어느 날 실제로 케이의 아버지가 죽었을 때, 그것도 습도와 기온과 햇살이 아주 완벽했던 가을날의 정오에 죽었을 때, 케이의 어머니와 케이는 무척, 뭐라고 해야 할까, 무척 황당해했어요."

결국 케이의 아버지는 죽었다. 케이와 케이의 어머니는 마치 예상하지 못한 공격을 받은 사람들 같았다. 그렇지만 예상하지 못한 공격이라는 건 얼마나 흔한 일인지. 장례식의 마지막 날 젊은 목사가 찾아왔다. 그는 한쪽 다리를 절었다. 케이는 생전 처음 보는 남자였다. 그는 케이의 두 손을 꼭 잡으며 말했다. 특별한 종류의 위로가 있기를 기도하겠습니다. 케이는 어머니나 아버지가 교회에 다녔다는 이야기를 들어본 적이 없었다. 그는 어머니에게 그 목사에 대해 묻지 않았다. 왜냐하면 케이는 금방 그를 까맣게 잊어버렸기 때문이다. 겨울에, 케이는 휴가를 냈다. 그 정도는 가능했다. 케이는 회사에서 꽤 중요한 위치까지 올라가 있었다. 많은 사람이 손해를 보고, 정리 해고를 당하고, 누군가는 죽은 그해에도 케이는 살아남았다. 살아남은 첫해에 그는 자주 울었다. 하지만 시간이 지나면서 그는 울지 않게 되었다. 그런 일들—울어야 하는 일—은 도처에 널려 있었다. 그 모든 일이 울 만한 일이었다. 거꾸로 말하면 그 모든 일이 울 만한 일이 아닌 거나 마찬가지라고, 케이는 생각했다. 그는 그저 조용하고 품위 있는 상사로, 조용히 나이 들어갔다. 그의 기부액은 점점 늘어났고 여전히 우편물은 뜯어보지 않았다.

휴가를 낸 케이는 어머니를 모시고 어머니의 언니, 그러니까 그의 이모가 살고 있는 지방으로 갔다. 그곳은 바닷가에 위치하고 있었다. 성탄절이 낀 휴일이었고 혹시라도 도로가 막힐까 봐 한밤중에 출발했다. 기상 캐스터는 25년 만에 가장 추운 밤이 찾아왔다고 말했다. 조수석에 앉은 어머니는 안전벨트를 매고 금방 잠에 들었다. 아무런 공백도 없이 어둠과 추위가 빽빽하게 들어차 있는 그런 밤이었다. 길 옆으로 얼어붙은 땅이 어둠과 함께 끝도 없이 펼쳐졌다. 가끔 저 멀리, 아주 멀리, 길 끝으로 작은 빛들이 점점이 보일 때가 있었다. 아직 잠들지 않은 사람들이 있구나. 이상하게도 그 빛을 보자, 그는 마치 자신이 세상의 끝에 와 있는 듯한 느낌에 사로잡혔다. 세상의 끝에는 무엇이 있을까? 그는 거기에 날갯짓이 있으리라고 생각했다. 그렇다면, 세상의 시작에는? 그는 거기에도 날갯짓이 있으리라고 생각했다. 갑자기 그동안 까맣게 잊어버리고 있던, 아버지의 장례식에 왔던 젊은 목사가 떠올랐다. 특별한 종류의 위로. 대체 누가 특별한 종류의 위로를 받을 수 있는 걸까? 케이는 한 번도 신을 믿어본 적이 없었다. 그렇지만 특별한 종류의 위로를 받을 수 있는 부류가 정해져 있을 거라는 막연한 추측은 할 수 있었다. 그렇지 않은가? 모두가 신으로부터 특별한 위로를 받을 수 있다면 그건 더 이상 특별한 것이라고 말할 수 없을 테니까. 그렇다면 내 아버지는, 혹은 내 어머니는 그런 종류의 특별한 위로를 받을 만한 자격이 있었던 걸까? 자격은 누가 판단하는 걸까? 케이는 모든 죽음이 평등하다는 말은 거짓이리라는 생각을 했다. 어떤 죽음도 평등하지 않았다. 그는 25년 전쯤의 어떤 밤에, 이런 식으로 어둠에 빨려 들어가듯이 운전한 사실을 기억해냈다. 그때 그의 옆에는 아무도 없었다. 그때 그는 완전히 혼자였다. 그는 조수석을 바라보며 자신의 옆에 어머니가 잠들어 있다는 사실에 안도했다.

그들이 바닷가 마을에 도착한 건 새벽녘이 다 되었을 무렵이었다. 그는 마을의 초입에 잠깐 차를 세워두었다. 부연 하늘에 줄지어 날아가는 새의 무리가 보였다. 이모의 집은 바다와 아주 가까웠다. 일차선 도로를 하나 건너기만 하면 모래사장이 펼쳐져 있었다. 이모의 집에서 낮잠을 오래 잔 후에 그는 어머니와 함께 모래사장으로 나가보았다. 어머니는 감기에 걸릴까 봐 외투를 두 벌이나 걸치고 마스크까지 했다. 차가운 바닷바람 때문에 그의 뺨이 얼얼해졌다. 누군가에게 찰싹찰싹 얻어맞는 기분이었다. 모래사장은 아주 조그마했고 인공적인 데라고는 하나도 없었다. 아니, 너무나 자연스러워서 오히려 인공적으로 보일 정도였다. 여름에도 사람들이 놀러 오지 않는다고 케이의 이모가 말했다. 놀러 오든 말든 그게 무슨 상관이겠니, 이모는 이렇게 덧붙였다. 그들은 이모의 식탁에서 파도 소리를 들으며 함께 저녁 식사를 하는 중이었다. 메뉴는 온통 생선이었다. 케이는 생선을 좋아했다. 그가 생선의 가시를 열심히 바르고 있을 때, 그의 어머니가 케이의 어린 시절을 이야기하기 시작했다. 케이는 당황했다. 그들이 케이의 어린 시절에 대해 이야기를 나눈 적은 단 한 번도 없었다. 얘가 다섯 살쯤 되었을 거야. 크리스마스이브 날 나와 남편이 얘가 잘 때, 양말에 사탕이랑 초콜릿을 잔뜩 넣어서 놓아둔 적이 있어. 아

죽은 사람(들)

주 커다란 양말에. 그리고 카드도 한 장 써서 넣어뒀어. 보낸 사람에는 산타클로스라고 적어줬지. 그게 바로 이 애의 첫번째 크리스마스 선물이었어. 여기까지 말한 케이의 어머니가 케이의 얼굴을 보며 물었다. 기억이 나니? 케이는 도통 기억이 나지 않았다. 그에게는 기억해야 할 일이 너무나 많았다. 그는 브이아이피 고객들의 이름과 그들 자식들의 근황, 재무 상태, 금융 정보, 직원들의 얼굴, 그들의 성과를 기억해야 했다. 케이가 조용히 미소를 지으며 고개를 젓자, 그의 어머니가 약간 실망한 표정을 지었다. 하지만 그녀는 이모를 바라보며 계속 이야기를 이어갔다. 동이 트자마자 이 애가 우리 침실로 뛰어 들어왔어. 얼마나 흥분했던지, 숨도 제대로 쉬지 못할 지경이었어. 계속 소리를 질렀지. 엄마, 아빠, 이것 보세요! 산타 할아버지가 제게 선물을 주고 갔어요! 엄마 아빠, 이것 좀 보세요! 내게 카드도 썼어요! 얘는 방 안을 이리저리 쉴 새 없이 뛰어다녔어. 이 애는 **너무 흥분해서 숨도 못 쉴 지경**이었다니깐. 이 애에게 그런 때가 있었다니깐. 케이의 어머니와 이모가 손뼉을 치며 웃었다. 케이는 어머니와 이모의 웃음소리를 듣다가 문득, 그 카드를 기억해냈다. 그 카드, 추잡한 노래 가사. "밖은 너무 추워요. 안에 함께 머물러요. 베이비, 당신의 솜사탕 같은 얼굴, 우리는 함께 목마를 타러 갈 수도 있잖아요. 그렇지만 밖은 너무 추우니 안에 함께 머물러요." 그걸 기억해내자 케이는 순식간에 기분이 나빠졌다. 하지만 케이의 어머니는 그의 기분은 신경 쓰지 않는 것 같았다. 이 애는 우리에게 카드를 읽어 달라고 성화였지. 엄마 아빠 얼른 읽어주세요. 빨리요. 이 애가 나와 남편 사이에 누웠지. 남편이 이 애를 꼭 껴안았어. 이 애는 그때 그렇게 사랑스러웠어. 그런데 이제는 더 이상 사랑스럽지 않지. 저 흰머리를 봐. 세상에 저렇게 나이를 먹은 거야. 세월이 그렇게 많이 흘렀어. 눈 한 번 깜짝한 것 같은데 말이야. 어떻게 이런 일이 생길 수 있어? 대체 우리에게 무슨 일이 생긴 거야? 이 애는 왜 더 이상 사랑스럽지 않은 거야? 케이는 어머니가 몹시 슬프고 불안정해 보인다고 생각했다. 케이의 이모가 그녀의 손을 꼭 잡으며 이렇게 말했다. 모든 아이는 **한때** 사랑스러운 거야. 케이의 어머니는 빙그레 웃으며 다시 이야기를 시작했다. 애 아빠가 카드를 읽어줬어. 안녕 애야, 나는 산타란다. 올해 너는 무척 착한 아이였어. 선물로 사탕과 초콜릿을 두고 간다. 단, 하루에 하나씩만 먹어야 해. 그리고 만화영화는 하루에 한 시간만 봐야 한단다. 네가 먹은 밥그릇은 개수대에 직접 넣어야 한다. 글씨도 배워야 해. 그래야지 내년에도 선물을 받을 수 있을 거다. 그래서 이 애가 어떻게 했는지 알아? 이 애는 정말로 그렇게 했어. 그 모든 걸 다 지켰어. 세상에, 그런 아이였어. 이 애는. 하지만 케이는 그의 어머니의 말을 듣는 둥 마는 둥 했다. 그는 어머니가 캐럴의 가사를 전혀 기억하지 못한다는 사실이 너무나 실망스러웠다. 그의 어머니나 죽은 아버지는 그런 것에 신경을 써본 적도 없었으리라.

죽은 사람(들)

그날 아침, 한 침대에 나란히 누워서 루돌프의 코끝에서 흘러나오는 캐럴을 몇 번이나 반복해서 들었는데도 말이다. 케이는 그들의 무신경함에 화가 났다. 그들은 그가 아침에 깨어나서 자신의 부모가 깨어나길 기다리는 그 시간을 상상도 해본 적이 없으리라. 세상에, 그들의 그 **교육 방식**은 또 어떻고! 그는 분노 때문에 손이 떨렸다. 참을 수가 없어졌다. 이런 기분은 25년 만에 처음 느끼는 것이었다. 그는 소리를 지를 수도 있을 것 같았다. 그래야 할 것 같았다.

하지만 케이는 소리를 지르지 않았다. 그는 그냥 숨을 한번 고르고 생선 요리를 먹기 시작했을 뿐이다. 대체 그게 무슨 상관인가. 그건 벌써 50년도 지난 일이었다. 캐럴의 가사가 추잡하든 그렇지 않든, 그가 부모에게 속아서 가짜 산타의 요구를 지켰든 그렇지 않든, 그들의 양육 방식이 그에게 어떤 영향을 줬든, 그건 이제 와서는 아무런 의미도 없는 일이었다. 미래가 있어. 케이는 생각했다. 아직도 살아갈 날이 많이 남아 있어. 자신의 어머니는 또 어떠한가. 그녀는 자신이 죽은 이후에도 계속 살아남을 예정이었다. 그녀의 친구들이나 형제들이—이를테면 바로 지금 내 눈앞에 있는 이모까지—다 죽은 이후에도 그녀는 살아 있을 것이었다. 그녀는 **혼자** 살아남을 것이다. 케이는 갑자기 혼자 살아남을 어머니가 너무나 걱정되었다. 케이는 어머니에게 선물을 드려야겠다고 생각했다. 작은 나무 상자에 담아서. 무엇을 담을지는 이미 결정했다. 그는 그런 생각을 하며 생선 살을 발라 입에 넣었다. 세상에, 케이는 그날 밤 이모의 집에서 파도 소리에 귀를 기울이며 생선을 먹다가 문득 깨달았다. 특별한 종류의 위로가 드디어 자신에게 도달했음을. 케이는 자신이 꼬마였던 그 성탄절 아침에 있었던 일이 자신이 남은 인생 동안 계속 생각하고 떠올려야 하는, 그리고 그렇게 떠올릴 때마다 자신을 무척 행복하게 만들어줄, 아름다운 순간으로 바뀌었다는 사실을 그 순간 깨닫게 되었던 것이다.

"마치 손잡이를 내리면 블라인드가 차르르 다른 면으로 바뀌는 것처럼 말이에요. 케이는 죽을 때까지 그 순간을 여러 번이나 곱씹게 돼요. 그 순간을 곱씹을 때마다 케이는 무척 행복해지죠. 그런 식으로 케이의 과거가 케이의 미래가 되는 거예요."

그녀는 말하는 내내 내게 등을 돌리고 있었다. 말을 마친 그녀는 오랫동안 아무 말도 하지 않았다. 나는 내가 그녀의 다음 말을 잠자코 기다려야 한다는 사실을 알고 있었다. 마침내 그녀가 입을 열었다.

"그러니까, 케이의 죽음은 아무것도 아닌 게 아니에요."

나는 여전히 그녀의 뒷모습을 바라보고 있었다. 여전히 코트로 꽁꽁 싸매고 있는 그녀의 등을. 나는 자주 그녀의 무용을, 여러 무용수 사이에 섞여 군무를 추는 모습을, 피루엣을 도는

죽은 사람(들)

모습을 보러 갔었다. 그녀는 무대에서 한 번도 넘어지지 않았다. 그렇지만 이제 그녀는 더 이상 무대에 서지 않는다. "누구나 그런 식으로 무대 위에 남아 있을 수는 없잖아요." 그러니까, 그녀는, 말하자면 피루엣을 돌다가 넘어진 거나 다름없었다. 물리적으로는 불가능하지만, 세상에는 실제적으로 영원히 피루엣을 돌 수 있는 사람들이 있었다. 그 이유가 뭐든 간에, 그런 사람들이 있었다. 이제 그녀는 동네에 있는 작은 발레 학원에서 파트타이머로 아이들을 가르쳤다. 그녀는 더 이상 레오타드를 입지 않았다. 아마도 앞으로 토슈즈를 신을 일도 없을 것이었다. 그럴 필요가 없었다. 그렇다고 하더라도 그녀는 여전히 무용수의 자세와 무용수의 걸음걸이를 간직하고 있었다.

나는 손바닥으로 이마에 흐르는 땀을 훔치며 침대에서 일어났다. 너무 더웠다. 시간이 궁금했다. 나는 어둠 속을 헤엄치듯 걸어가서 버번을 한 잔 더 따랐다. 어느새 그녀는 처음 이 집에 들어왔을 때처럼 케이의 커다란 창문 앞에 서 있었다. 두꺼운 코트와 모자와 장갑을 착용한 채로. 모텔의 네온사인은 여전히 꺼져 있었다. 너무 어두웠지만 그녀의 실루엣만은 내 눈에 뚜렷하게 들어왔다. 그 작은 나무 상자는 다시 그녀의 두 손 위에 올려져 있을 터였다. 시간이 궁금했다. 몇 시지? 대체 이 밤은 언제 끝날 셈이지? 나는 더 이상 참을 수가 없어졌다.

"몇 시야?"

"뭐라고요?"

그녀가 뒤도 돌아보지 않고 되물었다.

"몇 시나 되었냐고."

"당신, 시계를 잃어버렸군요."

나는 너무나 부끄러워졌다. 시계를 잃어버리다니. 민망해진 나는 변명하듯이 말했다. 시계를 잃어버렸지 뭐야, 이런 일은 난생처음이야. 무언가를 잃어버리는 거 말이야.

"괜찮아요."

그녀가 말했다. 그녀의 목소리가 약간 떨리고 있었다. 나는 그녀가 거기에 서서 장갑도 벗지 않은 채, 상자의 뚜껑을 열어보려고 한다는 것을 알았다. 내가 그녀에게 다가가려고 하자, 그녀가 낮고 단호한 목소리로 말했다.

"다가오지 말아요."

나는 그녀의 말대로 했다. 버번 한 잔을 더 따라서 단숨에 목구멍으로 넘겼다. 목이 타들어가는 것 같았다. 빌어먹을 밤이군. 나는 중얼거렸다. 그녀는 한동안 고개를 숙이고 있었다. 나는 너무나 초조해졌다. 땀이 흘러서 셔츠의 등 부분과 겨드랑이 부분을 적시고 있었다. 얼굴이 번들거렸다. 나는 버번을 들고 거실을 왔다 갔다 했다. 잠시 후 그녀는 상자 뚜껑을 봉하지 않은 채로 협탁에 올려두었다. 그리고 너무나 피곤해서 견딜 수 없다는 듯이 침대 위에 쓰러지듯 누웠다. 나는 버번을 한 잔 더 따라 마신 후 창 쪽으로 다가가서 방금 전까지 그녀가 내려다보던 거리를 바라보았다. 내가 서 있는 곳은 겨우 5층이었을 뿐인데도, 도로는 아주 까마득히 멀리 있는 것처럼 보였다. 너무 멀어서 아무것도 보이지 않았다. 나는 그녀에게 다가가 침대에 걸터앉았다. 협탁 위에 뚜껑이 열린 상자가 보였지만, 그 안은 보이지 않았다. 상자 안을 확인하고 싶었지만, 그래도 되는 건지 알 수 없었다.

"뭐가 그렇게 무서웠던 거야?"

"아니에요."

"지금도 무서운 거야?"

그녀는 나를 쳐다보지 않고 고개를 절레절레 흔들었다.

"아니에요, 나는……"

그녀는 잠시 망설이다가 다시 입을 열었다.

"나는 무서웠던 게 아네요."

이렇게 말한 그녀가 내 쪽으로 몸을 돌렸다. 하지만 그녀의 표정이 보이지 않았다.

"그럼?"

"나는…… 슬픈 거예요."

"왜지?"

그렇게 물으며 나는 협탁 쪽으로 손을 뻗어 상자 안에 무엇이 들었는지 확인하려고 했다. 그때 그녀가 누운 채로 내 쪽으로 몸을 돌리고 내 눈을 뚫어지게 바라보았다. 나는 상자를 잡으려던 것을 그만두었다. 그녀가 말했다.

"나는, 슬픈 거예요."

나는 그녀가 왜 슬픈지 알 것 같았다. 그녀가 다시 입을 열었다.

"나는 당신이 죽어서 슬픈 거예요."

나는 그녀가 왜 외투로 자신의 몸을 꽁꽁 싸매고 있는지도 알 것 같았다. 왜냐하면 그녀는 더 이상 무용수의 몸을 하고 있지 않았기 때문에. 순식간에 그녀의 근육은 쇠퇴하고 쪼그라든다. 그녀의 척추가 굽어지고 키가 줄어든다. 머리가 하얗게 세고 살은 쭈글쭈글해진다. 나는 상자를 잡으려고 애썼다. 하지만 내 손은 영원히 상자에 닿지 못할 것이다. 대체 지금은 몇 시일까? 그것을 알 수만 있다면. 시간을 알 수 없다는 것이 너무나 안타까웠다. 감마선 폭발. 125억 광년 전의 빛. 나는 내가 잃어버린 것에 대해 생각해보았다. 그리고 그녀가 슬프다고 말해주어서 다행이라고 생각했다. 네온사인이 번쩍번쩍거렸고, 페가수스는 날갯짓을 시작한다. 어디선가 아이들이 끝도 없이 비명을 질러댄다. 고양이가 죽는 소리가 들린다. 시곗바늘이 돌아가는 소리가, 지구가 태양을 공전하는 소리가, 우리 은하가 이동하는 소리가, 우주가 팽창하는 소리가 들린다.

나는 꽃이 피어 있는 초록색 들판을 바라보고 있다. 이번에는 세계가 아니라 내가 가라앉는다. 심해로 가라앉는 내 귓가로 뱃고동 소리와 회전목마에서 흘러나오는 경쾌한 음악과 추

죽은 사람(들)

잡한 캐럴, 그리고 내가 25년 후에 듣게 될 목소리가 섞여 들어온다. 무언가가 무너지고, 무언가가 사라지고, 무언가가 영원히 갇히는 소리, 꿈, 음악, 감마선 폭발. 되돌아오는 것. 과거가 미래가 되는 삶. 나는 회전목마를 내려다보던 그녀를 떠올린다. 그녀가 언젠가 회전목마에 올라타게 되기를 바란다. 그렇지만, 그런 건 내게 도움이 되지 않을 거라는 사실도 나는 알고 있다. 내게 도움이 되는 문장은 딱 한 가지이다. 정말로 그렇다. 나는 그 문장을 끝까지 붙들고 싶다. 하지만 역시, 실패할 거라는 걸 안다. 나는 페가수스의 날갯짓을 떠올린다. 한 번, 두 번, 세 번, 네 번, 다섯 번, 여섯 번, 일곱 번. 일곱 번의 날갯짓.

날개 달린 빨간 페가수스. 나는 그 날갯짓을 떠올리며 우리의 이야기가 다른 누군가의 이야기 속에 포함되기를, 언젠가, 아주 오랜 후가 되더라도 좋으니까 누군가 우리가 어떤 이야기 속에 등장하는지 궁금해하기를 간절하게 바랐다.

상자 사나이

그날 밤, 그녀에게 나는 상자 사나이에 대한 이야기를 해주었어. 커다란 종이 상자 안에서 사는 남자에 대한 이야기였지. 어느 일요일 아침에, 빨간 모자를 쓴 멋쟁이 우체국 직원이 배달해주는 상자 사나이.

"분명히 너에게도 배달부가 찾아간 적이 있을 거야. 상자 사나이는 누구에게나 일생에 한 번은 꼭 배달되는 법이거든. 하지만 상자 사나이와 헤어지는 순간, 우리는 그의 존재를 까맣게 잊어버리게 된다."

물론 거짓말이었어. 거실 안, 여기저기 아무렇게나 놓여 있는 이삿짐 상자들을 보니깐, 갑자기 그런 게 떠오르더라고. 우리는 소파에 나란히 앉아 있었는데, 가구라고는 그것밖에 남

상자 사나이

아 있지 않았거든. 그녀가 상자 사나이 이야기에 어떤 반응을 보일까, 좀 걱정이 된 것도 사실이야. 왜냐하면 그녀는 그런 류의 이야기를 별로 좋아하지 않았거든. 그러니까 허황된 이야기들, 시답지 않은 농담 같은 것들. 고지식한 면이 있는 여자였지. 왜, 그럴 때가 있지 않아? 사소한 다툼을 하고 난 후에 재밌는 농담으로 화가 풀리는 경우 말이야. 하지만 그녀는 그런 게 통하지 않는 여자였단 말이지. 자기를 놀린다며 오히려 더 화를 내곤 했어. 5년 전의 이야기야. 아, 그렇구나. 그게 벌써 5년 전의 일이구나. 5년 전의 그녀는, 그렇게 융통성이 없었는데, 그날 밤의 그녀는, 그냥 이렇게 되묻기만 했어.

"상자 사나이라고?"

그리고 실눈을 뜨고 한동안 나를 바라보았지.

"좋아, 계속 이야기를 해봐."

다행이었어. 하지만 그녀로서도 다른 선택이 없긴 했을 거야. 우리는 이미 꽤 오랫동안 아무 말도 하지 않고 있었거든. 생각해봐, 5년 만에 만난 옛 애인과 할 말이 뭐가 있었겠어. 게다가 상대방이 결혼이라도 앞두고 있다면 말 다한 거 아닌가.

그녀가 나를 찾아올 거라는 생각을 해본 적은 단 한 번도 없었어. 정말 한 번도 해본 적이 없었지. 왜? 왜 그런 표정을 지어? 내 말이 믿기지 않아? 물론 솔직히 말하자면 한두 번 정도는 그런 생각을 했을 수도 있을 거야. 어느 날 초인종 소리에 문을 열어보니 헤어진 연인이 거기에 그렇게 서서 나를 바라보는 상상. 그래, 그런 상상을 했을 수도 있지. 하지만 누구나 헤어진 애인과 다시 만날 수 있다면, 하고 한두 번 정도는 바라는 거 아니겠어? 나 역시 그런 거였지. 일부러 그녀를 떠올린 것도 아니고, 그녀 때문에 마음이 아팠다거나 그랬던 적이 있는 것도 아니야. 다른 의도는 전혀 없었어. 그 집을 떠날 거라고 생각하니까 그녀 생각이 더 났던 건지도 모르지. 그 집과 그녀가 어떤 식으로 연결이 되는 건지는 나도 모르겠다. 어쨌든 난 그날 스물한 살 때부터 살았던 집을 떠날 준비를 하고 있었고, 그 마지막 밤 내 마지막 여자친구였던 그녀가 나를 찾아온 거야.

그녀와 헤어지던 날을 나는 아직도 잊지 못해. 그때가, 그러니깐, 5년 전 5월의 셋째 주 토요일이었어. 이것 봐, 아직까지 날짜를 기억하고 있잖아. 그녀는 그날 밤, 나를 우리 집 근처 공원으로 불러냈어. 그날 오후에 우리는 이미 근사한 데이트를 했기 때문에 조금 의아했어. 게다가 그녀는 몹시 심각한 꽃가루 알레르기가 있었거든. 그녀와 사귀는 동안 꽃구경 같은 건 한 번도 해본 적이 없었지. 공원에는 벚나무가 많았어. 그즈음이면 벚꽃이 정신없이 날렸거든. 나를 불러낸 그녀는 공원 벤치에 앉아서 연신 재채기를 하고 있었어. 얼굴은 벌게지고 콧물이 쉴 새 없이 흘러나오고 있었는데, 그녀는 그걸 닦을 생각 같은 건 전혀 하지 않는 거 같았어. 마치 벌을 받는 사람 같았지. 나는 말없이 그냥 그녀의 옆에 앉았어. 공원은 밤

상자 사나이

산책을 나온 사람들로 붐볐고, 우리는 나란히 앉아 아무런 말도 하지 않았어. 결과적으로 우리는 운동하는 사람들, 소곤거리는 사람들, 산책하는 사람들을 함께 구경하는 형국이 되어버린 거야. 밤의 벚꽃 나무들이 하얀 구름처럼 빛을 발하며, 두둥실 떠 있고. 그녀에게 나를 왜 찾아온 건지 물어보고 싶었지만, 그녀가 걱정이 되어서 뭔가 질문을 할 엄두가 안 나더라고. 재채기를 정말 너무 심하게 하고 있었거든. 나는 손수건을 꺼내 그녀에게 건네주었어. 처음엔 거절하던 그녀가 손수건을 받아 눈물을 슥슥 닦고, 콧물을 팽팽 풀고는 내게 손수건을 돌려주었지. 그러고는 갑자기 이렇게 말하는 거야.

"우리, 헤어져."

"뭐라고?"

나는, 아마 다섯 번쯤은 되물었던 거 같아. 이해할 수가 없었거든.

"잘난 척 좀 하지 마."

그녀는 나에게 그렇게 말했어. 분명히 그렇게 말했지. 잘난 척 좀 하지 마. 그녀가 왜 그런 말을 한 건지 난 잘 몰라. 지금도, 그래, 잘 모르겠어. 도대체 내가 어떤 잘난 척을 했다는 걸까? 그렇게 말하고 난 후에 그녀는 소매로 얼굴을 한번 닦더니, 벌떡 일어나서 가버렸어. 가끔씩 재채기를 하기 위해서 멈춰 섰지만 한 번도 뒤돌아보지 않았어. 그게 끝이었어. 그게 우리의 끝이었지.

그녀와 헤어진 후, 지난 5년 동안 제대로 만난 여자가 한 명도 없어. 이미 말했지만, 그녀를 잊지 못했다거나, 혹시라도 그녀가 다시 돌아올까 봐 그랬던 건 아니야. 그냥 여러 가지로 바빴던 것뿐이야. 군대를 갔다 왔고, 복학을 했고, 대학원에 들어갔지. 물론 난 그 어느 것도 제대로 해내지는 못했다고 생각해. 그건 내 잘못인가? 글쎄, 딱히 내 잘못이라고 말하기도 그렇고, 내 잘못이 아니라고 말하기도 그렇군. 왜냐하면, 이건 누구나 알고 있는 사실이겠지만, 사는 게 언제나 내 마음대로 되는 건 아니니깐 말이야.

내가 이십대 초반이었을 때, 내 아버지나 형, 선배들은 나에게 종종 그런 충고를 했었지. 열심히 살아라, 하고. 하지만 열심히 산다는 게 도대체 어떻게 사는 걸 말하는 거야? 물론, 그런 걸 가르쳐달라고 할 정도로 난 바보가 아니야. 다만 내가 하고 싶은 말은 나한테 이래라저래라 하는 참견을 말아줬으면 하는 거야. 내가 어렸을 적에는 나보다 오래 산 사람들에게 물어본 적도 있어. "열심히 사는 건 어떤 거죠?" 그럼 십중팔구는 "그건 뭐라고 설명할 수 없는 거야. 자기가 만들어가는 거지"라고 대답했다고. 하지만 이렇게 말하는 인간들의 말을 절대로 믿어서는 안 돼. 그들의 머릿속은 이미 '열심히 산다'는 문장에 대한 정의로 꽉 차 있거든. 그들은 자신들이 '열심히 사는 방법'을 안다고 생각하지. 그들은 나에게 충고를 하고 싶어서 어쩔 줄을 몰라. 그리고 결국은 충고를 한다. "넌 그렇

상자 사나이

게 해서는 안 돼, 그렇게 살아서는 안 돼"라고 말이야. 정말 구역질 나는 노릇이야. 정말이야. 미칠 노릇이지. 이제 내 나이가 스물여덟. 적지 않은 나이야. 아버지는 스물여덟 해의 내 인생에 불합격이라는 도장을 찍었어. 아마 나를 아는 다른 사람들도 똑같을 거야. 그들도 내게 불합격이라는 도장을 찍겠지. 나는 아버지가 싫어. 형도 싫고. 솔직히, 나는 사람들이 싫어. 그래, 나는 사람들에게 지쳤어. 그들에게 지쳤다고, 이런 망할.

몇 달 전, 아버지는 내게 최후통첩을 했어. 더 이상 생활비를 보내주지 않겠다는 거였지. 내가 대학원에 진학하겠다는 말을 했을 때도 아버지는 고개를 절레절레 흔들었어. 아버지가 마음을 돌린 건 형 덕분이었지. 의대를 졸업한 형은 대학병원에서 레지던트 과정을 밟고 있었어. 아버지는 형 말이라면 팥으로 메주를 쑨다고 해도 믿을 사람이었어. 형은 대학원에 진학하는 것도 나쁘지 않다고 아버지를 설득했어. 어떤 이야기를 했을지는 뻔하지. 형은 내게 학비를 직접 벌어야 한다고 말했고 내게 뭔가를 증명해 보이라고 말했어. 우습지. 증명이라니, 대체 뭘 증명해 보이라는 거야? 하지만 결과적으로 보면 아버지의 생각이 그렇게 틀렸던 것도 아니야. 그러니까, 나도 이제 와서 대학원을 생각하면 고개를 절레절레 흔들게 된단 말이야. 어느 날 형이 내게 전화를 걸어서 대학원 생활이 어떠냐고 물었어. 그때는 이미 학교를 나가지 않고 있었지. 솔직히 말했어. 학교에 나가지 않는다고. 휴학을 한 거냐고 묻더라고. 난 잘 모르겠다고 대답했어. 형은 화를 냈지. 도대체 무슨 생각으로 사는 거냐고, 책임감이라고는 눈곱만큼도 없는 인간이라고 말이야. 그리고 며칠 후, 아버지로부터의 최후통첩. 아버지는 고향으로 내려와 일을 도우라고 했어. 아버지는 지방 주류회사의 사장이야. 난 아버지에게 생활비를 끊어버려도 상관없다고 말했어. 그러자, 정말 거짓말처럼 생활비가 끊겼어. 하지만 상황이 최악은 아니었어. 처음 두 달 정도는 아버지가 보내주는 돈이 없어도 대충 생활이 가능했으니까. 나는 최소한의 생활만 했어. 외출은 자제하고, 먹는 것도 최소한으로만 먹고. 하지만 그런 식으로 생활을 해나가는 것도 결국은 불가능해진 거야. 결국은 집을 옮길 수밖에 없게 된 거지. 상관없었어. 어차피 너무 큰 집이었으니까. 짐은 내 손으로 거의 다 쌌어. 필요 없다 싶은 건 다 버리기로 했고 꼭 필요한 것만 슈퍼에서 얻어 온 종이 상자에 차곡차곡 넣었어. 그날 밤에, 그렇게 이삿짐 상자와 미처 정리하지 못한 짐 사이에 앉아 있으니까, 마치 사막에 있는 것 같더군. 물론 난 사막에 가본 적이 없는데, 여하튼 그 상자들이 사막의 모래 산처럼 보이더라고. 물론 난 그게 어떻게 생긴 건지 잘 몰라. 솔직히 나는 아버지의 마음도 이해한다. 어머니가 돌아가시고 10년 넘게 줄곧 혼자서 나와 형을 키웠어. 물론, 키웠다는 말은 경제적인 측면을 말하는 거지만. 아버지는 자수성가의 대표적 케이스였지. 뭐든 하면 된다고

했어. 나는 아버지의 그런 면을 견딜 수 없었어. 형은 아버지와
죽이 잘 맞았지. 하지만 나는 형처럼 머리가 좋지도 않았고, 특
별히 성격이 좋은 것도 아니었어.

내가 고등학생이었던 시절의 이야기를 해볼까? 고등학교
1학년 때, 선생에게 엄청 맞은 적이 있어. 이유는 기억도 나지
않아. 그리고 그게 내 고교 생활에 큰 문제가 되었던 것도 아니
라고 생각해. 내 나이 또래 남자들을 붙잡고 한번 물어봐. 학교
에서 그런 식으로 얻어맞아본 적이 없는 사람이 있나. 여하튼
내가 하고 싶은 말은, 나는 그저 평범한 학생이었다는 거야. 그
러니까 내 말은, 난『호밀밭의 파수꾼』인가 뭔가에 나온 녀석
처럼 고등학교를 네 번이나 바꿔야 할 정도의 문제아는 아니
었다는 말이야. 퇴학을 당한 적도 없어. 가출을 한 적은 있지.
고등학교 2학년 때의 일이야. 모든 게 지겨웠거든. 그 당시 난
형과 함께 서울에서 살고 있었는데 형의 잔소리는 정말 대단
했어. 아버지는 일주일에 한 번씩 내게 전화를 걸게 하셨어. 중
간보고 같은 거였지. 아버지는 늘 그렇게 말했어. 니 어머니를
생각해봐라. 하지만 난 어머니가 생각이 안 나. 생각을 할 수가
없다고. 그런 게 지겨웠던 거야. 그래서 집을 나왔어. 하지만
그리 오래 지속되지는 못했지. 단 사흘 동안의 가출이었어. 한
심하게도 나는 어디론가 멀리 떠나지도 못했어. 사흘 동안 나
는 줄곧 서울에만 있었어. 어딜 가야 할지, 또 어딘가에 도착하
더라도 무엇을 해야 할지 도무지 알 수가 없었거든. 게다가 나

는 그때 겨우 열일곱 살이었다고. 잘난 척하면서 집을 나오기는 했지만, 솔직히 몹시 무서웠단 말이야.

집에서 나오자마자 난 기차역으로 갔어. 떠날 생각이었지. 기차표를 사는 창구 앞에 서서 별 고민도 하지 않고, 가장 먼저 떠나는 기차표를 샀어. 그게 어디행 기차표였는지 이젠 기억도 안 난다. 하지만 나는 기차를 타지도 못했어. 그저 플랫폼에 앉아 멍청하게 기차가 떠나는 모습을 보기만 했어. 정말 멍청했지. 그렇게 반나절쯤 앉아 있다가 나는 결국 전철역으로 발길을 돌렸어. 그러고는 하루 종일 지하철을 타고 서울시를 돌았어. 첫날은 1호선을 탔고, 두번째 날은 2호선을 탔고 사흘째 되는 날, 그러니깐 마지막 날은 3호선을 탔어. 웃기지. 근데 난 정말 그렇게 했어. 하루 종일 지하철을 타면 머리가 멍해지고 속이 안 좋아졌어. 그리고 너무 많은 생각이 들었지. 밤에는 피시방에서 게임을 하거나, 찜질방에서 잠을 잤어.

마지막 날, 3호선 전철 안에서 나는 어떤 사람을 보았어. 이런 이야기한 적 없지? 아마 처음일 거야. 이런 이야기. 그 사람, 행색을 보면 노숙자라는 걸 단번에 알 수 있었어. 얼굴은 지저분하고, 머리카락은 기름에 절어 엉켜 있었지. 여름이 막 다가오고 있었는데, 옷은 어찌나 그리 덕지덕지 껴입었는지. 지하철 출구에서 가장 가까운 곳에 앉아 더럽고 냄새나는 커다란 배낭을 꼭 껴안고 있더군. 머리에는 때에 전 붕대를 대충 감고 있었는데, 피가 배어 나와 있었어. 그 남자 주위로는 아무도 앉

상자 사나이

지 않았어. 하지만 그게 어떤 문제가 되지는 않았어. 붐비는 시간도 아니었고 어차피 사람들은 드문드문 앉아 있었단 말이야. 그런데, 갑자기, 왜 그런 일이 벌어졌는지 모르겠지만, 그 사람 몸이 앞쪽으로 쏠리더니, 피가 왈칵 쏟아진 거야. 정말 왈칵,이라고밖에 표현할 수가 없다. 전철 바닥에 검붉은 피가 흥건히 고였지. 나지막한 비명 소리가 들렸고 젊은 엄마는 아기를 데리고 옆 칸으로 옮겼어. 전철 안은 몹시 어수선해졌어. 모두들 어쩔 줄을 모르고 있었던 거야. 그때 어떤 늙은 남자가 피를 흘리고 있는 노숙자의 팔짱을 꼈어. 일단 전철에서 내려 병원이든 어디든 가야 한다고 생각한 거겠지. 늙은 남자는 누구라도 좋으니까 부축하는 걸 도와달라고 말했어. 나는 얼른 그 노숙자의 다른 한쪽 어깨를 부축했지. 몹시 역겨운 냄새가 났지만 견딜 만하다고 생각했어. 내가 왜 그를 도왔냐고? 나도 모르겠다. 나도 모르겠어. 난 남을 돕는 걸 좋아하는 그런 착한 사람이 아니야. 그런데 대체 그때 난 왜 그랬던 걸까? 문제는 노숙자였어. 그는 우리를 거부했어. 그는 자신의 지저분하고 냄새나는 가방을 끌어안은 채로, 자기가 내릴 역이 아니라고, 자신은 가야 할 곳이 따로 있다고 소리를 질렀어. 피를 그렇게 흘리는 와중에 자신이 내릴 역이 아니라서 못 내리겠다는 게 말이 돼? 그가 거부의 표시로 몸을 빼려고 할 때마다 피가 왈칵왈칵 쏟아졌어. 덕분에 노숙자의 얼굴은 피범벅이 되었고, 부축하고 있던 우리 옷에도 피가 묻었어. 어쨌든 우리는

194

그를 데리고 내렸다. 몹시 어려운 일이었지만 그를 위해서 전철에서 빨리 내리는 게 최선의 방법이라고 생각했어. 아마 그 지하철 안에 있는 모든 사람이 그렇게 생각했을 거야. 전철에서 내리자, 이번에는 플랫폼에 있던 사람들이 몰려들었어. 어느 누구도 우리를 도와주는 사람은 없었어. 특별히 그들이 나빠서 그런 건 아니라고 생각해. 그냥 다들 어찌할 바를 몰랐던 거야. 늙은 남자는 내게 119에 전화를 하라고 했지. 나는 근처의 공중전화로 달려갔어. 무슨 말을 해야 하는지 뭘 어떻게 설명해야 할지 전혀 몰랐어. 횡설수설하는 내게 전화를 받은 구조원이 물었어. "그러니까, 거기가 어디죠?" 근데, 젠장 내가 어디에 있는지 모르겠는 거야. 정말 끔찍한 기분이었지. 뭔가 무너져 내리는 기분이었어. "이봐요, 괜찮아요. 심호흡을 해봐요. 그리고 주위를 둘러봐요. 자, 거기가 어디죠?" 어떻게 통화를 끝마쳤는지도 몰라. 수화기를 내려놨을 때, 나는 내 두 손이 부들부들 떨리고 있다는 것과 내 몸이 땀범벅이라는 것을 알았어. 나는 피로 얼룩진 내 셔츠를 내려다보았어. 그래, 그건 **타인의 피**였지. 늙은 남자는 노숙자가 의식을 잃지 않도록 계속 말을 시키고 있더군.

"당신 이름이 뭐예요? 정신 잃으면 안 돼요. 내 말 듣고 대답해봐요. 당신 이름이 뭐예요?"

노숙자는 그저 고개를 가로젓다가 소리를 질렀어.

"나를 가만히 내버려둬! 나를 제발 가만히 내버려두란 말이야!"

노숙자는 우는 것 같았어. 나는 그 광경을 멍하니 쳐다보다가 그냥 뒤돌아서 무작정 걸었어. 그러다가 뛰기 시작했어. 내가 어디로 가고 싶어 하는지, 왜 그렇게 뛰어야 하는지 모르겠더라. 나는 그냥 달렸어. 아, 도대체 내가 왜 이 이야기를 시작했는지 모르겠다. 내가 하고 싶은 말은 그날, 내가 결국 집으로 돌아갔다는 거야. 숨이 차서 더 이상 달리지 못하겠다고 느꼈을 때, 갑자기 집으로 돌아가야겠다는 생각이 들었어. 왜였는지는 잘 모르겠어. 나는 집으로 돌아갔어. 그래, 나는 집으로 돌아갔단 말이다.

"그런데, 자기는 상자 사나이를 어떻게 기억하는 거야?"

그녀는 나를 '자기'라고 불렀어. 5년 전에는 내 이름을 불렀지. 그때, 그녀는 몹시 귀여웠어. 귀엽고도 멋진 여자였지. 그때보다는 나이를 먹은 티가 나더라. 웃을 때마다 눈가에 주름이 잡혔어. 그렇지만 여전히 그녀는 멋졌어. 내가 그녀 이후로 누구와도 제대로 된 연애를 하지 못한 건, 그녀가 너무나 멋진 여자이기 때문이었는지도 몰라. 한마디로 눈이 높아진 거지, 하하. 그녀는 같은 과 친구였어. 나는 대학 친구들과 잘 어울리지 못했어. 대학원에서도 마찬가지였지. 하지만 내가 사람들과 잘 어울리지 못하는 음침한 성격이었다고 생각하면 곤란해. 그냥 공부를 많이 했다고 거들먹거리는 그 꼴들이 보기 싫다고 생각했어. 지금 생각하면, 물론 나도 그런 주제였지. 다른 점이 별로 없어. 하지만 그렇다고 해도, 책 몇 권을 읽고—아무리 많이 읽었다 해도 마찬가지야—세상의 이치를 다 아는 양, 남을 평가하려고 드는 사람들이 나는 정말 싫었어. 경멸했지. 그녀는 달랐어. 아까 말했듯이, 무척 고지식한 면이 있었지만 나는 어쩌면 그런 면을 더 좋아했는지 모르겠어. 남에 대해 쓸데없는 말을 하는 것도 들어본 적이 없고, 잘난 척하는 걸 본 적도 없어. 사귀는 1년 동안 우리가 싸웠던 적이 있다면, 그건 모조리 나 때문이었어. 그녀 때문이었던 적은 한 번도 없었다구. 정말이야, 정말 맹세할 수 있어.

"그런데, 자기는 상자 사나이를 어떻게 기억하는 거야?"라고 그녀가 다시 한번 물었어.

"뭐라구?"

"상자 사나이와 헤어지는 순간 그에 대해서 잊어버린다고 자기가 방금 이야기했잖아."

나는 무척 당황했지. 도대체 뭐라고 대답을 해야 할지 모르겠더라고.

"아아, 그건 말이지. 그건 말이야."

나는 정말 최선을 다해 머리를 굴렸어.

"상자 사나이가 얼마 전 나를 다시 찾아왔거든."

그렇게 말한 후 나는 그녀의 대답을 기다렸지. 속이 탔어. 오른발을 까딱거리던 그녀가 드디어 입을 열었어.

"어째서지?"

아, 다행이다,라고 나는 다시 한번 생각했지. 그리고 이렇게 말했어.

"그걸 설명하려면 얘기가 조금 길어질 텐데, 그래도 괜찮겠어?"

그녀는 자신의 손목시계를 봤어. 9시 반.

"얼마나 길어지는데?"

얼마나 길어질지 그걸 누가 알 수나 있었겠어. 나는 대충 한 시간쯤 걸릴 거라고 둘러댔지.

"한 시간? 좋아."

그녀가 괜찮다고 말했어.

"좋아, 그럼 이야기를 시작할게. 상자 사나이가 나를 최초로 찾아온 건 3년 전 여름이었어. 일요일이었지. 상자 사나이 배달부는 일요일에만 배달을 하거든. 초인종 소리에 잠이 깬 나는 몹시 짜증이 났어. 아침 9시에, 그것도 일요일 아침에 남의 집 초인종을 누르다니, 그런 건 용서받기 힘든 일이잖아?"

"그건 자기가 너무 게을러서 그런 거지. 어떤 사람들에게는 아침 9시가 그렇게 이른 시간이 아니야."

"이를테면, 너 같은 사람 말이야?"

"아니, 나 말고도 그런 사람은 많은걸."

난 무슨 말을 해야 할지 몰랐어. 그녀가 먼저 입을 열었지.

"솔직히 아직도 나는 자기가 걱정돼. 자기, 잘 살아갈 수 있겠어?"

"그러게 말이야."

나는 웃으며 대답을 했는데, 그녀는 웃지 않았어. 그녀는 정말 나를 걱정하고 있는 거였지. 나는 잘할 수 있다는 의미로 내 가슴을 주먹으로 몇 번 쳤어. 그녀는 그제야 조금 웃었어.

"그래서 어떻게 됐어?"

"뭐가?"

"상자 사나이 말이야."

"아."

나는 다시 이야기를 시작했어.

"내가 어디까지 이야기했었지?"

"자기가 늦잠을 자고 있었다는 이야기."

"아, 그러다가 초인종 소리에 잠에서 깼지. 이상해. 다른 날이었다면 그냥 무시했을 텐데, 그날은 왠지 문을 열어줘야겠다는 생각이 들더라고. 나는 반쯤 잠든 채로 현관문 쪽으로 걸어갔지. 문을 열자 거기엔 머리부터 발끝까지 완벽하게 치장을 하고 활기 넘치는 표정을 한 키 큰 남자가 서 있더군. 그는 줄무늬가 들어간 남색 베스트를 입고 그 안에는 하얀 와이셔츠에 넥타이를 착용하고 있었어. 커프스단추까지 하고 있었다니깐. 그리고 그의 머리에 얹힌 빨간 페도라가 정말 일품이었어. 정말 잘 어울리더라고. 이상하지. 전혀 어울리지 않을 조합이었는데, 정말 잘 어울리더라고. 거기서 하나라도 빠진다면

199
상자 사나이

그 남자 존재 자체가 와르르 무너져버릴 거 같은 그런 느낌이
었어. 나는 뒤로 돌아 황급히 손으로 눈곱을 뗐어. 눈곱을 달고
그런 멋진 남자와 인사를 할 수는 없는 노릇이니까. 그리고 내
가 할 수 있는 한 가장 정중한 목소리로 '누구시죠?'라고 물었
어. 그랬더니 그이가 대답했어. '나는 우편배달부입니다.' 그
러면서 대뜸 아주 커다란 상자를 내밀더라고. 나는 그게 뭐냐
고 물었어. 그랬더니 그 남자가 뭐라고 대답했는지 알아?"

"뭐라고 대답했는데?"

"그 빨간 모자를 쓴 배달부가 이렇게 말했지. 그걸 제가 알
수야 없죠. 저야 배달만 하면 그만이니까요. 그건 맞는 말이지.
배달을 하는 사람이 그 배달물이 뭔지 알 수는 없는 노릇이지
않겠어?"

"맞는 말이야."

그녀가 기분 좋게 맞장구를 쳐주더군. 나는 그녀의 얼굴을
바라보았어. 기분이 이상했지. 이삿짐을 싼 상자들, 먼지가 폴
폴 날리는 거실 바닥, 티브이를 놓았던 장식장과 책장과 식탁
을 들어낸 흔적. 아이들이 모두 집으로 돌아간 학교 운동장에
소파 하나만 두고 앉아 있는 기분이었어. 그런 기분은 좋지 않
아. 사람을 쓸데없이 감상적으로 만들어버리거든.

"얼마나 함께 있었어?"

"응?"

"상자 사나이와 얼마나 오래 함께 있었냐고."

"2주. 2주 후 일요일 아침 우편배달부가 상자를 가지러 오지. 그럼 나는 다시 상자를 포장해서 우편배달부에게 건네주는 거야. 받을 때와 똑같은 모양이어야만 해. 그렇게 상자 사나이를 건네주는 순간, 상자 사나이에 대한 기억을 잊어버리는 거야."

"하지만 자기는 상자 사나이가 다시 자기를 찾아왔기 때문에 기억하는 거고?"

"응."

"재밌네."

"응."

"누구에게 배달되었을까?"

"뭐가?"

"자기가 돌려준 상자 사나이."

"글쎄."

잠시, 침묵. 그런 건 나도 생각해본 적이 없었으니까.

"다시 나를 찾아온 상자 사나이가 알려준 사실에 의하면."

"의하면?"

"나 다음으로 배달될 사람을 정하는 건 바로 나 자신이야. 상자 사나이를 배달받은 사람은 그다음으로 전달받을 사람을 정할 수 있어. 아니다, '정한다'는 말은 틀린 거 같아. 대부분은 자기 자신이 누굴 정했는지 본인조차 모르거든."

"어째서?"

"자신도 모르게 자신의 마음이 정해지는 거라서. 아주 자연스럽게 말이야."

"자연스럽다는 표현이 적절한 거야?"

"그럼, 적절하지."

"그럼 자기 자신도 누구에게 배달되는지 모르는데 우편배달부는 어떻게 알고 배달을 해?"

"그래서 아주 유능한 우편배달부만 상자 사나이를 배달할 수 있는 거야."

"흐음."

다시 한번 더, 침묵.

"자기 다음으로 누구에게 배달되었는지 상자 사나이를 다시 만났을 때, 물어보지 그랬어."

"상자 사나이는 그런 걸 말해줄 수 없어. 왜, 변호사랑 의뢰인 사이에서도 비밀을 지켜주는 그런 게 있잖아."

"하지만 자기에 관한 이야기잖아. 당사자에 대한 비밀을 당사자에게 지켜야 한다는 거야?"

"내가 정한 규칙이 아니라고."

그녀가 어이없다는 듯이 웃었지만 기분이 나쁜 것 같진 않았어. 다행이었지. 정말 다행이었어.

"상자 사나이는 뭘 해?"

"글쎄, 아무것도. 그냥 상자 안에 사는 사나이야. 그냥 사는 거야."

"흐음, 그냥 사는 거다."

그녀는 내 말을 반복했지.

그날 밤, 그렇게 나는 그녀에게 상자 사나이에 대해 이야기를 해주었어. 커다란 종이 상자 안에서 사는 남자. 어느 일요일 아침에, 빨간 페도라를 쓴 멋쟁이 우체국 직원이 배달해주는 상자 사나이. 아, 이건 이미 내가 했던 이야기지. 근데 대체 상자 사나이는 뭘까? 그녀의 물음대로 상자 사나이는 뭘 하는 걸까? 모르겠어. 근데 웃기게도 나는 그녀에게 계속 이야기를 하고 있었어. 상자 사나이에 대한 이야기. 대체 내가 무슨 이야기를 어떤 식으로 지어냈던 건지는, 정말로, 정말로 하나도 기억나지 않지만, 나는 거의 한 시간이 넘는 동안 상자 사나이 이야기를 했던 거 같아. 그녀는 사뭇 재밌다는 표정으로 그 이야기를 들어주었어. 마치 세상에서 가장 중요한 이야기를 듣는 것처럼. 문득 깨달았지. 우리가 사귀었던 5년 전에는 그녀가 저런 표정을 지은 적이 없었다는 사실을 말이야. 그건 이상하게 내 마음을 아프게 했지. 내가 아무렇게나 지어낸, 고작해야 상자 사나이일 뿐인 그런 이야기. 상자 안에 있는 상자 같은 이야기. 상자 안에 있어서 상자 사나이인지, 상자로 만들어져 상자 사나이인지. 내 마음에 상자가 있고, 그 상자 안에 또 내 마음이 있고. 그럼 대체 나는 어디에 있는 거지. 상자 안에 또 상자가 있어서, 계속 상자를 펼치면 그래도 상자가 있고, 그렇담 대체 상자 안에는 뭐가 남는 거지? 이런 되도 않는 이야기였어.

하지만 그녀도 나도 알고 있었어. 그게 무슨 이야기인지. 그래서 우리는 웃을 수 있었지.

"상자 사나이는 유머 감각이 풍부한가?"

그녀가 물었어.

"응, 아주. 웃기기 위해서 남을 이용한다거나, 남을 웃기고 나서 웃는 사람들을 비웃는 그런 사람들과는 달라. 게다가 예의도 바르고, 교양도 풍부해."

"똑똑해?"

"응."

"얼마만큼?"

"그는 카노사의 굴욕에 대해서도 잘 알지."

"카노사의 굴욕? 그런 게 중요한 거야?"

"아니, 글쎄, 잘 모르겠어."

"여하튼 상자 사나이는 재미있는 사람이란 말이지?"

나는 고개를 끄덕였어.

"난 재밌는 사람이 좋아. 웃고 있으면, 좋으니까."

그녀가 그렇게 말하고 혀를 쏙 내밀며 웃었어. 저렇게 귀여운 표정을 지을 수 있다니. 역시 멋진 여자라니까.

"그런데, 정말 나에게도 온 적이 있었을까? 내가 집에 없었을 때, 배달됐다면 어떡해?"

그녀가 정말 근심이 가득한 표정을 지었기 때문에 나는 약간 책임감을 느꼈지.

"상자 사나이를 배달해주는 그 멋쟁이 배달부 말이야. 그 배달부는 어디든 갈 수 있대. 그 전 사람이 수신자를 결정하면 그 수신자가 일요일 아침, 그 시간에 화장실 안에 있든, 학교 교실 안에 있든, 영화관에 있든, 동물원에 있든, 어디에 있든지 그곳으로 상자 사나이를 배달해주러 간대. 그러니까 그런 건 걱정 안 해도 돼. 아직 너에게 배달되지 않았다면 앞으로 언젠가 한 번은 배달될 거야. 니가 어디에 있든 말이야."

"그렇구나. 다행이야."

그렇게 말한 그녀가 내 어깨에 자기의 머리를 기댔어. 그녀의 향긋한 샴푸 냄새가 내 코를 자극하고, 그녀가 머리를 조금씩 움직일 때마다 그녀의 머리칼이 내 볼을 간지럽혔지. 그때의 모습은 마치 사진으로 찍은 것처럼 내 머릿속에 또렷이 남아 있어. 우리가 앉아 있는 상자 뒤 커다란 창문으로는 밝은 빛이 쏟아져 들어오고, 그녀는 내 어깨에 머리를 기대고는 눈을 감고 있지. 어디선가 노랫소리가 들려오는 것 같기도 하다. 새가 지저귀는 소리인가?

그래, 내가 기억하고 있는 장면은 진실이 아니야. 그때는 깜깜한 밤이었고, 창문으로 밝은 빛이 쏟아져 들어올 리가 없지. 새가 울 일은 더더욱 없었고, 음악 소리가 들려올 수도 없지. 그런 게 당연하잖아? 하지만 그날을 떠올리면 나는, 그런 장면이 떠오른단 말이야. 그게 진실이 아니라는 것을 뻔히 알면서도 말이야. 하지만 젠장, 그게 뭐 잘못된 건가? 나는 죽을 때까지 그 장면을 그런 식으로 기억할 거야. 어차피 지금 내가 가지고 있는 기억의 대부분은 진실이 아닐 텐데, 뭐. 그래, 자신은 진실만을 얘기한다고 믿는 사람들이 있잖아. 하지만 그건 결국 자기 자신을 속이고 있는 거라고. 진실은 그 순간에만 존재할 뿐이야. 있지. 내가 대학원에 들어갔을 때, 거긴 정말 똑똑한 인간들만 있더라고. 하지만 누구도 남의 이야기를 들으려고 하지 않았어. 모두 자신의 이야기를 하느라 바빴지. 귀를 막고, 눈을 감아. 간단한 사실인데 말이야, 눈을 감으면 아무것도 보이지 않고, 귀를 막으면 아무것도 들리지 않아. 그런 사람들이 이 세상에는 너무 많지. 어쩌면 나도 그런 사람들 중에 한 사람인지도 몰라. 이런 젠장. 도대체 뭐가, 잘못되어버린 걸까?

"상자 사나이는 자기를 왜 다시 찾아온 거야?"

여전히 내 어깨에 기댄 그녀가 물었어. 나는 그 질문에 몹시 당황했어. 거기까지는 아직 생각도 못 했는데 도대체 뭐라고 대답해주면 좋을까. 그러니까 말이야, 도대체 상자 사나이는 왜 나를 다시 찾아온 걸까?

"죽으러."

결국 나는 이렇게 대답했어. 나도 알아, 궁색한 대답이지. 그녀도 그렇게 생각했는지 고개를 들어 나를 잠시 흘겨보더군. 하지만 난 아랑곳하지 않고 설명했지.

"상자 사나이는 평균 수명이 약 1천 년쯤 돼. 영원히 죽지 않을 수는 없는 노릇이니까. 죽을 때가 되면 말이야. 상자 사나이는 자기가 원하는 사람을 찾아가서 자신의 사후 처리를 부탁할 수 있어. 사후 처리를 부탁받은 사람은 상자 사나이에 대한 기억을 가질 수 있고 말이야."

"사후 처리?"

"상자 사나이는 상자 안에서 죽는다. 그리고 상자와 함께 버려진다. 그리고 상자 사나이는 단 한 사람에게 기억된다."

"끔찍한 이야기네."

"그런가."

"그런데 상자 사나이는 왜 하필이면 자기에게 사후 처리를 부탁한 걸까? 굉장히 많은 사람 중 선택할 수 있었을 텐데."

"그걸 모르겠어?"

"모르겠는데."

"그건, 내가 아주 근사한 남자이기 때문이지."

나는 웃었지만, 그녀는 웃지 않았어. 다시 내 어깨에 머리를 기댄 그녀가 대뜸 이렇게 말했지.

"나 결혼해."

나는 알고 있다고, 축하한다고 말했어. 그녀가 아무런 대답도 하지 않았기 때문에, 나는 네가 결혼한다니, 정말 좋은 일이다,라고 한 번 더 말했어. 계속 아무 말도 없던 그녀가 갑자기 큰 소리로 웃기 시작했어. 정말 시원하고 큰 웃음소리였어. 처음에는 대체 왜 웃는 걸까, 하고 궁금했는데, 나중에는 숨이 넘어가지 않을까라는 걱정이 들 정도였어. 그녀는 허리를 굽히고, 눈물까지 찔끔거리며 웃어댔어.

"미안. 아, 미안, 너무 웃겨서 참을 수가 없어서."

그녀가 여전히 쿡쿡거리며 말했어.

"뭐가?"

"비밀이야. 안 알려줄래."

나도 뭐, 캐묻지 않기로 했지. 그녀의 웃음소리가 서서히 잦아들고, 이윽고 완전히 사라졌어. 내가 무언가를 말하려고 했을 때, 그녀가 입을 열었어.

"얼마 전에 읽은 기사가 있어. 어떤 여자 탤런트의 인터뷰였는데 말이야. 원래는 피겨스케이팅 선수였대. 피겨스케이팅 알지? 스케이트 신고 빙판 위에서 춤추는 거 말이야. 열다섯 살 때는 국가 대표로 주니어 대회에 나갈 정도로 꽤 잘했는데, 열여섯 살이 되자, 갑자기 뒤늦은 이차성징이 시작된 거야. 키도 갑자기 너무 많이 자라고. 그거 알지? 피겨스케이팅 선수는 키가 지나치게 크면 대성하기 힘들다는 거."

"그래서 피겨스케이팅을 그만둔 거야?"

"키도 문제였지만, 다른 이유도 있었대. 가슴이 너무 커져서 더 이상 스케이트를 타기가 힘들어졌다는 거야. 몸이 무거워지니까, 점프하기도 힘들어지고 여러 가지로 불리해졌다는 거지."

"정말이야?"

"그렇다니까."

"그게 그렇게 웃겼어?"

"아니."

"그럼 왜 웃었어?"

"글쎄."

그녀는 심각한 표정으로 입을 다물었어. 그러다 갑자기 내게 물었어.

"그런데 말이야, 만약에 자기가 그 여자였다면, 기분이 어땠을 거 같아?"

"가슴이 갑자기 커지면 어떤 기분일 것 같냐고?"

"그거 말고."

그녀는 고개를 흔들고는 화가 난 표정으로 나를 바라봤어. 역시 농담이 통하지 않는 여자라니까.

"글쎄."

나는 그렇게 대답할 수밖에 없었어. 그런 마음을 내가 어떻게 짐작이나 할 수 있겠어.

"나는 자기가 그 기분을 알고 있는 줄 알았어. 자기는 늘 그런 얼굴을 하고 있었으니까. 이차성징 때문에 피겨스케이팅을 포기해야만 했던 그런 사람의 얼굴을 하고 있었다고."

"그래?"

상자 사나이

"응."

"그래?"

"이 말을 해주고 싶어서 찾아온 거야."

그리고 그녀가 내게 물었어.

"자기, 잘 살 수 있겠어?"

그녀가 다시 근심 어린 표정을 짓고는 나를 바라보았어. 나는 바로 전처럼 자신 있게 잘 살 수 있다고 말하고 싶었지만, 왠지 잘되지 않았어. 서늘한 무언가가 내 마음속을 관통하는 듯한 느낌이 들었지. 그때 그녀의 휴대전화가 울렸어. 그녀의 약혼자였지. 그녀는 전화를 받기 위해 나에게서 멀어졌고. 참 다행이었어. 만약 그렇지 않았다면 나는 그녀의 어깨에 기대서 엉엉 울어버렸을지도 모르니깐 말이야.

그녀는 돌아가야 한다고 말했어. 이미 꽤 늦은 시간이었지. 그녀가 현관문 앞에 서서 마지막으로 나를 한 번 바라봤어. 내 말을 기다리겠다는 표정으로. 그러게 말이야. 그녀에게 작별 인사를 하긴 해야 하는데, 뭐라고 말해야 하는 건지 도무지 알 수가 없더라고. 결국 나는 그녀에게 이렇게 말했어.

"괜찮겠어?"

도대체 괜찮겠냐니, 뭐가 괜찮겠냐는 거야. 멍청하게시리.

"사후 처리 잘해. 상자 사나이 말이야."

나는 고개를 끄덕였어. 그녀는 나를 한동안 바라보더니 갈게,라고 말하고는 현관문을 열었어. 그때 내가 말했지.

"상자 사나이 이야기 말이야. 그거 전부 거짓말이야."

"알고 있어."

그녀는 뒤를 돌아 나를 바라봤지. 정말 다 알고 있었다는 표정을 지었어.

"당연하지, 자기가 말하지 않아도 이미 다 알고 있었는걸."

그녀는 그렇게 말한 후 밖으로 나갔어. 문이 닫혔고, 나는 잠시 동안 멍하게 그 문을 바라보고 있었던 거 같아.

그날 밤, 잠들기 위해 소파에 누운 나는 오랫동안 뒤척거렸어. 몹시 피곤했는데, 이상하게도 쉽게 잠들지 못하겠더군. 나는 앞으로 어떤 식의 삶을 살게 되는 걸까. 그런 생각이 들기도 했어. 어머니 생각도 났지만 금방 그만뒀지. 그날이 떠오르더군. 고등학교 때 했던 가출의 마지막 날 말이야. 그날 봤던 노숙자는 지금까지 내가 만났던 어떤 사람보다도 가장 정직하게 사는 사람이었다고 생각해. 자신이 원하는 곳까지 가기 위해서는 그렇게 피를 흘리는 수밖에 없는 거잖아. 솔직히 말하자면 나는 그렇게 살 자신이 없어. 그렇게 피를 철철 흘리면서 죽음을 각오하고 살아갈 자신이 없어. 그렇게까지 비장하게 살아야만 하는 건가? 그래서 내가 가고 싶은 곳에 도착하면, 그때 나는 정말 행복해질 수 있을까? 아니, 그 전에 대체 내가 가고 싶은 곳이 어디지? 그래, 이건 그냥 비겁한 변명일 뿐이야. 알고 있어. 나도 이미 알고 있다고, 이런 망할.

상자 사나이

나는 두 눈을 꼭 감은 채, 잠들기 위해 노력했지. 그렇게 얼마나 시간이 흘렀을까. 나는 문득 눈을 떴어. 이상한 소리가 들렸거든. 뭔가 부스럭거리는, 두꺼운 종이가 부딪히는 소리였어. 나는 몸을 일으키고 소리가 나는 쪽을 바라봤지. 그건 내게서 가장 멀리 떨어진 곳에 있는 상자에서 나는 소리였어. 상자가 마치 살아 있는 생명체처럼 달가닥달가닥 움직이더라고. 마치 춤이라도 추는 것처럼 말이야. 잠시 후에, 춤을 멈춘 상자의 윗부분이 열렸어…… 그리고 거기에서 희뿌연 그림자가 일어서는 게 보였어. 그게 뭐였냐고? 상자 사나이였다. 그는 두 발을 천천히 움직여 상자에서 빠져나왔어. 그런 후 양손으로 자신의 몸을 여기저기 툭툭 털었어. 마치 먼지라도 털어내는 것처럼 말이야. 그러고는 잠시 동안 미동도 하지 않더군. 불현듯 상자 사나이가 내 쪽으로 고개를 돌렸어. 나 역시 상자 사나이를 바라보고 있었고. 상자 사나이와 나는 잠시 동안 서로를 그렇게 바라보고 있었어. 난 상자 사나이의 표정이 궁금했어. 상자 사나이도 내 표정이 궁금했을까? 그는 내 표정을 보았을까? 얼마 후에 내게서 시선을 거둔 상자 사나이는 크게 숨을 한 번 쉬었어.

후—아.

그리고 단정한 걸음걸이로 현관문 쪽으로 걸어가기 시작했어. 마치 두 발에 모래주머니라도 달아놓은 것처럼 힘겨운 걸음걸이였지만, 아주 정확한 걸음걸이기도 했지. 나는 계속 그의 움직임을 주시했어. 그것밖에는 할 수 있는 일이 없었지. 상자 사나이는 계속 걸었어. 처음엔 힘겨워하던 그의 걸음걸이가 시간이 지남에 따라 점점 더 가벼워지고 그리고 결국은 아주 우아해졌지. 당연하지. 그는 교양이 넘치고 유머 감각이 풍부한, 근사한 상자 사나이였으니까. 그런데 이상했어. 그가 있던 상자와 현관까지의 거리가 그리 긴 것도 아니었는데 그는 당최 현관에 도착하지를 못하는 거야. 그래도 상자 사나이는 정확하고 우아한 걸음걸이로 앞으로 계속계속 걸어나갔어.

그리고, 그리고 말이야, 상자 사나이는 어느 순간 사라져버렸어. 나는 한순간도 상자 사나이에게서 눈을 떼지 않았는데, 사라진다는 느낌도 없이 사라져버렸던 거야. 나는 천천히 자리에서 일어났어. 어둠 속을 한참 동안 서성거렸지. 내가 뭘 해야 할지 그제야 알 것 같더군. 나는 상자 사나이가 걸어 나온 상자로 다가갔어. 상자 안은 텅텅 비어 있었다. 나는 그 앞에 무릎을 꿇고 앉았어. 상자를 편편하게 펼친 후에, 그걸 손으로 찢기 시작했어. 종이가 두꺼워서 힘든 일이었지. 꽤 많은 시간이 필요했어. 손에는 상처가 났고. 나는 그렇게 찢어낸 종이 상자—더 이상 종이 상자가 아니었지만—를 모아서 쓰레기봉투에 넣었고, 쓰레기봉투의 매듭을 정성 들여 잘 묶었어. 그리고 그 앞에 잠시 앉아 있었지.

그러고 나니깐, 갑자기 엄청난 피로감이 몰려오더라. 졸려서 도저히 견딜 수가 없겠더라고. 나는 소파에 쓰러지듯 누웠

상자 사나이

어. 그리고 순식간에 잠에 들었지.

　아침이 올 때까지 나는, 그렇게 잠만 잤단다.

그녀는 발레리나였다. 열아홉 살 때 베를린에 있는 발레단에 준단원으로 입단했고 그 후로 3년 동안 매해 승급 시험에 통과했다. 그녀가 3등급 무용수가 되었을 때 국내의 한 신문은 그녀에 대해 보도하기도 했다. 하지만 다음 해에 그녀는 승급 시험을 통과하지 못했고 그다음 해에는 4등급으로 내려앉았다. 설상가상으로 그해 여름, 연습 도중에 다른 무용수랑 부딪히는 바람에 왼쪽 발등을 다쳤고 석 달 동안 아예 춤을 추지 못했다.

　2년 후에 그녀는 인천행 비행기 안에 있었다. 거기에서 그녀는 울었다. 자신이 필요 이상의 고통을 겪는다는 생각이 들었기 때문이다. 무척 낙담했지만, 몇 달이 지나자 그녀는 그 상

몬순

황을 받아들일 수 있게 되었다. 그녀는 옛 친구들에게 연락을 했다. 마지막으로 만났을 때는 꼬맹이들이었는데 지금은 모두 '현대 여성'이라는 표현이 딱 들어맞아 보인다고, 그녀는 생각했다. 그녀들은 자주 만났다. 주말마다 네일숍이나 백화점에 가서 서로에게 잔뜩 참견을 하고 노천카페에서 음식을 먹고 와인을 마셨다. 어느 날 한 친구가 플로리스트 학원을 차리게된 것을 축하하려고 만난 자리에서 그녀는 문득 다이어트를하지 않는 사람은 자기뿐이라는 사실을 깨달았다. 며칠 후 그녀는 혼자 백화점에서 쇼핑을 한 후 백화점 안 카페에 멍하니앉아 있었다. 그녀는 쇼핑백을 들고 지나가는 사람들을 보며그런 생각을 했다. 저들 중 나처럼 진짜 고통을 아는 사람은 몇명이나 될까? 진짜 삶이 무엇인지 알고 있는 사람이 몇 명이나될까?

1년 후 그녀는 부모님의 소개로 남자를 한 명 만났다. 그는대형 로펌의 변호사로 그녀보다 세 살이 많았다. "딱하기도 하지." 그녀의 부모는 그가 영특하지만 부모 운은 없다고 말했다. 그는 그녀가 발레리나였다는 이야기를 미리 들었고 그래서 그녀를 처음 봤을 때는 좀 놀랐다. 자신이 머릿속으로 떠올린 이미지와는 너무 달랐기 때문이었다. 그녀는 허심탄회하게말했다. "발레를 그만두고 살이 많이 쪘거든요." 그는 그런 게무슨 상관이냐고 대답했다. "그러게 말이에요." 그녀가 말했다. 그 후로 그를 생각하면 그녀는 이상한 기분에 사로잡혔다.

이탈리아 식당에서 식기를 사용하는 순서를 몰라서 버벅거리는 그의 모습—그는 자신이 당황했다는 걸 들키지 않으려고 겉으로는 언제나 미소를 지으려고 애쓰고 있었다—이라든지, 넥타이와 와이셔츠의 색깔이 미묘하게 맞지 않았던 모습이라든지, 사이즈가 어정쩡한 재킷을 입은 모습 같은 걸 떠올리면 그녀는 어쩌면 그가 자신과 마찬가지로 진짜 고통을 아는 사람일지도 모른다는 생각이 들었다. 동시에 그녀는 놀라움을 느꼈고 스스로에게 질문하곤 했다. 이렇게 빠른 시일 안에 누군가를 사랑하게 되는 게 가능한 걸까? 그는 늘 바빴다. 그래도 그는 그녀에게 최선을 다했다. 그들이 만난 지 6개월이 지났을 때, 그는 대관람차가 한눈에 들어오는 시내의 레스토랑에서 티파니의 다이아몬드 반지를 건네면서 말했다. "나와 결혼해줄래요?" 반지가 그녀에게 조금 컸지만 그녀는 기쁨의 눈물을 찍어내며 유머러스하게 대답했다. "반지가 조금 크지만, 그래도 결혼해줄게요." 나중에 그녀는 반지를 교환하러 혼자 백화점에 갔다. 매장 직원이 선물 받은 반지냐고 물었고 그녀는 남자친구가 청혼을 했다고 대답했다. 그리고 황급하게 덧붙였다. "갑자기 살이 쪄서 그이가 내 사이즈를 착각한 거 있죠?" 백화점 직원이 그녀를 이해한다는 듯이 목소리를 낮추며, 여전히 격식은 갖추었지만 어느 정도는 친근한 말투로 대답했다. "남자들이 다 그렇죠, 뭐." 하지만 그녀는 직원이 아무것도 이해하지 못하리라고 여겼다.

몬순

신혼여행은 비교적 가까운 곳으로 떠나기로 했다. 그가 오
랫동안 회사를 비울 수 없기 때문이었다. "잘됐어. 나도 비행
기 오래 타는 거 지긋지긋하거든." 그녀는 친구들에게 그렇게
말했다. 그들이 머문 도시의 호텔은 58층짜리 건물 세 채가 하
나의 옥상으로 연결되어 있었고, 거기에는 기다란 인피니트
풀이 있었다. 그는 수영을 좋아했다. 그게 그의 **유일한** 취미였
다. 하지만 그녀는 수영을 그리 좋아하지 않았다. 그가 물속에
들어가 있는 동안 그녀는 커다란 타월로 몸을 감싼 채 선베드
에 누워서 칵테일을 마시거나 감자튀김을 먹었다. 그녀는 언
제나 타월을 덮어쓰고 있었다. 그래서 아무도 그녀의 아름다
운—배와 허리 부분이 세심한 레이스로 장식된— 수영복을
볼 수 없었다. 그는 그녀가 수영을 하려고 들지 않는 게 불만이
었다. 딱 한 번 그들은 이 문제로 말다툼을 했다. 하지만 곧 그
가 사과를 했고 그녀는 사과를 받아들였다. 그들은 호텔에서
이틀 밤을 머문 후, 사흘째 되는 날 밤에 배를 타고 근처 섬으
로 들어갔다. 섬에 있는 리조트에서 머물 예정이었다. 배를 탔
을 때는 이미 깜깜한 밤이었다. 5분도 지나지 않았는데 멀미가
시작되었다. **멀미가 날 때는 먼 곳을 바라봐라.** 그녀는 그 말을
떠올렸다. 갑자기 배 안에 시큼한 냄새가 돌았다. 누군가 토한
게 분명했다. 그녀는 머리가 빠개지는 것 같았다. 누군가 심장
을 쥐어짜는 듯한 울렁거림을 느끼며, 그녀는 그를 슬쩍 바라
보았다. 그는 미간을 찌푸리고 눈을 감은 채 미동도 하지 않았

다. 목구멍으로 음식물이 역류하는 기분이 들었는데 정말로 그런 건지 느낌뿐인 건지 구분할 수가 없었다. 그녀는 흐느끼기까지 했다. 이상했다. 그녀는 그전에도 몇 번 배를 타본 적이 있었지만, 이런 식으로 멀미를 해본 적은 단 한 번도 없었다.

"몬순 때문입니다."

차를 가지고 그들을 마중 나온 인도네시아인 리조트 직원은 그렇게 말했다. 그 말을 듣자 그녀는 어쩐지 맥이 탁 풀렸다.

"1년에 두 번. 몬순 시기가 되면 해수 위로 바람이 많이 불죠. 그래서 파도가 높게 몰아칩니다. 심지어 배가 못 뜰 때도 있답니다."

직원은 핸들을 잡지 않은 손으로 파도의 물결을 흉내 냈다. 차가 움직이기 시작하자 그녀는 또다시 속이 뒤집히는 것 같았다. 직원의 동남아식 영어 발음에 집중하기도 힘들었다. 그가 직원에게 영어로 물었다.

"바다에 들어가는 건 가능합니까?"

"오늘 밤에 특별히 바람이 많이 불었습니다. 낮에는 괜찮습니다. 정말로 리조트에 가시면 모든 것에 만족하실 겁니다. 여러분이 지금 가시는 곳은 세계 최고의 리조트니까요. 해변이 얼마나 아름다운지 말도 못합니다. 걱정 마세요. 바다에도 들어가실 수 있을 겁니다. 제가 장담합니다."

그 인도네시아인의 말은 사실이었다. 아침에, 침대에 누운 채로 창밖으로 눈을 돌렸을 때, 그녀는 탄성을 지를 뻔했다. 관목 숲 너머, 저 멀리 청록색 바다가 펼쳐져 있었다. 그녀는 조용히 일어나 객실 건물 밖으로 나갔다. 마당에는 커다란 개인용 풀장과 조그마한 자쿠지가 있었다. 그녀는 뒤를 돌아보았다. 열어놓은 문으로, 침대 위에 잠들어 있는 그의 뒷모습이 보였다.

그들은 거기에 사흘 동안 머물고 나흘째 되는 아침 일찍 떠나기로 되어 있었다. 처음 이틀 동안 그들은 아침에 일어나 버기를 타고 바다가 보이는 식당으로 가서 조식으로 준비된 뷔페를 먹었다. 바람이 불어서 가끔 냅킨이 날아다니기도 했지만, 그녀는 그게 너무 로맨틱하다고 생각했다. 조식을 먹은 후에는 객실로 돌아와 휴식을 취하거나 마사지를 받았다. 오후에는 해변에 나갔다. 하지만 그가 바다에서 제대로 헤엄칠 기회는 별로 없었다. 생각보다 파도가 높았기 때문이다. 햇볕이 차단된 선베드에 함께 누워 있다가 파도가 잦아든다 싶으면 그는 바다에 들어가려고 재빨리 윗옷을 벗었다. 그녀는 그에게 자외선 차단제를 건네주었지만 그가 그걸 바른 적은 없었다. 그녀는 가운 밖으로 드러난 자신의 팔과 다리에 자외선 차단제를 바르며 모든 게 완벽하다고 생각했다. 파란 하늘, 강렬하게 내리쬐는 햇빛, 뜨거운 공기가 살짝 섞인 바람, 끝도 없이 펼쳐진 모래사장, 한적한 분위기…… 동양인이 자기들뿐이라는 사실도 마음에 들었다. 때때로 지대가 높은 곳에 조성된 공용 야외 수영장으로 올라가기도 했다. 거기에는 카페테리아가 있어서 음료수나 간단한 음식을 사 먹을 수 있었고 해변도 한 눈에 들어왔다. 그녀는 그가 수영장에서 헤엄을 치는 동안 커다란 밀짚모자를 쓰고 가운을 입은 채 카페테리아에 앉아 거대한 파도가 빠른 속도로 모래사장으로 달려와 하얗게 포말로 부서지는 걸 바라보았다.

  사흘째 되는 아침에 그들은 둘 다 늦잠을 잤다. 전날 밤늦게까지 리조트 안에 있는 이탈리안 레스토랑에서 와인과 음식을 잔뜩 먹은 탓이었다. 그들이 조식 식당으로 내려갔을 때, 식당은 이미 아침 영업을 마친 후였다. 다시 문을 열려면 한 시간 가량 기다려야 했다. 그는 버기를 불러 객실로 돌아가자고 했다. 그는 몹시 피곤했고 좀더 눈을 붙이고 싶은 생각이 굴뚝같았다. 될 수 있다면 하루 종일 잠만 자고 싶었다. 하지만 그녀는 객실로 돌아가고 싶지 않았다. 다음 날 아침 일찍 이 섬을 떠나야 했으니 실질적으로 여기에 머무는 마지막 날이나 마찬가지였다. 그녀는 마지막 날을 특별하게 보내고 싶었다. 객실에서 뒹굴면서 시간을 헛되게 보내고 싶지 않았다. 그녀는 주위를 두리번거리다가 저 멀리 모래사장 끝 나무숲 사이로 보이는 건물을 가리켰다. 며칠 전부터 눈에 띄었지만 한 번도 가보지 않은 곳이었다.

  "저기로 한번 가봐요."

  햇볕 때문인지 이마를 찡그리며 손차양을 만든 그가 건물

몬순

쪽을 바라보았다.

"20분은 넘게 걸어야 할 것 같은데 괜찮겠어요?"

그가 물었다. 그녀가 괜찮다고 하자 그가 다시 한번 되물었다.

"정말로 괜찮아요?"

"괜찮아요. 함께 걸으면 좋잖아요."

그녀는 그의 손을 잡았다. 그리고 모래사장을 가로질러서 걷기 시작했다. 가까이서 보니 예상한 것보다 건물은 훨씬 더 컸다. 3층 높이였고, 완전한 정사각형이었다. 무언가 이제까지 리조트에서 봤던 건물과는 다른 분위기를 풍긴다고, 그녀는 생각했다. 1층으로 들어가니 건물 안은 하나의 커다란 홀로 이루어져 있었다. 천장이 굉장히 높았다. 한쪽 벽면 전체가 창문이었는데 그 바깥으로 모래사장과 바다 그리고 더 뒤쪽으로 이어진 산과 숲까지 한눈에 들어왔다. 방음 시설이 잘되어 있는 모양인지 파도 소리가 전혀 들리지 않았고, 대신 스피커를 통해 흘러나오는 재즈 음악만 빈 건물 안을 맴돌았다. 한쪽에는 기다란 바가 있었고 뒤편 선반 위에 각종 술이 잘 정리되어 있었다. 나머지 벽면에는 커다란 그림 액자들이 걸려 있어서 바만 없었다면 식당이라기보다는 아트 갤러리라고 해도 믿을 것 같았다. 바 왼쪽으로 난 좁은 통로로 들어가자 또 다른 공간이 나왔다. 그곳에서는 하와이안 티셔츠와 청록색 반바지를 입고 플립플롭을 신은 백인 중년 남자가 혼자 식사를 하고 있었다. 스테이크를 먹고 있었는데 두 접시는 먹어야 성에 찰 것 같은 풍채였다. 그는 스테이크를 씹으며 와인을 마시거나 신문을 읽었다. 그녀는 백인 남자가 음식을 너무 게걸스럽게 먹는다고 생각했다. 백인 남자는 고개를 들어 그들을 잠깐 보았지만 아무런 흥미도 없다는 듯이 다시 음식을 먹는 데만 열중했다.

그들은 바 앞쪽으로 나와서 구석 테이블에 앉았다. 하지만 아무리 기다려도 직원이 나타나지 않았다. 그가 그녀에게 물었다.

"목 안 말라요?"

그녀는 목이 마르다고 대답했다. 바 한쪽에는 물이 가득 담긴 유리 주전자가 있었지만 물컵은 따로 없었다. 잠시 두리번거리던 그는 와인 잔 보관대에서 잔 두 개를 꺼내 바 쪽으로 가지고 갔다. 그리고 물을 따르기 시작했다. 물을 따르는 소리가 너무 크게 들린다고 그녀는 생각했다. 바로 그때 식사를 마친 백인 남자가 건물 밖으로 나가기 위해 그들이 있는 홀을 지나게 되었다. 백인 남자는 와인 잔에 물을 따르고 있는 그를 발견하고는 어깨를 한 번 으쓱거렸다. 그는 물을 따르던 걸 멈추고 백인 남자를 바라보았다. 그러자 백인 남자가 갑자기 웃음을 터뜨렸다. 그는 영문을 모르겠다는 표정으로 서 있었다. 이윽고 웃음을 그친 백인 남자가 그에게 다가가 검지를 흔들며 이렇게 말했다.

"노!"

그러고는 고개를 절레절레 흔들며 건물 밖으로 나가버렸다. 그는 여전히 얼음처럼 가만히 서 있기만 했다. 순식간에 벌어진 일이었다. 잠시 후 그는 결국 빈손으로 그녀가 앉아 있는 자리로 돌아왔다. 그리고 무언가를 참아내는 사람처럼 가만히 있었다. 그녀는 목이 말랐고, 그에게 무슨 말을 해야 할지 잘 모르겠다는 생각이 들었다. 그녀가 머릿속으로 단어들을 나열하고 있을 때 그가 시선을 아래로 깔고 내뱉듯이 겨우 말했다.

"내가 뭐라고 했어요?"

그녀는 어안이 벙벙했다.

"당신이 뭐라고 했는데요?"

"내가 여기에 오지 말자고 했잖아요."

그녀는 정말로 깜짝 놀랐다. 그가 화를 내고 있는 건가? 그것도 나에게? 내가 대체 무얼 잘못한 걸까? 그녀가 기억하기에 그는 그런 말을 한 적이 없었다. 한참 동안 그들은 아무런 말도 나누지 않았다. 언제부터인가 음악 소리도 들리지 않았다. 건물 안은 조용했다. 그녀는 커다란 창밖을 바라보았다. 높고 빠른 파도가 해변으로 밀려드는 게 보였다. 마치 음소거가 된 티브이 화면을 보고 있는 것 같은 기분이 들었다. 그러니까 그녀 자신이 보고 있는 게 진짜 파도가 아니라, 마치 어디선가 전송되어서 그녀의 눈앞에 방영되고 있다는 그런…… 하지만 그녀는 자신이 바라보고 있는 창밖의 파도가 실제로 **존재**하는 것이라는 사실을 알고 있었다. 그리고 저 멀리 어딘가 자신들이 머물던 객실과 수영장이 있을 거라는 사실도 알고 있었다. 백인 남자의 그릇을 치우러 직원이 나타날 만도 한데 여전히 이쪽으로는 아무도 얼씬거리지 않았다. 그녀는 그가 자신에게 화를 내는 것을 원하지 않았다. 그녀는 그가 "왜 직원이 오지 않죠?"라고 묻는 걸 원하지 않았다. 그녀는 그가 "여기 직원들은 무척 느긋하나 봐요"라는 식의 농담을 하는 것도 원하지 않았다. 그녀는 그저 그가 이렇게 말하기를 바랐다. "이제 그만 돌아갑시다." 그녀가 바라는 것은 단지 그것뿐이었다.

잠시 후에, 그들은 왔던 길을 되짚어 돌아가고 있었다. 그가 앞에 있었고 그녀가 그의 뒤를 따라 걸었다. 걷는 내내 그녀는 목이 말랐다. 그들이 식당에 도착하자마자 마치 거짓말처럼 비가 퍼붓기 시작했고 그녀는 어쩐지 더 이상 목이 마르지 않았다. 그들은 식당에서 주문한 음식을 먹는 둥 마는 둥 하고 객실로 돌아왔다. 그는 입은 옷 그대로 침대에 누웠다. 그녀는 소파에 가만히 앉아서 비가 그치기를 기다렸다. 그리고, 그녀의 바람대로 비가 그치고 심지어 햇볕도 조금씩 비추기 시작하자 그녀는 그를 흔들어 깨웠다. 그는 정말로 깊이 잠들어 있어서 깨우는 데 좀 애를 먹었다. 그녀는 그에게 해변으로 나가자고 했다. 그가 영문을 모르겠다는 표정으로 물었다.

"날씨가 이렇게 안 좋은데요?"

227   몬순

"햇볕이 남아 있어요. 나가요. 오늘은 신혼여행 마지막 날이잖아요."

그는 별수 없다는 듯한 표정으로 그녀를 따라나섰다. 둘 다 수영복을 챙기지는 않았다. 해변에는 바람이 많이 불었다. 선베드 천장에 매어둔 방수 천이 바람에 펄럭이며 요란한 소리를 냈다. 거기에는 그들 말고도 일행이 두셋 더 있었다. 그중한 일행은 객실로 들어가려고 준비 중이었고 잠시 후에는 다른 일행도 짐을 챙겨 객실로 들어가버렸다. 이제 모래사장에는 그들만 남게 되었다. 그들은 선베드에 나란히 누워 있었다. 그녀가 말했다.

"어쩐지 오늘은 우리만 남아 있게 되네요."

그녀는 자신의 유머 감각이 좋다고 생각했지만 그는 아무런 대답도 하지 않았다. 바람은 점점 거세졌고 주위가 어두워졌다. 본래 빛을 잃어버린 탁하고 거센 파도가 끊임없이 모래사장으로 밀려 들어왔다. 곧 다시 큰 비가 내릴 것 같았다. 그가 그만 들어가자고 말하려고 했을 때, 그녀가 그에게 물었다. 바람 소리와 파도 소리 때문에 그녀는 어쩔 수 없이 소리를 질러야 했다.

"당신, 그랑 주떼가 뭔지 알아요?

"아니요!"

그가 소리 지르듯이 대답했다. 그녀는 그게 바람 소리와 파도 소리 때문이지, 거기에 그의 감정이 들어 있다고는 생각하지 않았다.

"내 그랑 주떼는 정말 훌륭했어요. 공중에서 남들보다 훨씬 오래 머무르곤 했거든요!"

그렇게 말하고 그녀는 그를 바라보았다. 그가 그녀에게 되물었다.

"뭐라고요?"

그의 표정을 보며, 그녀는 그가 그랑 주떼가 무엇인지 모르는 건 너무도 당연한 일이라는 사실을 깨달았다. 하지만 그녀는 그에게 그걸 설명할 필요는 없다고 느꼈다. 딱한 사람. 그녀는 부모님의 말이 맞다고 생각했다. 그녀는 파도 속에서 균형을 잡고 수영을 하려고 팔다리를 휘젓던 그의 뒷모습을 떠올렸다. 신혼여행이 끝나고 진짜 결혼 생활이 시작되면 그녀는 그를 위해 최선을 다하리라고 생각했다. 어쩌면 그는 수영 말고 다른 취미를 가질 수도 있게 되리라. 몸에 꼭 맞는 슈트를 맞추러 가게 될 것이고. 고급 식당에 가서 당황하는 일도 없어지리라. 침대에 누울 때는 언제나 깨끗한 잠옷으로 갈아입을 것이고, 출근하기 전에는 언제나 자외선 차단제를 바르게 될 것이다.

서울로 돌아가면 그녀는 친구들을 집으로 초대하겠다고 마음먹었다. 그녀는 친구들에게 신혼여행 이야기를 하고 싶었다. 그들이 머물던 호텔의 인피니트 풀에서 바라본 아름다운 야경과 마치 지상낙원 같았던 섬과 리조트, 맛있었던 음식, 바람에 날리던 냅킨과 20분간 모래사장을 걸었던 경험도……
그녀는 친구들이 자신의 검소함과 소탈함에 깜짝 놀랄 거라고
생각했다. 어쩌면 남편의 부모님에 대해서 살짝 이야기를 해
줄 수도 있을 것이었다. 하지만 그녀는 자신이 아무리 이야기
를 해도 자신의 친구들은 절대 이해할 수 없는 게 있으리라는
사실을 알고 있었다. 그 애들은 진짜 삶을 몰라…… 문득 그녀
의 머릿속에 그런 장면이 떠올랐다. 집채만 한 파도가 몰려와
서 이 해안가를, 저 리조트들을, 이 섬을 휩쓰는 그런 장면이.
갑자기 그녀의 눈에 눈물이 차올랐다. 그녀는 울었다. 처음에
는 흐느꼈고 그다음엔 소리 내어 울기 시작했다.

고양이의 보은
—눈물의 씨앗

그해 겨울에, 나는 매일매일 울었다.

울었다? 아, 아냐, 이건 아닌 것 같은데. 잠깐만, 사전을 좀 찾아봐야겠다.

울다: 기쁘거나 슬프거나 아파서 소리를 내며 눈물을 흘리다.

이크, 첫 문장부터 잘못 쓸 뻔했구나.

그해 겨울에, 나는 매일매일 '눈물을 흘렸다'. 나는 원래 눈물이 많은 사람이 아니다. 울었던 적이 거의—어쩌면 한 번도—없었다. 물론 지난 30여 년 동안 별로 좋지 않았던, 아니, 나쁘다고 말할 만한 시절은 있었다. 마음이 무척 아파서 울고 싶었던 날들도 있었다. 하지만 나는 그런 것들을 아주 잘 견뎌

233   고양이의 보은

내는 타입의 인간이었다. 어떤 나쁜 일이든 금방 툭툭 털고 일어날 수 있었다. 내가 처음으로 사귀었던 여자친구는 내게 어쩌면 그렇게 모든 일을 잘 견뎌낼 수 있느냐고 물었는데, 나는 그때 아마도 이렇게 대답했던 것 같다. "난 허약한 사람이 아니거든."

따지고 보면, 내 삶은 운이 좋은 편에 속하기도 했다. 서른두 살 때 「담요의 죽음」으로 등단했고, 평단의 좋은 평가를 받았다. 물론 내 소설을 싫어하는 사람도 있었겠지만 그런 것에는 크게 신경 쓰지 않았다. 내 소설을 좋아하는 사람들에 대해서 생각하면 그만이었다. 내 소설을 좋아하는 사람들, 이를테면 「그들에게 린디합을」로 유명한 영화감독 길광용은 내 소설 「커피의 비극」을 무척 좋아해서 '달콤한 잠'이라는 제목의 영화로 만들었고, 해외 유수 영화제에서 상을 받았다. 『무자비한 질서』의 번역가 최진홍 씨의 적극적인 추천으로 내 장편소설 『난 리즈도 떠날 거야』가 영어로 번역된 적도 있다. 미국에서 그다지 좋은 반응을 얻었다고 볼 수는 없지만, 그래도 꽤 재미있는 경험이었다.

일주일에 이틀은 예술대학에 나가서 〈소설 창작〉 과목을 가르쳤다. 나는 소설 쓰는 방법을 체계적으로 배운 적이 없고, 실제로 그런 방법이 있는 건지도 잘 몰랐지만, 소설을 쓰는 것에 대해 이러쿵저러쿵 떠드는 건 좋아했다. 재미있는 일이었다. 물론 내가 좋은 선생이었다고 단언할 수는 없지만, 그래도 매 학기가 시작될 때마다 내 수업은 일찌감치 수강 인원을 꽉 채웠고, 청강생도 더러 있었다.

주중에 이틀은 강의를 나갔고, 나머지 날들은 소설을 썼다. 살랑살랑 불어오는 봄바람처럼 좋은 날들이었다. 취미 생활을 하러 나가거나, 여자친구를 만나기도 했다. 나는 린디하퍼다. 춤을 대단히 잘 추는 편은 아니지만, 즐길 만한 수준은 되었다. 내 여자친구가 나와 함께 춤을 추면 좋겠다고 생각하기도 했지만, 그러지 않더라도 상관은 없었다. 여자친구는 유능한 야심가로, 일하는 걸 좋아했다. 명문 대학의 경영학과를 졸업하고 대학원에서 문화사를 전공한 후 자신이 원하는 직장에 취직했다. 지금은 직장에서 꽤 높은 직급을 차지하고 있다. 나는, 그녀가 우는 걸 한 번도 본 적이 없다. 나는 우는 여자, 아니 우는 사람, 그러니까 나약한 사람은 딱 질색이다. 언젠가 여자친구는 내게 자기 인생의 오점을 이야기해줬는데, 그걸 들은 후 그녀에게 의외로 귀여운 면이 있다는 걸 알게 되었다. 몇 년 전에 우연히 만난 유부남 대학 동창이 그 당시 사귀고 있던 남자친구를 두들겨 패줬다는 이야기였다. 나와 그녀는 큰 소리로 웃었다. 우리는 자주 함께 웃었다.

이런 이야기들을 주저리주저리 하고 있는 이유는, 내가 꽤 잘 살고 있었다는 걸 알리고 싶어서이다. 한 가지만 더 덧붙인다면, 나는 계절별로 네 벌 이상의 재킷을 가지고 있었고, 열여섯 벌의 고급 셔츠를 가진, 그런 남자였다. 그러니까 다시 한번

고양이의 보은

반복하자면, 그해 겨울 나에게는 단연코 눈물을 흘릴 만한 이유 따윈 없었다.

어느 날 아침, 나는 통증 때문에 잠에서 깼다. 그런 종류의 아픔은 처음이었다. 어깨와 허벅지도 무척 아팠지만, 제일 심한 건 머리였다. 마치 누가 내 머리통에 구멍이라도 뚫어놓은 것 같았다. 나는 창문을 활짝 열었다. 신선한 공기를 좀 쐬니까 아픔이 덜해진 것 같기도 했다. 눈이 내리고 있었다. 밤새 내린 모양이었다. 세상이 온통 하얀색이었다. 나는 입을 헤벌리고 창밖을 바라보다가 잠시 후 두 손으로 머리를 감싸 안았다. 잠시 통증이 가신 것 같다고 느꼈지만, 그건 잘못된 생각이었다. 나는 타이레놀 세 알을 한번에 입안으로 털어 넣은 후 꿀꺽꿀꺽 물을 마셨다. 그런 다음에는 차가운 물로 세수도 했다. 수건으로 물기를 닦아내고, 세면대의 거울을 들여다보고 있을 때 나는 눈물 한 방울이 또르르 내 볼을 타고 흘러내리는 걸 보았다. 이상하다. 어째서? 몸 상태가 나빠서 그런 걸까? 난 눈물을 닦아내며 생각했다. 금방 그치겠지. 그리고, 정말로, 눈물은 금방 그쳤다.

다시 눈물이 흐른 건, 소설 창작 수업의 종강 날이었다. 종강 날에는 학생들에게 존 업다이크의 소설 「먼 친구들의 죽음」을 이야기하는 게 일종의 습관이었다. 그건 죽은 사람들에 대한 이야기였다. 누군가 죽기를 바라는 마음에 대한 이야기였다. 그 이야기가 끝나면 나는 뒤에 꼭 이렇게 덧붙이곤 했다. "소설은 이렇게 현실에서 입 밖으로 내놓기 어려운 마음을 대신 이야기해주는 건지도 몰라요." 하지만 이번에는 거기까지 이야기하지 못했다. 갑자기, 맨 뒤에 앉은 학생 한 명이 손을 들고 물었다.

"선생님, 왜 우세요?"

나는 그제야 내 눈에서 눈물이 흐르고 있다는 사실을 깨달았다. 나는 뒤로 돌아 두 손으로 눈물을 닦아냈다. 곧 그칠 거야, 나는 생각했다. 하지만 눈물은 그치지 않았다. 그치기는커녕 그때부터 잠든 시간을 제외하면 계속계속 눈물이 났다. 다만, 눈물의 양은 달라졌다. 아주아주 조금씩 찔끔찔끔 나올 때도 있었고, 아예 앞이 보이지 않을 정도로 주룩주룩 흐를 때도 있었다. 눈물의 양에 어떤 기준이 있는 건지는, 나도 알 수 없었다.

당연하게도, 나는 유명하다고 소문난 이런저런 병원을 찾아다녔다. 어디에 있든, 규모가 어떻든, 그런 건 상관하지 않았다. 하지만 아무도 내가 왜 그렇게 눈물을 줄줄 흘리는지 알아내지 못했다. 그들은 내게 이것저것 검사를 권했고, 결국 마지막엔 잘 모르겠다고 말했다. 어떤 의사는 뇌를 열어봐야 알 것 같다는, 무시무시한 이야기를 하기도 했다. 마지막으로 찾아간 곳은, '물고기 안과'라는 요상한 이름의 병원이었다. 날씨가 너무 추워서 흐르던 눈물이 그대로 볼을 타고 얼어붙었

고양이의 보은

다. 병원에 들어가자 얼어붙었던 눈물이 녹아내렸고, 전에 없이 많은 양의 눈물이 줄줄 흐르기 시작했다. 돋보기안경을 쓰고 머리가 하얗게 센 의사 선생님은 나를 보고 고개를 절레절레 흔들었다. 나는 손등으로 눈물을 훔쳐내며 말했다.

"눈물이 멈추지 않아요."

의사 선생님이 물었다.

"머리가 아프지는 않소?"

나는 격렬하게 고개를 끄덕거렸다. 정말이지 계속해서 머리가 너무 아파 견딜 수가 없었다.

"네, 그렇습니다. 어떻게 아셨어요?"

"피부가 갈라지거나 하지는 않소?"

나는 또 고개를 끄덕거렸다. 정말이지 계속해서 손끝의 피부가 갈라지고 있어서 걱정이었다.

"목도 따끔따끔할 거고."

나는 아까보다는 덜 격렬하지만, 그래도 열심히 고개를 끄덕였다. 의사 선생님은 면 수건으로 내 볼을 톡톡 두드려 눈물을 닦아주었다. 우리는 멀뚱멀뚱 서로를 바라보았다. 의사 선생님이 미안하다는 듯이 입을 열었다.

"탈수 증상이 오지 않게 물을 많이 먹도록 하세요."

그게 전부였다. 제기랄! 하지만 의사 선생님의 진단이 틀린 건 아니었다. 실제로 나는 매일매일 너무 많은 수분을 배출하고 있었다. 내가 진료실을 나가려는 찰나, 의사 선생님이 내 이름을 불렀다. 그는 내게 다가와 흰 면 수건을 건네주었다.

"휴지나 손으로 눈물을 닦는 건 그만둬야 할 거요. 눈물에 포함된 염분이 피부에 안 좋은 영향을 끼칠 겁니다. 눈물이 지나간 자리가 따끔따끔하고 헐게 될 거요. 눈물이 흐르는 즉시 이 면 수건으로 부드럽게 닦아줘야 합니다. 당신은 눈물을 제어할 수는 없지만, 그걸 잘 다룰 수 있을 거요. 행운을 빌겠소."

어느 날, 그나마 운이 좋게도 눈물이 찔끔찔끔 나오던 밤에, 나는 티브이에서 고든 굴드를 다룬 다큐멘터리를 보게 되었다. 나는 고든 굴드가 무척 영리하고 매력적인 과학자라고 느꼈지만, 그 다큐멘터리의 논조는 어쨌든 그가 미치광이였다는 것이었다. 내레이터는 이렇게 말했다. "그가 말년에 안식을 얻을 수 있었던 것은 에밀리 로즈를 따라 천주교도가 되었기 때문이었습니다." 문득, 나는 나 자신도 성당을 다니면 안식을 얻을 수 있지 않을까 하는 생각을 하게 되었다. 충동적이기는 했지만 나쁘지 않은 생각 같았다. 어쩌면 내게 부족한 것은 그런 마음, 기도하는 마음이었을지도 몰라. 간절히, 기도하는 마음. 나는 사람이 별로 없는 시간대를 골라 성당에 가서 기도를 하기 시작했다. 부랴부랴 구입한 성경책을 들고 눈물을 줄줄 흘리면서 말이다.

"하느님, 제발 제 눈물 좀 그치게 해주세요."

어느 날 예배소에 들른 신부님이 내게 다가와 물었다.

고양이의 보은

"형제님은 도대체 무슨 일로 매일매일 이렇게 우시면서 절절하게 기도를 올리시는 겁니까?"

나는 엄청 부끄러워졌다. 하지만, 신부님에게 거짓말을 할 수는 없었다. 나는 기어들어가는 목소리로 대답했다.

"눈물 때문이에요."

"눈물이요?"

"네, 눈물이요."

나는 물고기 안과의 의사 선생님이 준 면 수건으로 눈물을 닦아내면서 대답했다. 신부님은 한 손을 내 왼쪽 어깨에 올려놓더니 눈을 감았다. 신부님은 한참을 그러고 있더니 아무 말도 하지 않고 몸을 돌려 천천히 예배소를 빠져나갔다.

그리고 몇 주 후에 나는 그 신부님이 더 이상 성당에 나오지 않을 거라는 이야기를 듣게 되었다.

"환속하셨다고요?"

"눈물 때문이래요."

미사포를 쓰고 기도를 하던 여자가 내게 말해주었다. 눈이 동그랗고 토끼처럼 생긴 여자였다. 그녀는 눈이 빨개져서 손수건으로 눈물을 닦아내며 대답했다.

"당신이 기도할 때 마지막으로 눈물을 흘린 게 언제인지 기억이 나지 않으신대요. 그 사실이 너무 죄스러워서 견디실 수가 없으시다고요. 하지만 그분이 얼마나 훌륭하신 분인지, 우린 다 알고 있잖아요."

"그럼 그분은 이제 더 이상 신부님이 아니신 건가요?"

"아예 천주교를 떠나겠다고 말씀하셨대요. 하느님을 믿을 자격이 없으시다고……"

그녀는 한 손으로 눈물을 닦아내고 다른 한 손으로는 내 손을 꼭 잡아주었다.

"우리, 울지 말아요. 이것 또한 하나님의 뜻인 것을. 우리 그분을 위해 기도해요."

그녀는 눈물을 흘리며, 성호를 긋고 신부님을 위한 기도를 시작했지만 나는 차마 그럴 수가 없었다. 어쩐지, 모든 게 무서워졌다. 내가 어떻게 된 걸까? 내가 도대체 어떻게 된 거야?

결국 나는 성당에 나가는 걸 그만두었다. 그리고, 당연히 기도를 하는 것도 그만두었다.

더 이상 춤을 추러 가지도 않았다. 눈물을 주룩주룩 흘리며 춤을 출 수 없는 노릇이기도 했고, 더 이상 즐거울 만한 일을 하고 싶은 생각이 들지도 않았다. 나는 그냥 집에 머물러 있었다. 계절별로 마련되어 있는 재킷과 셔츠 들도 다 필요 없어졌다. 그나마 잠을 자는 동안에는 눈물이 안 나왔기 때문에 나는 대부분의 시간을 자면서 보냈다. 낮 동안에도 깊이 잠들 수 있도록 창문마다 암막 커튼을 달았다. 여자친구에게도 이별을 고했다. 모르겠다. 여자친구가 내 곁에 있는 게 도대체 무슨 소용이 있을까? 무엇보다 난 항상 여자친구에게 이런 식으로 말

고양이의 보은

했었다. "우는 사람들, 나약한 사람들이 정말 싫다고. 한심하단 말이야." 나는 일방적으로 연락을 끊어버렸다. 전화도 받지 않았다. 어느 날 밤에, 그녀가 우리 집으로 찾아와서 초인종을 눌러대고 문을 두드렸지만 나는 그냥 침대에 앉아서 꼼짝도 하지 않았다. 소설을 쓰기도 싫어졌다. 소설을 쓰려고 컴퓨터를 켜면 눈물의 양이 더 많아졌다. 세상에, 눈물이 뚝뚝뚝뚝뚝 떨어져서 자판을 적셨다. 나는 제시간에 원고를 넘기지 못했다. 나를 응원하거나, 용기를 북돋워주려고 했던 편집자들도 하나둘 나가떨어졌다. 눈물과 고군분투하며 쓴 원고를 넘겨줬을 때, 편집자 Y씨가 내게 전화를 걸어 소리를 질렀다.

"어째서 이렇게 엉망인 원고를 주시는 거죠? 문장이 다 말도 안 되잖아요. 제가 싫어서 그러세요? 도대체 실을 수가 없을 지경이잖아요. 제가, 선생님이 신인이었을 때, 무례하게 대한 적이 있다고 이제 와서 복수하시는 거예요? 이런 식의 복수가 말이 된다고 생각하세요?"

물론, Y씨가 나에게 무례를 범한 적이 있는 건 사실이다. 하지만 난 그런 일 같은 건 아예 잊어버리고 있었다. Y씨가 상기시켜주지 않았다면 아마 죽을 때까지 다시는 기억해내지 못했을 거다. 나를 그런 파렴치한으로 몰다니, 억울했다.

어떤 평론가는 좌담에서 내 소설에 대해 이렇게 말했다.

"이 형편없는 소설을 좀 보십시오. 그전의 소설보다 나빠진 게 아니라 S씨는 워낙 이 정도밖에 안 되는 작가였어요. 그의 평판은 순전히 거품이었습니다."

내가 없는 술자리에서 평론가 R은 이런 말을 했다.

"S의 소설을 과대평가한 사람들은 반성해야 할걸."

그런데, 그런 이야기를 전해 들어도 화가 나지 않았다. 정말, 전혀, 눈곱만치도 화가 나지 않았다. 물론 그전에도 그런 비판을 대수롭지 않게 넘기는 편이었지만, 그런 것과는 완전히 차원이 달랐다. 예전에는 비난이나 비판을 들었을 때 나 자신을 '제어'하는 편에 가까웠다면, 이제는 제어할 필요가 없어진 편에 가까웠던 것이다. 그냥, 나와 상관없는 일처럼 느껴졌다. 정말 나와는 아무런 상관도 없는 일처럼, 그렇게 느껴졌다. 그건 정말 이상한 일이었다.

겨울이 막 끝나가는 어느 일요일 아침, 계절과 어울리지 않게 새벽녘부터 엄청난 비가 쏟아졌다. 두꺼운 커튼 저 너머로 쉴 새 없이 빗소리가 들려왔다. 바깥이 궁금했지만 나는 커튼을 치고 창문 바깥을 보지 않았다. 그냥 나는 일찌감치 깨서 침대에 누워 있을 뿐이었다. 물론, 눈물을 줄줄 흘리면서. 그때, 초인종 소리가 들렸다. 누군가, 아주 일정한 간격으로, 부드럽고 우아하게 내 집의 초인종을 누르고 있었다. 당연히 문을 열어주지 않을 생각이었는데, 초인종 소리가 도대체 멈출 생각을 하지 않았다. 조금의 흐트러짐도 없었다. 초인종을 누르는 사람의 감정—이를테면, 분노나 오기나 짜증—같은 것도 전혀 느껴지지 않았다. 결국 내가 졌다,는 심정으로 잠옷 바지에 후드티만 걸쳐 입고 현관으로 나갔다. 그러니까, 눈물을 흘리면서. 문을 여니, 거기에는 빨간 페도라를 쓰고, 하얀 와이셔츠와 줄무늬가 들어간 남색 베스트를 입은 남자가 서 있었다. 넥타이까지 하고 말이다. 춥지 않나? 나는 처음에 그런 생각을 했고, 그다음에는 그가 비에 단 한 방울도 젖지 않았다는 것을 깨달았다. 대단히 보송보송한 인상을 주는 남자였다. 얼굴 피부는 밀랍을 발라놓은 것처럼 생기가 없어 보였는데 그에 비하면 손은 지나치게 생생해 보였다. 마치 손만 혼자 살아 숨 쉬는 느낌이었다.

"누구시죠?"

"저는 배달부입니다."

배달부가 아주 예의 바르고 공손한 말투로 이야기하며 내게 작은 보라색 상자를 하나 건넸다. 그는 내 눈물 같은 건 신경도 쓰지 않는 것 같았다. 나는 얼떨결에 두 손으로 상자를 받아 들었다.

"이게 뭡니까?"

보라색 상자에는 주소도, 이름도, 아무것도 적혀 있지 않았다.

"열어보십시오."

나는 그가 시키는 대로 상자를 열었다. 상자 바닥에는 정사각형 모양의 보라색 봉투가 얌전히 놓여 있었다.

"봉투를 열어보십시오."

배달부는 내가 두 손을 자유롭게 사용할 수 있도록 상자를 대신 들어주었다. 그의 목소리—솜사탕처럼 부드러운 동시에 초콜릿처럼 견고한—에 압도당한 나는 겨울비가 억수같이 쏟아지는 일요일 아침, 잠옷 바지와 낡은 후드티를 입은 채로 태어나서 처음 만난 배달부가 건네주는 정체를 알 수 없는 보라색 봉투를 열어보았다. 거기에는 카드가 한 장 들어 있었다. 카드 앞면에는 아무런 장식이나 글자도 없었다. 카드를 펼치자 역시 아무런 장식도 되어 있지 않은 하얀색 속지가 붙어 있었고 거기에는 이렇게 적혀 있었다.

초대장.

"이게 뭡니까?"

나는 어안이 벙벙해서 배달부에게 물었다.

"보시다시피, 초대장이지 않습니까?"

배달부가 말했다.

"저를 따라오십시오."

"어디로요?"

"당신이 초대받은 곳으로요."

"내가 가고 싶지 않다면요?"

"그럴 순 없습니다. 왜냐하면 당신은 초대장을 받았으니까

고양이의 보은

요."

나는 잠시 머뭇거렸다.

"빨리 오십시오. 저는 오늘 하루 배달해야 할 상자가 무척 많습니다. 여기서 당신 때문에 시간을 더 이상 지체할 수는 없습니다."

"이런 차림으로요?"

코트도 못 입고, 얇은 잠옷 바지에 슬리퍼 차림으로? 이대로 밖으로 나가면 얼어 죽을지도 모르는데? 배달부는 내 생각을 알아차리기라도 한 듯이 부드러운──정말로 부드럽고 푹신푹신한 목소리로 말했다.

"괜찮습니다. 따라오십시오."

"하지만 난 우산도 없어요."

"우산은 필요 없습니다. 빨리 서두르십시오."

"앗, 죄송합니다!"

어쩐지 그래야 할 것 같은 기분에 나는 큰 소리로 사과를 하고 그를 따라나섰다. 나는 빌라의 5층에 살고 있었는데, 어쩐지 계단은 끝도 없이 아래로 이어져 있는 것 같았다. 드디어 1층에 도착했을 땐, 이미 깜깜한 밤이 되어 있었고 계절은 여름으로 바뀌어 있었다.

배달부는 어디론가 이미 사라지고 난 후였다.

깜깜한 밤, 나는 파란색 셔터가 내려진 네모난 상가 건물이 죽 늘어서 있는 거리에 홀로 서 있었다. 굉장히 질서정연했고 아주 조용했기 때문에 마치 영화의 세트장 같았다. 나를 제외하고는 사람 한 명, 차 한 대도 지나가지 않았다. 더운 여름밤의 공기가 훅, 하고 나를 덮쳤다. 그제야 나는 내가 더 이상 눈물을 흘리지 않고 있다는 사실을 깨달았다. 와, 눈물을 흘리지 않는다는 건 이렇게나 근사한 일이구나. 나는 약간 감격스러워졌고, 내 자신이 어떤 곤경에 처해 있는지도 잊어버렸다. 심지어 이렇게 마음이 편안했던 적이 없었다고 느낄 정도였다. 나는 콧노래를 부르면서 거리를 걷기 시작했다. 슬리퍼 소리가 자박자박 나를 따라왔다. 길가에 일렬로 늘어선 가로등이 빛나고 있었다. 저 멀리까지 시선을 주면, 검은 가로등대가 어둠에 가려서 그 위의 등불만 보였다. 그건 마치 하늘에 일직선으로 쭉 떠 있는 UFO처럼 보였다. 나는 『무자비한 질서』의 번역자인 진홍 씨가 언젠가 내게 해준 이야기――신혼여행 도중에 뱃멀미 때문에 고생한 부부에 대한 이야기――를 잠깐 떠올렸고 웃음을 지었다. 그건 정말 웃기는 이야기였다.

　겨드랑이와 등이 땀으로 축축해졌기 때문에 나는 일단 후드티를 벗기로 했다. 팔 한쪽을 뺐을 때, 후드티 주머니에서 초대장이 툭 하고 떨어졌다. 저걸 언제 주머니에 넣었더라……? 나는 초대장을 주우려고 허리를 숙였다. 여전히 후드티에서 팔 한쪽만 뺀, 조금 우스꽝스러운 모습이었다. 그때, 바람이 불어왔고 마치 초대장이 춤이라도 추는 것처럼 나풀나풀 날아가

　　　　　　고양이의 보은

더니 어느 골목으로 들어가버렸다. 나는 그걸 쫓아갔다. 왜 그
래야 하는지도 모르면서. 초대장을 따라 들어간 막다른 골목
의 안쪽에는 아주 기다란 가로등이 하나 있었다. 그렇게 키가
큰 가로등은 처음 봤다. 꼭대기에 달린 등불은 마치 하늘에 떠
있는 별, 아주 오래 살아온 별 같았다. 가로등 아래쪽에 보라색
초대장이 떨어져 있었다. 그리고, 삼색 고양이 한 마리가 초대
장의 귀퉁이를 깔고 앉아 있었다. 나는 동물을 별로 좋아하지
않았고, 게다가 고양이라면 질색이었다. 질색이라기보다, 사
실 나는 고양이가 무서웠다. 나는 가까이 다가가지도 못하고,
어정쩡하게 서서 한 손을 내저으며 훠이훠이 소리를 냈다. 자
꾸 땀이 났다.

"저리 가, 야옹아."

하지만 고양이는 한 발짝도 움직이지 않고 거기에 그냥 앉
아서 나를 쳐다보고 있을 뿐이었다.

"저리 가래도?"

고양이는 들은 척도 하지 않았다. 나는 용기를 내서 조금 다
가갔다. 가까이 가서 보니 이크, 고양이는 한쪽 눈이 없었다.
애꾸눈 고양이! 애꾸눈 고양이가 기지개를 켜듯 몸통을 둥글
게 말더니 이번에는 앞발만 세우고 앉아서 나를 바라보았다.

"안녕?"

난 주위를 두리번거렸다. 누구지? 누가 말을 한 거야? 여기
나 말고 누가 또 있는 거야?

248

"그 후드티를 입든지 벗든지 어떻게 하지 그래? 보기 흉하다고."

그제야 나는 내가 아직도 후드티의 한쪽 팔만 뺀 상태라는 걸 알게 되었다. 나는 머뭇머뭇하면서 후드티를 마저 벗었다. 그리고 천천히 뒷걸음쳤다. 여기에 누가 있는 거지? 강도일까? 아, 난 여기서 죽는 걸까? 도대체 여긴 어디야? 어떡하지?

"바보, 지금 내가 말을 하고 있는 거야."

지금 이 글을 읽고 있는 여러분들은 믿지 못하겠지만, 말을 한 건 다름 아닌, 삼색 고양이였다. 삼색 애꾸눈 고양이. 정말이라니까, 고양이가 말을 하더라니깐. 세상에, 고양이가 말을 하다니 이건 정상이 아니잖아! 머릿속이 복잡해졌다. 내 머리가 복잡해지거나 말거나 삼색 애꾸눈 고양이는 아주 우아한 걸음걸이로 내게 다가왔다.

"내 이름은 '눈이'야. 내가 널 초대했어."

"뭐라고?"

나는 후드티로 얼굴의 땀을 닦으며 고양이에게 물었다. 그래, 고양이에게 반문을 했다니까, 내가 그 애꾸눈 고양이에게 뭐라고,라고 물었다니깐! 세상에, 정말 그랬다니깐!

"내가 이 초대장을 보냈다고. 널 찾느라 정말 힘들었어. 그 세계에서 남자로 태어났을 줄은 정말 몰랐단 말이야."

애꾸눈 고양이가 내게 천천히 다가왔다. 나는 공포심에 몸이 얼어붙는 것 같았다. 이게 무슨 일이야? 애꾸눈 고양이는

　　　　　　고양이의 보은

원을 그리며 내 주위를 천천히 돌았다.

"난 널 해치지 않아."

난 평정심을 찾으려고 애쓰면서 떨리는 목소리로 물었다. 비굴하게 존댓말을 써가면서.

"도대체 왜 날 초대한 거죠? 여기는 어디입니까?"

애꾸눈 고양이는 원을 그리는 것을 그만두고 이번에는 골목 바깥으로 걸어가기 시작했다. 골목 끝까지 간 애꾸눈 고양이가 문득 걸음을 멈추고 나를 돌아보며 말했다.

"뭐 하는 거야? 따라오지 않고?"

우리는 함께 밤거리를 걷고, 걷고, 또 걸었다. 애꾸눈 고양이와 나는 아무런 대화도 나누지 않았다. 우리가 밤거리를 걷는 동안 계절이 바뀐 게 틀림없었다. 조금 쌀쌀해진 공기 때문에 나는 후드티를 다시 입었다. 어느새 우리는 작은 공원에 도착해 있었다. 과연, 봄밤이었다. 공원 안은 벚꽃나무 천지였다. 밤의 벚꽃이 두둥실, 검은 하늘 아래 옹기종기 모여 있었다. 걸음을 멈춘 애꾸눈 고양이가 나를 돌아보더니 말했다.

"저기를 좀 봐."

벚꽃나무 아래 벤치에 여자애가 혼자 앉아 훌쩍훌쩍 울고 있었다. 스물다섯 살. 그것보다 더 앳되어 보이긴 했지만 왠지 나는 그녀의 나이를 정확하게 알 수 있을 것 같았다.

"저 여자앤 누구죠? 왜 우는 거죠?"

나는 애꾸눈 고양이에게 속닥거리며 물었다.

"방금 남자친구에게 차였거든."

"에이, 그게 울 일인가?"

"무척 사랑한 사람이라고. 평생을 함께하고 싶다고 처음으로 느낀 사람이란 말이야."

"쯧쯧쯧."

나는 혀를 끌끌 찼다. 한심하다. 세상에 힘든 일이 얼마나 많은데 저런 일로 눈물을 흘린담? 애꾸눈 고양이가 내게 물었다.

"여자친구에게 차여서 운 적, 없어?"

"여자친구란 건 헤어지기도 하고 또다시 사귀기도 하고 뭐 그런 거 아닌가요? 운다고 돌아오는 것도 아니고 뭐 하러 아깝게 눈물을 흘립니까?"

"뭔가 중요한 걸 잃어버렸다고 생각해본 적이 없어?"

"운다고 돌아오지 않아요."

나는 그렇게 말하고 슬쩍 애꾸눈 고양이를 바라보았는데 왠지 슬퍼 보였다. 고양이는 원래 다 저렇게 슬퍼 보이는 걸까? 고양이에게 표정이라는 게 있을까? 잠시 후 여자애는 뭔가 대단한 결심이라도 한 것처럼 벤치에서 벌떡 일어났다. 그리고 천천히 공원 입구로 걸어갔다. 하지만 여자애에게 울음을 참는 건 너무 어려운 일이어서 몇 번이나 멈춰 서서 눈물을 닦아내야 했다.

고양이의 보은

"자, 이제 우리도 가야 해."

애꾸눈 고양이가 말했다. 나는 벚꽃나무 사이를 비틀비틀 걸어가는 여자애의 뒷모습을 좀더 지켜보다가 애꾸눈 고양이를 따라서 그곳을 떠났다.

우리는 또다시 걷기 시작했다. 끝도 없이 푸른 들판을 지났고, 회색 건물 숲을 지났고, 바다의 모래사장을 지났다. 우리는 몇 번의 계절 사이를 걸었다.

"그 여자애는 누구죠?"

애꾸눈 고양이는 걸음을 멈추지 않고 대답했다.

"곧 알게 될 거야. 저절로 알게 될 거야. 그런 식으로 되어 있는 거니까."

"뭐가 그런 식으로 되어 있는 건가요?"

애꾸눈 고양이는 내 말에 대답하지 않고 갑자기 걸음을 멈추었다.

"아, 저기 있다."

그곳은 도심의 노천카페였다. 구석의 테이블에 두 여자가 앉아 있었다. 분명히 공원 벤치에서 울던 여자애였는데 이제는 나이가 좀 들어 보였다. 이번에도 나는 그녀의 나이를 정확하게 알 수 있었다. 스물일곱 살. 같이 있는 여자는 그녀보다 한두 살이 더 많아 보였다. 좀더 가까이 가보니 그 여자는, 세상에, 또 울고 있었다. 그녀와 함께 있는 여자가 그녀에게 티슈를 건네주었다. 그녀는 눈물을 쓱쓱 닦아냈다.

"울지 마, 그만 울어. 남들이 보면 내가 너한테 못되게 군 줄 알겠다."

"언니는 내가 지금 어떤 마음인지 하나도 몰라."

"도대체 뭘 모른다는 거야?"

"되는 일이 하나도 없어. 그냥 멀리 떠나고 싶어. 난 할 줄 아는 게 아무것도 없다고."

"아냐, 그렇지 않아."

그녀와 함께 있는 여자가 인내심을 가지고 그녀를 토닥토닥거려주었다. 그녀는 나이고 체면이고 주위의 시선이고 아무것도 아랑곳하지 않고 코를 팽팽 풀며 울어댔다.

"이번에는 왜 또 우는 거죠?"

"나도 잘 몰라. 그냥 여러 가지 일이 잘 안 된다고 생각하는 거야. 후회하고 있는 거라고."

아침에 일어났을 때, 그녀는 이유도 없이 마음이 무척 불안해져서 울어버렸을지도 모른다. 지하철에서 팔이 하나밖에 없는 사람을 보았는지도 모른다. 자신이 좋아하는 누군가 자신을 싫어하는 걸 알게 되었는지도 모른다. 어쩌면 친하게 지내던 친구에게 싫증이 났고, 그런 자신에게 실망을 한 건지도 몰라. 아니면 소중하게 간직하던 귀걸이를 잃어버렸거나. 그것도 아니면 소설을 써서 주위 사람들에게 보여줬는데 욕을 잔뜩 들어먹었는지도. 그 모든 일이, 그게 하찮은 일이든, 그렇지 않은 일이든 그녀에게 울 만한, 눈물을 흘릴 만한 이유가 되었다. 아, 가만있자, 소설? 소설이라고?

"저 여자, 소설을 쓰나요?"

"맞아."

"소설가가 되나요? 한 번도 본 적이 없는 얼굴인데."

"곧 보게 될 거야."

"나약한 여자로군요."

"자기 삶이 통째로 잘못되었다고 느끼는 거야. 걱정이 되는 거라고. 역시 넌 그런 마음이 어떤 건지 잘 모르겠지?"

"난 낙심해본 적이 별로 없어요. 내 일이 잘 안 되더라도, 걱정 같은 거 해봤자 소용이 없어요. 그냥 난 몹시 낙천적인 사람이었거든요."

"알아, 넌 낙천적인 사람이야. 일이 잘 안 된다고 속을 끓이거나 애를 태운 적도 별로 없지. 어째서 니가 그렇게 낙천적일 수 있는 건지 알고 있어?"

나는 애꾸눈 고양이를 바라보며 자신 있게 대답했다.

"글쎄요. 그냥 난 강인한 사람이니까."

"흥!"

애꾸눈 고양이가 코웃음을 쳤다.

어느새, 나는 좌석 버스 안에 앉아 있었다. 애꾸눈 고양이는 어디에 갔지? 초록색 트위드 재킷에 검정색 플레어스커트를

254

예쁘게 차려입은 여자가 내 옆에 앉아 있었다. 아, 그 여자다. 이번엔 좀더 나이가 들었다. 서른세 살. 여자는 눈물을 훔쳐내며 누군가와 통화 중이었다. 나를 한번 슬쩍 바라보고 목소리를 낮추었기 때문에 그녀가 하는 말을 모두 들을 수는 없었지만, 가끔 흥분한 탓에 그녀의 목소리가 커질 때가 있었다.

"모든 게 엉망진창이야. 그런 식으로 쉽게 말하지 마…… 아니야, 너에게 화를 내는 게 아니야. 나는 다만…… 너도 알잖아? A와 내가 얼마나 가까운 사이였는지…… 아니, 아니, 그런 게 아니라 뭔가 자꾸 잘못되어가는 것 같아. 잘못된 방법으로 조립된 레고 블록 사이에 서 있는 기분이야…… 이 모든 게 어떤 일의 징후일까? 아니면 그저 다 내 잘못인 걸까? 소설도 쓰기 싫어…… 재미가 없어…… 정말이야…… 웃기게도 이 모든 잘못된 일이 내가 소설가가 되었기 때문에 생긴 일 같아…… 아니야, 관련이 없지 않아. 뭔가 관련이 있는 것 같아……"

아마도 수화기 저편에 있는 사람은 최선을 다해 그녀를 다독이고 있었겠지만 그렇게 큰 도움이 되지 않는 것 같았다. 그녀는 아주 오랫동안 수화기 저편의 이야기를 들으며 간간이 손등으로 눈물을 닦아냈다. 잠시 후 그녀가 말했다.

"잘 모르겠어. 다른 건 모르겠지만, 이거 하나는 확실하게 알아. 난 다시 태어나면 소설가 따위는 되지 않을 거야. 다른 세상 어디에서도 소설가의 인생 따위는 살고 싶지 않아."

고양이의 보은

그제야, 나는 그녀가 누구인지 알 것 같았다.

나는 처음 애꾸눈 고양이를 만났던 골목에 서 있었다. 다시,
후덥지근한 여름밤이 되어 있었고, 나는 후드티를 벗은 상태
였다. 다만, 키가 큰 가로등은 꺼져 있었다.

"가로등을 켤 수 없나요?"

내가 물었다.

"응, 가로등은 켤 수 없어. 이제 영원히 켤 수 없어."

삼색 애꾸눈 고양이 눈이는 처음 나와 만났을 때와 똑같은
장소에 똑같은 포즈로 앉아 있었다. 나는 눈이 옆에 양반다리
를 하고 앉았다.

"저 여자는 바로 나로군요."

내가 말했다.

"여기, 이 세계에서의 나,로군요."

다시 한번 더 반복해서 말했다. 이상한 말이지만 그것만큼
진실을 담고 있는 말을 나는 한 번도 발음해본 적이 없었던 것
같았다.

이 세계에서의 나.

"그래, 나의 아가씨와 넌 눈물의 씨앗을 공유하고 있어. 눈
물의 씨앗 하나를 함께 사용한단 말이야. 네가 그곳에서 그토
록 운이 좋게, 울 만한 일이 없게, 강인하게 살아갈 수 있었던
건, 이곳 세계에서 너의 눈물을 다 가져와버렸기 때문이야. 아

256

가씨가 너의 눈물을 대신 다 흘려버렸기 때문이라고."

애꾸눈 고양이는 계속 이야기를 했다.

"아가씨는 자주 울었어. 눈물이 많은 아가씨였단 말이야. 전혀 울 일이 아닌데 눈물이 날 때가 많았지. 잘난 척하고 싶어 하는 사람들은 아가씨에게 이렇게 말하는 거야. 넌 왜 이렇게 잘 우니? 그건 울 만한 일이 아니야. 넌 왜 그렇게 나약한 거니? 아가씨도 자신이 왜 그렇게 자주 눈물이 나는 건지 잘 몰라. 그게 너의 눈물을 다 가지고 왔기 때문이라는 사실을 모르는 거야. 그리고, 그렇게 자주 눈물을 흘리는 자기 자신이 싫어져서 또 울음을 터뜨리는 거지. 그래서 아가씨는 자주 자신이 불행하다는 생각에 빠져 있어. 남들이 봤을 땐 아무것도 아닌 일에 예민하고 민감하게 굴었단 말이야. 아가씨가 너무 안됐어. 너무 불쌍해."

진짜로, 그녀는 시도 때도 없이 울었다. 걱정도 많았다. 그냥 뭐든 걱정이 되었다. 전철을 타고 가다가도, 밥을 먹다가도, 거리를 걷다가도 눈물이 뚝뚝뚝뚝 떨어지는 날도 있었다. 이상했다. 어째서 내게는 이렇게 많은 눈물이 있는 걸까? 그녀는 자주 생각했다. 나는 언제 눈물을 멈출 수 있을까? 언제쯤 행복하다고 느낄 수 있을까? 언제 이 의미 없는 걱정들을 다 내다버릴 수가 있을까? 다른 사람들도 다 나처럼 살아가는 걸까? 이런 아무것도 아닌 일에 눈물을 흘리면서? 그녀는 궁금했다.

"내가 아가씨를 도와주고 싶었어."

애꾸눈 고양이가 이야기를 이어갔다.

"아가씨와 눈물의 씨앗을 공유하는 사람을 찾았는데, 그게 바로 너였어. 네가 잠든 동안 나는 너의 꿈에 들어갔지. 꿈이 눈물의 씨앗을 찾을 수 있는 유일한 통로거든."

아, 그래. 기억이 난다. 꿈에서, 나는 트램펄린 위에서 붕붕 날아다니고 있었는데 내 주머니에서 무언가 자꾸 빠져나갔다. 마구마구 빠져나갔다.

"너에게서 눈물의 씨앗을 훔쳐서 구멍을 하나 뚫었어. 그러면 네 눈물이 아가씨에게 더 이상 가지 못하게 될 거라고 생각했어. 네가 사는 그 세계로 다 흘러들어가게 될 줄 알았단 말이야. 그런데 내가 잘못 생각했나 봐. 뭔가 잘못되었어. 이 세계에서 아가씨는 여전히 계속 눈물을 흘리고 있고, 그리고 그 세계의 너는, 너도 잘 알겠지만 고장 난 수도꼭지가 된 거야."

나는 꺼진 가로등의 저 멀리 꼭대기를 바라보면서 생각했다. 그랬지, 나는 눈물이 날 정도로 슬펐던 적이 별로 없었지. 어떤 불행한 일이 닥쳐도 나는 그냥 금방 넘겨버릴 수 있었는데. 딱히 마음이 괴롭거나 아프지 않았는데. 그런 내 마음은 그녀의 눈물 때문에 가능한 것이었구나.

"하지만 나도 딱히 행복한 건 아니었어요."

나는 시무룩해져서 이야기했다. 왠지 눈물이 날 것 같았다.

"알아, 어쨌든 너의 강인함은, 아가씨 덕분에 얻은 거야."

"내가 눈물을 흘리지 않는다는 이유로 첫번째 여자친구는 내게 냉혈한이라고 했어요."

"안다니깐. 너 지금, 울고 싶지?"

나는 고개를 끄덕였다.

"그런데 눈물이 나지 않지?"

나는 또 고개를 끄덕였다.

"지금 이 순간 아가씨는 너 대신 울고 있다."

"이걸 고칠 수 있을까요?"

내가 묻자, 애꾸눈 고양이 눈이 대답했다.

"그러면 앞으로, 이제껏 살아왔던 것에 비해 마음 아픈 일이 많이 생길 거야. 걱정도 늘겠지. 그럼 넌 더 이상 '강인한' 인간이 아니게 될 텐데."

"그건 싫지만."

나는 그녀가 우는 모습을 떠올렸다.

"도와줍시다."

"좋아, 그럼 날 따라와."

우리는 다시 걸었다. 푸른 들판을 건너고, 끝도 없는 바다 곁을 지나갔고, 하늘이 보이지 않을 만큼 빽빽하게 늘어선 회색 건물 숲도 지나갔다. 사막을 지나가야 할 때는 낙타를 타기도 했다. 나는 안장 위에 앉아서 한 팔로 고삐를 잡았고, 다른 한 팔로는 애꾸눈 고양이 눈이를 안았다. 그리고 사막이 끝났을 때, 우리는 낙타에서 내려 다시 걷기 시작했다. 밤과 낮이 몇 번이나 지나고, 계절이 또 몇 번이나 지나갔다.

그리고 눈을 한 번 깜빡하자, 우리는 그녀의 방 안에 있었다. 방 안은 몹시 지저분해서 발 디딜 틈이 없을 정도였다. 침대 위에는 몇십 벌이나 되는 옷이 쌓여 있었고, 방바닥에는 책이 아무렇게나 흩어져 있었다. 우리는 앉을 만한 공간을 어렵게 찾아냈다. 애꾸눈 고양이 눈이는 내 무릎 위에 올라와 앉았다. 나는 애꾸눈 고양이의 머리를 쓰다듬어주었다. 애꾸눈 고양이는 골골거리며 그녀를 바라보고 있었다. 그녀는 책상에 앉아 노트북을 켜고 초조하다는 듯 한쪽 다리를 떨면서 머리카락을 쥐어뜯고 있었다. 그리고, 역시 이번에도 울고 있었다.

"그녀는 이 일을 좋아하지 않는군요."

내가 말했다.

"응, 이 일을 좋아하지 않아. 좋아했던 적도 있었겠지만."

"내가 다른 세계에서 이렇게 소설가로 살아가고 있단 걸 알면 무척 실망하겠어요."

"아마도."

애꾸눈 고양이는 내 무릎에 머리를 대고 슬픈 표정을 지으며—그래, 고양이도 표정이 있다—아가씨를 바라보았다.

"아가씨는 자신이 없는 거야. 무서운 거지. 왜냐하면……"

나는 그 말을 받았다.

"눈물이 너무 많아서."

애꾸눈 고양이는 아무 말도 하지 않았다.

"몇 년 전 가을까지 나는 길에서 살아가고 있었어. 아기를 낳은 적도 있지. 그 애들은 모두 죽었지만 말이야. 어느 날, 시장 통에서 모여 놀던 남자애들이 나에게 뭘 던졌어. 난 그 애들이 내게 뭘 던졌는지 몰라. 그 애들이 나를 해치려고 무언가를 던졌다고도 생각 안 해. 그냥 운이 나빴다고 생각해. 게다가 난 길고양이치고는 살 만큼 살았으니까. 그런데 아가씨가 나를 발견했지. 그녀는 나를 보며 울었어. 모르겠어. 아가씨는 워낙에 잘 우는 사람이긴 했지만, 그래도 나를 위해 울어준 인간은 아가씨가 처음이었어. 그리고 나를 동물 병원에 데려다주고 수술도 시켜줬지. 2주 정도 병원에 머문 후에 아가씨는 나를 다시 내가 살던 길에 데려다줬어. 매일매일 먹을 것을 갖다주고. 하지만 난 그해 겨울을 나지 못했어. 아가씨는 아직도 나를 찾으러 와. 내 이름을 부르는 거야, 눈이야, 눈이야, 하고. 혹시나 내가 먹을까 싶어서, 예전처럼 먹이를 두고 가. 이렇게 내가 죽은 걸 알면 무척 슬퍼할 거야. 그녀에게 좋은 선물을 해주고 싶어. 고양이로서 보은을 하고 싶어."

"그녀가 가장 힘들어하는 게 뭐죠?"

"글쎄, 바로 지금 이 순간은 소설을 쓰는 일이 아닐까? 쓰고 싶은 게 별로 없다는 말을 하는 걸 자주 들었어."

나는 잠시 생각에 빠졌다.

"내가 도와줄 수 있을 거 같아요."

"어떻게?"

우선, 우리는 그녀가 잠들기만을 기다렸다. 한 시간쯤 지나자 그녀는 침대 위에 쌓여 있는, 옷으로 만들어진 산을 방바닥으로 밀어내서 자신이 누울 만한 공간을 만들었다.

"부지런한 여자는 아니네요."

내가 말하자 눈이가 좀 웃었다. 이윽고 그녀가 깊은 잠에 들었을 때, 나는 그녀의 귀에 대고 속삭이기 시작했다. 내가 알고 있는 여러 가지 재미있는 이야기들, 고양이를 쫓아달라고 자신의 헤어진 남자친구를 계속 부르는 여자 이야기, 죽은 디자이너에게 시계를 만들어달라고 계속 편지를 쓰는 아이들에 대한 이야기, 크리스마스카드를 선물 받은 아이에 대한 이야기, 아버지를 미행하는 딸에 대한 이야기, 서울 전체에 정전이 일어난 날에 대한 이야기, 타임머신을 타고 미래로 날아가 자신이 좋아한 아이돌이 늙은 모습을 직접 보고 온 여자의 이야기…… 내가 한참 이야기를 하는 동안 아가씨가 갑자기 눈을 떴다. 내가 보일 리가 없을 텐데, 그럴 리가 없을 텐데, 나는 그녀가 자신의 눈으로 나를 들여다보고 있다고 느꼈다. 이윽고 그녀는 이렇게 말한 뒤 다시 눈을 감고 잠에 빠져들어갔다.

"계속."

나는 내 인생에 대해서도 이야기하기 시작했다. 언젠가 그녀가 써먹을 날이 있을 거라고 생각하면서. 내가 알고 있는 모든 이야기를 다 끝냈을 때쯤, 창밖으로 동이 터왔다. 눈이가 말했다.

"이제 그만 돌아갈까?"

나는 고개를 끄덕였고 우리는 그곳을 떠날 채비를 했다. 그런데, 그때 문득 어떤 이야기가 생각났다. 아주 중요한 이야기. 나는 다급하게 눈이에게 말했다.

"앗, 잠깐만요."

나는 그녀에게 마지막 이야기를 해주었다.

삼색 애꾸눈 고양이 눈이와 나와 눈물의 씨앗에 대해서.

그리고 귀에 대고 속삭였다.

"당신 눈물의 절반을 내가 가져갈게요. 앞으로는 쓰고 싶은 이야기가 마구마구 생길 겁니다. 모든 일이 좀더 쉬워지고, 좀 덜 불행하다고 느끼게 될 겁니다. 걱정도 절반만 하게 될 겁니다."

초인종 소리에 눈을 떴을 때는 내 방이었다. 빗방울이 창을 두드리는 소리와 초인종 소리 때문에 귀가 먹먹해질 지경이었다. 나는 침대 옆 의자에 걸린 후드티를 걸쳐 입고, 재빨리 걸어가서 현관문을 열어주었다. 하지만, 거기에는 아무도 없었다. 맨발로 나가 아래층까지 구석구석 살펴보았지만, 역시, 아무도 없었다. 나는 방으로 돌아와서 침대에 털썩 앉아 후드티 주머니에 두 손을 넣었다. 주머니 안에는 카드가 하나 들어 있

고양이의 보은

었다. 보라색 카드. 하지만 배달원이 전해줬던 보라색 카드와
는 미묘하게 달랐다. 앞장을 펼쳤지만, 거기에는 아무런 글자
도 적혀 있지 않았다.

비가 엄청나게 쏟아지는 일요일 아침, 나는 빗소리를 들으
며 어두운 방 안에 혼자 앉아 있었다. 그런데 갑자기, 눈물이
났다. 아니, 눈물이 났다,는 틀린 표현이다. 나는 울었다. 그렇
지, 나는 울었다. 처음에는 잠깐만 울고 말 생각이었는데 갑자
기 마음이 너무 아파져서 소리 내어 펑펑 울어버렸다. 울면서,
나는 눈이의 아가씨 생각을 했다. 나와 눈물의 씨앗을 공유한,
나 대신 매일매일 울어준 눈이의 아가씨. 내가 울고 있는 지금,
그녀는 웃을 수 있을까?

실컷 울고 난 뒤, 나는 두꺼운 커튼을 걷고 창밖을 바라보았
다. 비 내리는 겨울 거리, 우산을 쓰고 어디론가 걸어가는 사람
들을 바라보다가, 문득 소설을 써야 한다는 생각이 들었다. 이
제까지와는 전혀 다른 소설을 쓸 수 있을 것 같았다. 아니, 아
니다. 소설을 쓰기 전에 할 일이 있다. 나는 방 안을 뒤져 휴대
전화를 찾아냈다. 그리고, 여자친구에게 전화를 걸기 시작했
다. 한 번, 두 번, 세 번…… 하지만 여자친구는 전화를 받지 않
았다. 나는 얼마 있다가 또다시 통화 버튼을 눌렀다. 여전히 전
화는 연결되지 않았다. 하지만 괜찮았다. 나는 언제까지나 기
다릴 수 있으니까. 마치 키 큰 가로등 밑에 언제까지나 똑같은
포즈로 앉아 있는 삼색 애꾸눈 고양이 눈이처럼. 그리고 그런

눈이를 기다리는, 이 세상 어딘가, 아니 다른 세상 어딘가에 있는 눈이의 아가씨처럼.

전화기를 두 손에 꼭 쥔 채, 나는 다른 세상에서 살아가고 있는 눈이의 아가씨가 조금이라도 더 행복하다고 느끼기를 진심으로 바랐다.

우리에게 이야기가 필요한 이유

김나영
(문학평론가)

1. 다른 사람(들), 다른 이야기(들)

도시의 한복판에 있던 호텔이 하룻밤 사이에 전소되는 큰 사건이 있었다. 아이러니한 것은 오래전에 지어져서 내내 그 자리에 있었으나 사람들에게 인기가 없었던 탓에, 이 호텔은 사라지면서야 제 존재감을 드러냈다는 사실이다. 호텔은 '불에 탄 사건'을 입고 나서야 여러모로 조명을 받는다. 사건이라는 이야기성이 호텔이라는 존재 자체를 휩싸고 돌 때야만, 그것에 관심을 갖고 관찰하고 상상해보는 시간이 있어야만 역설적으로 호텔 그 자체에 대해 조금 더 파악하게 된다는 사실을 「대관람차」에서 확인하게 된다.

그런데 이 이야기성에는 중요한 조건이 따른다. 흔히 말하듯 저마다 다른 이해 조건을 가진 수많은 사람을 공평하게 건드릴 수 있어야 한다는 것. 호텔이 불에 탄 사건은 "다양한 방식으로—그러니까 수십만 가지의 방식으로—사람들 마음속 깊은 곳을 건드렸"으며, 동시에 그 사람들로 하여금 "그 건물을 하나의 구경거리로 받아들이기 시작"하도록 한다(p. 22). 그저 가십거리에 지나지 않는 듯이 누구나 손쉽게 그것에 대해 이야기할 수 있어야 하지만, 이야기를 하게 하는 심리 내지 그 마음의 심층에는 자기 자신만 알고 있을 정도로 내밀하게 요동치는 사연이 계기로 전제되어야 한다는 말이다.

이렇게만 보면 이것은 마치 어떤 소설이 사람들에게 영향을 미치는 방식에 대한 비유처럼 여겨지기도 한다. 하지만 「대관람차」의 첫 장면이 그러하듯 손보미의 소설은 더욱더 다층적인 의미로 씌어진다. 호텔이 전소되어 무너지고 기괴한 철골 구조물로 남아 있다는 사건의 발단으로부터 시작한 이야기는 그런 식으로, 즉 사멸하는 사건을 통해서만 호텔이 자신의 존재감을 드러내게 되었다는 역설(逆說)을 역설(力說)하기 위해 씌어지지 않는다. 여기에서 시작해 이어지는 이야기는 '사람들'의 것이기 때문이다. 누군가는 호텔의 역사에 대해서, 누군가는 시련에 대해서, 누군가는 처지에 대해서 말하고, 결국 호텔을 둘러싼 악의적인 소문들이 생겨나기도 한다. 이 모든 이야기는 호텔에 관한 이야기이기도 하지만 '관점'에 관한 이야

268

기이기도 하다. 사라진 호텔이라는, 일종의 공백을 중심에 두고 끊임없이 생겨나는 이야기를 통해서 결국 확인할 수 있는 것은 그런 이야기에 닿아 있는 사람들의 서로 다른 삶의 양상이다.

사람들. 이 복수형의 조건은 혈연관계와 같은, 물리적으로 가장 친밀한 관계에도 적용된다. 「죽은 사람(들)」에서 '케이'의 삶은 실제로, 그리고 그녀의 상상 속에서 두 번 반복되는데 그 와중에도 공통적으로 등장하는 것은 그의 부모가 그가 어릴 때 준 크리스마스카드에 관한 이야기다. 먼저 케이의 실제 삶에서 그 카드는 언제나 그에게 각인된 기억이다. 그녀가 상상하는 케이의 삶에서 그 카드는 그의 어머니와 이모의 대화 속에서 문득 상기된 기억이다. 둘 다 카드에서 흘러나오는 노래에 대한 불쾌함과 그 자신 부모에 관한 불만을 떠올리게 하는 기억이라는 점에서 공통적이다. 케이에게 크리스마스카드는 그 부모에 대한 이해와 믿음에 소용되는 기억의 객관적 상관물 같은 것이지만, 더 중요한 것은 거기에서 흘러나오는 노래 가사에 관한 케이의 해석이다. 이것은 기억 자체라기보다는 기억이 불러오는 오해 내지 망상에 가까운, 왜곡된 기억이다. 이것이 사람들을 사람들이게 하는 조건처럼 보인다. 마찬가지로 「산책」에서도 그녀는 아버지의 말, "밤중에 하는 산책에 재미가 들렸다는 것"(p. 60)을 믿지 못한다.

그는 장인의 말을 백 퍼센트 이해하기는 어려웠지만, 딱히 그게 거짓말이라고 생각하지는 않았다. 하지만 그녀의 생각은 전혀 달랐다. 그녀는 아버지를 좋아했지만, 아버지를 온전히 솔직하고 올바른 인간이라고 여기지 않았다. 그녀는 아버지와 어머니가 이혼했던 당시를 똑똑하게 기억하고 있었던 것이다.

[······]

"아버진 이제 나이도 많으셔. 예전 같지 않으시다고. 그렇게 혼자 밤에 돌아다니시다가 무슨 사고라도 나면 어떡해? 난 진짜 너무 걱정이 돼. 잠이 오지 않아. 견딜 수가 없다고."

물론 이런 걱정을 한 것은 사실이었지만, 그녀가 아버지의 산책을 못마땅하게 생각한 데는 결정적인 다른 이유가 있었다. 그녀는 자신의 아버지가 같은 동네에 혼자 사는 노부인과 눈이 맞았다고 믿었다. 하지만 그녀는 그런 말을 입 밖에 낼 수는 없다고 생각했다. 그녀는 아버지의 연애에 대해 이러쿵저러쿵 말하는 것이 자신을 꽉 막힌 사람으로 보이게 할까 봐 **두려웠다.**

(pp. 60~61, 강조는 원문)

그러니까 그녀가 아버지를 이해하고 믿지 못하는 데에는 특정한 기억이 따른다. 부모의 이별이 그녀에게 미친 영향, 그 기억이 불러오는 오해와 망상은 별다른 근거 없이 아버지의 연애를 기정사실화한다. 하물며 소설의 후반부에서 짐작되듯 그녀의 오해와 망상의 기원에는 남편과 관련된 일 또한 잠재된 기억으로 자리하고 있다. 그녀의 아버지가 사위에게 한 의미심장한 말을 떠올려보자. "완전히 취했었어. 나는 그때처럼 이 아이가 화를 내는 건 본 적이 없네. 화가 나서 자네에게 와인글라스를 집어 던졌지. 기억나니? 기억이 안 날 수가 없겠지. 난 안다. 넌 술에 취해 있어서 하나도 기억나지 않는다고 말했지만, 넌 다 기억하고 있잖니?"(p. 69). 그녀의 아버지가 "중요한 이야기"(p. 70)라고 생각하는, 그녀와 그녀의 남편에 관련된 이야기는 결국 밝혀지지 않지만, 그녀와 그녀의 남편이 맨정신으로는 함구하기를 바라는 '그 이야기'는 그녀에게 그만큼 감추거나 잊고 싶은 좋지 않은 기억으로 각인되어 있다는 것을 어렵지 않게 짐작할 수 있다. 그녀의 내면에 자리한 두 부부에 관한 기억, 즉 자신의 부모에 관한 기억과 자신과 남편의 어떤 관계에 관한 기억은 그녀가 아버지의 '밤 산책'을 그토록 믿지 못하게 하는 원인으로 작용한다. 문제는 이 연유에 대해 그녀 자신도, 아버지도, 그녀의 남편도 정확하게 말할 수 없다는 데에 있다. 이 중 누군가는 그들의 원만한 관계의 지속을 위해서, 또 다른 누군가는 자신의 죄책감을 은폐하기 위해서 '그 기억'을 애써 무시하고 억압한다. 궁극적으로 기억의 이름으로 남는 것은 서로를 믿지 못한 채 유지되는 가식적인 관계와 그 속에서 빚어지는 오해와 망상으로 인해 파국으로 치닫는 관계의 양상이며, 끝끝내는 자기기만에 가닿는 위선일 뿐이다("난 아버지가 누구를 만나든 상관 안 해. 다만 나는 아버지가 진실을 말해주길 원했을 뿐이야. 거짓말은 이제 질렸어", p. 82).

「산책」의 아버지가 밤 산책에서 젊은 부부의 대화를 엿듣고 그것에 관해 말하는 태도는 손보미 소설이 타인에 대해 취하는 관점의 핵심을 보여준다.

언젠가부터 어린 부부는 과자를 먹는 대신 술을 마시기 시작했고, 그들 사이에 오가는 단어도 전보다 과격해졌다. 그들은 막가려고 하는 것처럼 보였다. 그는 그들 앞에 나타나서 뭔가를 도와주고 싶었지만, 그게 자신이 해야 하는 일인지, 혹은 자신이 할 수 있는 일인지에 대한 확신이 없었다. 그건 이상한 감정이었다. 그는 이렇게 무언가를 확신할 수 없는 처지에 놓인 것이 까마득히 오래전의 일이라는 것을 알게 되었다. (pp. 76~77)

"완전한 타인" "나랑 아무 상관 없는, 정말이지 근본적으로 아무 상관도 없는 타인"을 만나는 일, 그 알 수 없는 대상에 대해 쉼 없이(자신이 평생을 지속해온 삶의 방식을 폐기하고, 딸과의 심각한 불화를 각오하고서라도) 관심을 가지는 일, 그 일에 온 마음을 쓰는 일에 대해서 생각해보자. 이것은 마치 이 세계에서 자신을 모두 지우게 되더라도 자신이 가진 모든 것을 '완전한 타인'을 이해하는 일에 걸어보는 내기처럼 보인다. "무언가를 확신할 수 없는 처지"에 놓이게 되는 일이야말로 자기를 지켜온 한결같은 관계나 평생의 습관이나 일종의 믿음에서 벗어나서 그 모든 것으로부터 의심받기를 각오하면서까지 단 하나 모르는 것을 향해 나아가는, 마치 살아 있는 인간이 끝내 알 수 없을 죽음과 같은 미지를 적극적으로 탐구하는 삶의 모습이라고 할 수 있지 않을까(p. 77). 이 역설은 「산책」의 마지막 장면, 젊은 부부 중 남편이 "저 집의 초인종"(p. 78)을 끝내 누르지 못하는 이유이자 (딸의 기억에 의하면) 오래된 "미국 시트콤"(p. 80)의 한 부분이기도 한 장면에 '죽음'이 개입하는 것, 「죽은 사람(들)」과 「대관람차」가 누군가의 '죽음'으로부터 시작되는 것처럼 결국에는 타인에 관한 순수한 관심의 발로와 연관 지어 생각해볼 수 있다. 고집스럽게, 또는 습관적으로 지켜온 나의 폐기와 재생이야말로 타인을 이해하는 일의 시작일 것이기 때문이다.

2. 오늘을 견디는 힘

손보미의 소설이 다양한 삶의 양상을 보여준다는 해석이 종종 있어왔으나 그것이 '완전한 타인'에 대한 이해를 갈망하기 때문일 수 있다는 추측을 치밀하게 탐구해본 적은 흔치 않은 듯하다. 이번 소설집에서 작가는 기존의 손보미식 단편이 갖추었던 미덕, 가령 참신한 문체나 주제 의식, 그에 부합하는 특유의 세계관으로서 이른바 평행우주라고 할 수 있을 법한, 여기와 동시간대의 다른 공간에서 일어날 법한 이야기를 상상하는 일의 의미, 구구절절한 설명 대신 몇 개의 장면이나 대사의 배치로 진실의 기미를 만들어내는 기법 같은 점들을 유지하되 좀더 '알 수 없는 것'에 대해 말해보려는 소설적 태도 내지는 주제 의식을 긴밀하게 드러낸다. 그 중심에는 앞서 말했듯 '알 수 없는 것'을 알아내어 말하고자 하는 태도 이면에 이미 항상 그것이 완전한 미지의 영역이라는 것을 전제한다는 역설이 자리한다. 아무리 관심을 갖고 관찰해도 끝내 그것을 알 수 없으리라는 것을 아는 자의 관심과 관찰. 어찌 보면 한없이 무용해 보이는 이 일이 손보미 소설의 인물들에게, 그들이 자신의 삶을 좀더 나은 것으로 꾸려가는 데에 필요한 이유를 살피는 것이 이번 소설집을 읽는 한 중요한 목적이 되어야 한다.

두말할 나위 없이 삶이라는 것은 저마다에게 다른 의미로 이해되고 작용하는 말이다. 사람들은 각자의 경험을 통한 기준으로 '삶'을 이야기하기 때문이다. 「임시교사」에서 '아이 엄마'와 'P부인'이 서로의 말과 행동에 대해서 서로의 삶을 진정으로 이해하려는 태도를 취하는 듯 보이지만, 사소한 어감이나 습관적인 동작에 주목하는 그들의 시선은 오히려 자신의 삶을 잣대로 삼아 상대를 몰이해할 수밖에 없다는 것을 보여준다. 가령 아이의 부모가 아이 앞에서 싸운 일을 알고 P부인은 부지불식간에 (부모와 동생을 위해 자신의 삶을 희생한 그녀로서는 어쩌면 당연한 심리의 발로일 수도 있겠으나) 과도한 감정을 느끼지만 그 마음을 최대한 억누르고 아이 엄마에게 한마디 했을 때, 정작 아이의 부모는 그녀의 충고를 불필요한 것으로 치부할뿐더러 일종의 무지의 소산(아이를 낳아 "키워본 적이 없어서")으로까지 여긴다.

그녀는 잠시 생각에 잠겼다. 왜 어떤 여자들은 결혼도 하지 않고 애도 낳지 않은 채 그런 식으로 늙어가는 걸까? 하지만 그녀는 곧 그런 생각을 하는 것을 멈췄다. 왜냐하면 자신은 그런 삶과는 거리가 너무나 멀었기에, 그녀의 상상력은 그곳 근처에도 도달하지 못했다. (p. 96)

생각하면 할수록 "그곳"으로부터 멀어지는 한계에 봉착하는 일이 곧 그녀가 자신이 속하지 않은 집단("어떤 여자들"), 혹은 자신을 제외한 그녀들의 삶을 이해하려는 일이 될 때, "그곳"에 관한 이야기는 어떻게 계속될 수 있을까. 어쩌면 그녀와 '어떤 여자들' 사이에서는 '그'라는 지시어가 가리키는 지점조차도 미묘하게 어긋나 있을지 모른다. 그렇게 볼 수 있다면 위의 짧은 인용문에서 쓰인 '어떤 여자, 그런 식, 그런 생각, 그런 삶, 그곳, 근처' 등의 말들 역시도 오로지 그녀 자신의 이해 범주에 속하는 것일 뿐 그녀의 생각이 도달하고자 하는 지점으로는 영원히 닿지 못하는 미지다.

이 소설이 암시하듯 '그런 삶'이란 저마다에게 다른 기준으로 측정된다. 그러니까 삶이란 언제나 자신이 위치한 자리에서 이런 것과 그런 것으로 구분되고, 이해할 수 없는 범주의 것으로서, 즉 이해의 대상에서 손쉽게 밀려난다. 때문에 때로는 타인이나 타인의 삶 같은 말들이 이해를 가장한 몰이해 내지는 폭력적이기까지 한 배제를 전제로 삼는 위선처럼 여겨지기도 한다. 타인의 것이라고 말해버리고 나면 남는 것은 더 이상 그것에 관해서 말하지 않아도 된다는 자기 위안이나 자기만족뿐일 때가 있다는 것을 모르지 않는 이들은, 손보미 소설의 저 같은 장면 앞에서 새삼 얼어붙게 된다. 자기를 돌아보게 하는 교조적인 진술이라는 말을 하자는 게 아니다. 오히려 저런 장면들은 소설의 전체적인 맥락 내지는 줄거리와 무관한 지점에 아무렇지 않게 툭툭 던져지면서 소설이 어떤 역할을 할 수 있는가를 도리어 자기반성적으로 보여준다. 다시 말해 저런 장면은 무엇보다도 작가가 사람들의 "상상력"이 왜 필요한지, 이야기가 존재해야 하는 이유가 무엇인가를 생각하고 있다는 것을 짐작하게 하는 부분이기도 하다. 소설에서처럼 현실에서도 '어떤' 아이 엄마는 '그런' 그녀를 영원히 이해할 수 없을지도 모른다. 그녀 역시 아이 엄마의 말을 끝내 오해하게 될 것이다. 그럼에도 그녀와 또 다른 그녀는 상대를 주의 깊게 관찰하고, 또 관찰해서 그녀가 어떤 시간을 살아왔는지를 알고, 오늘 자신과 이 같은 관계를 맺게 된 연유가 무엇인지를 생각해

보고, 또한 어떻게 계속 살아가게 될 것인지를 상상해보는 일이 필요하다. 부모의 보살핌을 받지 못하고 도리어 자신의 젊은 시절을 가족을 위해 무조건적으로 희생하고 인내하며 보내야 했던 한 여인의 안타까운 삶의 한 부분은 아이의 가족을 만나며 '보모'로서의 역할에 탁월한 점으로 작용하기도 하지만 동시에 그 한 시기에 만난 서로를 온전히 이해할 수 없게 만드는 맹점으로 역할하기도 한다. 바로 이 지점에 손보미의 소설이 놓인다. 타인의 삶에 대한 거리감을 솔직하게 토로하는 장면들과 그 불가능과 무지에 관한 진솔한 반성과 고백이 결코 아무것도 아닌 결과를 초래하지만은 않는다는 것을 은근히 일러주는 것, 말로 이르지 못하는 이야기의 효과가 발휘되는 자리에서 소설의 역할이 생겨난다.

그럼에도 「임시교사」에서 아이 엄마에게 충고하는 P부인이 그러했듯이 '모르는 것'과의 물리적인 거리감이 좁혀지는 계기나 동기가 있을 때 사람들은 잠시 '모르는 것'을 잊고 자신을 내세우기도 한다. 「상자 사나이」에서 '나'는 자신의 삶을 줏대 있게 꾸려가는 유형의 인물이 아니다. 자신을 둘러싼 세계와 사람들을 의심하고 허위와 허상을 간파하지만 정작 그로부터 제 생활의 동력을 얻지는 못하며, 오히려 그런 간파의 내용이 그로 하여금 삶을 좀더 무기력하게 보내도록 추동하는 것처럼 보인다. 인상적인 부분은 「상자 사나이」의 '나'가 자신의 삶에 이런저런 충고, 특히 "열심히 살아라"라고 말하는 사람들을 절대로 믿어서는 안 된다고 단언하면서, 그 이유를 그렇게 말하는 이들의 "머릿속은 이미 '열심히 산다'라는 문장에 대한 정의로 꽉 차 있"기 때문으로 든다는 점에 있다(p. 189). '나'는 '그들'이 생각하고 말하는 내용과 형식에 모두 반하는 삶을 추구하려는 욕망을 갖고 있으며, 실은 이것이야말로 대부분의 사람이 자기 삶에 대해 갖는 태도이기도 하나, 그 욕망을 위해서라면 어째서인지 그들이 말하는 (혹은 세상이 제시하는) '열심히'의 기준에 자기를 맞춰야 한다는 아이러니가 따른다는 것을 안다.

3. 내일을 각오하는 힘

정말로 알 수 없는 것은 어떻게 살아야 하는가와 같은, 보편적으로 괜찮은 삶의 기준이나 원칙이 아니라 그것이 누군가의 실제 삶에 어떻게 작용하는가와 같은, 개별적이고 주관적인 실천의 영역인지도 모른다. 흔히 그 영역을 개인의 의지가 발휘되는, 노력만 하면 충분히 긍정적인 결과로 만들어낼 수 있는 부분이라고 말하지만 손보미 소설의 인물들은 그것이 일종의 환상일 수 있다는 점을 일러준다. 왜?

「임시교사」에서 P부인은 아이의 집에서 보모의 역할을 할 뿐으로 보인다. 아이에게 책을 읽어주고, 여가 시간을 함께 보내는 (가끔은 아이의 잘못을 가볍게 일러주기도 하지만) 그 모든 일이 교사보다는 보모로서 맡음 직한 임무다. 게다가 원래 직업이었던 중·고등학교의 임시교사직에서도 그녀는 물러난지 오래다. 그럼에도 이 소설의 제목이 '임시교사'인 이유를 다시 한번 생각해볼 필요가 있을 것 같다. 여기에는 그녀가 아무리 아이 가족의 생활이 평안하게 지속되는 데에 큰 역할을 한다고 해도 그것은 다만 그들의 삶에 있어 '임시'적인 것에 불과하다는 인식, 그녀와 아이 엄마의 내적 갈등이 보여주듯 서로의 삶이 부딪히며 빚어낼 수 있는 결과는 (알 수 없는 내면의 변화와 무관하게) '교사'적인 태도로 밖에 남을 수 없다는 판단 등이 기입되어 있다. 하지만 무엇보다도 이 제목은 P부인의 자기 정체성을 반영하는, 자기 호명이라는 점을 기억해야한다. 임시교사는 그녀의 과거나 현재의 한 시기를 설명하거나 지시하는 직업명이 아니라 그녀의 삶 전체를 아울러 짐작하게 하는 자기 호명과도 같은 것이기 때문이다.

만약에 누군가가 자신에 대한 질문을 아이 엄마에게 던진다는 사실을 알았다면 P부인은 이런 식으로 대답하길 원했을 것이다. "그분요? 그분은 임시교사셨대요." 물론 '임시'라는 단어를 빼고 말해도 되겠지만, 그건 어쩐지 **올바르지 못한 일**처럼 여겨졌다. (p. 88, 강조는 인용자, 이하 동일)

한때는 그녀에게도 '정식' 교사라는 바람이 있었을 것이다. 하지만 자신보다 가족을 위한 일을 하느라 정작 자신의 삶을 원하는 방향으로 꾸릴 시기를 한참이나 놓쳐버린다. 심지어 그녀는 하나뿐인 동생을 위해 자기의 젊은 시절을 희생하고도 결국 동생네 부부에게 외면받는 처지에 놓인다. 그럼에도 그녀는 자신의 삶에서 가장 자기에게 충실했던 한때(그때가 '임시'였을 때든 교사라는 장래 희망을 품고 있던 시기였든)의 마음, 이른바 양심과 같은 것을 지킨다. 그것은 평생을 통해 자신이 가진 것 중에 "가장 아름다운 것"(p. 90)이며, 그것을 떠올리는 일이야말로 그녀가 주어진 현재에 만족하는 방법이자 태도다. 이것이 그녀가 자신을 임시교사라 부를 수 있는 이유가 아닐까. 누구보다도 자신의 삶을 돌보는 방법, 매일 달라지는 삶의 조건들 가운데에서도 포기하거나 지치지 않고 자신의 삶이 소중하다는 것을 자각하는 태도야말로 각박한 생활 속에서도 언제나 책을 읽고 차를 마시며 말을 아끼고 주어진 일에 충실하기를 작정한 듯한 모습에서 거듭 확인할 수 있기 때문이다.

그렇다고 해서 「임시교사」의 P부인이 자신의 삶을 무조건적으로 긍정하지 않는다는 점 역시 주목할 만하다. 그녀는 자신이 젊었을 때 무능한 부모와 동생을 위해 희생하기보다 자기의 삶을 우위에 놓고 정식 교사가 되기 위해서 좀더 노력했어야 했다는 것을 가장 잘 알고 있기 때문이다. 그럼에도 그녀는 그렇게 하지 못한 자신을 탓하기보다 어떤 믿음을 통해서 내일을 긍정하는 삶의 태도를 지킨다. 그것은 "잘못된 일들이 언젠가 아주 조그마한 사건을 통해 한순간에 해결될 것이라"는 믿음처럼 막연한 기대에 기반한 긍정이지만, 이러한 태도를 지탱하는 데에는 자기뿐만 아니라 모든 사람의 삶에 대한 경험, 즉 몸소 겪으며 관찰하고 생각하고 상상하는 시간에서 건져 올린, 말하자면 보편적인 삶에 대한 두터운 이해가 있다. 그녀에 의하면 현재 자신의 좋지 않은 처지는 스스로 선택한 삶이 아니지만, 그것은 "누구라도 그러하듯이" 그렇다는 것(p. 116), "사는 건 그런 거지" 하고 생각하게 되는 것에 가깝다. 그녀가 어려움 속에서도, 자신을 오해하거나 허위로 대하는 상대의 무례함을 알고도 모르는 척하면서 그 모든 불합리를 누구의 삶에나 있음 직한 사소한 것으로 치부하며 내일의 삶을 긍정할 수 있는 초연함을 잃지 않을 수 있는 이유는 그녀 자신의 선천적인 강인한 성격이나 순간적인 기지와 같은 긍정성의 발휘 때문이라기보다는, 반복적인 경험으로부터 터득한 보편적인 삶에 대한 이해에서 비롯된다. 굳은살처럼 단단하게 박인, 삶에 대한 저항과 애정이 동전의 양면처럼 맞붙은 이 부분을 어떤 근육의 이름으로 대신할 수 있을까. 그저 매일 밤 "잠들기 위해 눈을 감는" 일을 가능하게 하는, 그 연약한, 하지만 오늘과 내일을 가르고 다시 잇는 그 중요한 일을 해내는 눈꺼풀은 어떤가(p. 117). 신체의 수많은 근육 중에서 가장 연약해 보이지만 어제와 오늘과 내일을 계속해서 잇대고 막을 치기도

하며 저마다의 삶이라는 의미 있는 서사를 형성하는 역할을 한다는 점에서 눈꺼풀은 소설가의 글쓰기를 추동하는 마음의 근육 내지는 이야기를 지속하려는 의지에 비유될 수 있지 않을까.

4. 이야기가 돌아오는 방식

그런데 이상했어. 그가 있던 상자와 현관까지의 거리가 그리 긴 것도 아니었는데 그는 당최 현관에 도착하지를 못하는 거야. **그래도 상자 사나이는 정확하고 우아한 걸음걸이로 앞으로 계속계속 걸어나갔어.**

그리고, 그리고 말이야, 상자 사나이는 어느 순간 사라져버렸어. 나는 한순간도 상자 사나이에게서 눈을 떼지 않았는데, 사라진다는 느낌도 없이 사라져버렸던 거야. 나는 천천히 자리에서 일어났어. 어둠 속을 한참 동안 서성거렸지. 내가 뭘 해야 할지 그제야 알 것 같더군. 나는 상자 사나이가 걸어 나온 상자로 다가갔어. 상자는 텅텅 비어 있었다. 나는 그 앞에 무릎을 꿇고 앉았어. 상자를 편편하게 펼친 후에, 그걸 손으로 찢기 시작했어. 종이가 두꺼워서 힘든 일이었지. 꽤 많은 시간이 필요했어. 손에는 상처가 났고, 나는 그렇게 찢어낸 종이 상자—더 이상 종이 상자가 아니었지만—를 모아서 쓰레기봉투에 넣었고,

쓰레기봉투의 매듭을 정성 들여 잘 묶었어. 그리고 그 앞에 잠시 앉아 있었지.

그러고 나니깐, 갑자기 엄청난 피로감이 몰려오더라. 졸려서 도저히 견딜 수가 없겠더라고. 나는 소파에 쓰러지듯 누웠어. 그리고 순식간에 잠에 들었지.

아침이 올 때까지 나는, 그렇게 잠만 잤단다. (pp. 213~14)

「상자 사나이」의 마지막 장면에서 '나'는 몰려오는 "엄청난 피로감"을 도저히 견디지 못하고 쓰러지듯 잠이 든다. 그러므로 그 바로 전 장면, 환상처럼 상자 사나이의 모습을 목격하는 것은 마치 꿈결처럼 여겨지기도 한다. 헤어진 애인과의 마지막 시간을 쉽게 보내지 않으려는 듯, 혹은 그 시간이 마지막이기에 그렇게 보내기로 작정한 듯 '나'는 어떤 특별한 상자와 그 상자 속에 든 사내의 이야기를 계속해서 지어내어 들려주고 이야기의 시간이 모두 끝난 후에 속수무책으로 잠이 든다. 이것은 '나' 자신의 삶에 대한 간단명료한 비유처럼 보인다. 중요한 것은 평생을 소극적이고 비관적으로 살아온 것만 같았던 '나'가 들려준 자기 삶의 비유는 그렇지 않다는 데에 있다. 위의 인용에서 강조한 부분은 '나'의 삶에 대한 다짐, 혹은 오늘을 견디고 내일을 각오하는 자세와 다르지 않기 때문이다. 이번 소설집에서는 특히 인물들이 삶에 대한 태도, 혹은 각오를 누군가에게 이야기를 들려주는 방식으로 전달한다는 점에 주목할 필요가 있다.

  1) 그녀는 직장 동료들에게 자신의 결혼 이야기를 **들려준 적이 있었다.** "그이가 얼마나 내게 잘해주는지 몰라요. 그이는 정말로 저를 사랑한답니다." 하지만 그 이야기의 클라이맥스는 바로 이것이었다. "임신테스트기에 글쎄 줄이 두 개 나타난 거예요. 그때 얼마나 당황했는지!" 그녀는 이 부분을 이야기할 때마다 금방이라도 울 것 같은 기분이 들었다. [⋯⋯] **가끔 그 이야기를 듣던 사람들이 그녀에게 보모에 대해 물어보는 경우가 있었다.** 그럴 때마다 그녀는 잠시 생각에 잠겼다가, 이렇게 대답하곤 했다. "그분요? 음⋯⋯ 좋은 분이세요." (「임시교사」, pp. 87~88)

  2) "우리 아들을 돌보던 보모가 많이 도와주셨어요. 그분이 안 계셨으면 어떻게 되었을지 모르겠어요." 그렇게 말한 후 그녀는 재빨리 덧붙였다. "하지만 아무리 누군가 도와준다고 해도, 아시잖아요, 그게 얼마나 힘든 일인지."

  [⋯⋯]

  만약 P부인이 그 시절에 대해 누군가에게 이야기할 기회가 있다면 어떻게 말했을까? 아마도 그녀는 이렇게 말할 것이다. "그 가족에겐 저밖에 없었죠. 얼마나 저에게 고마워했는지 몰라요. 그 젊은 부부는 교양이 몸에 배어 있고, 품위가 있어서 누군가에게 받은 호의는 절대 잊지 않는 사람들이었어요." 하지만 P부인은 아마 이런 이야기를 아무에게도 하지 못할 것이다. 왜냐하면 이 세상에는 P부인의 그 시절에 대해 궁금해하는 사람이 아무도 없을 것이기에. (「임시교사」, p. 104)

1)에서 짐작할 수 있는 것은 우선 이야기를 들려주는 자(그녀)와 그 이야기를 듣는 사람들(직장 동료들) 간에 발생하는 간극이다. 이야기의 속성상 그것을 들려주는 자는 그것의 전말을 모두 알고 있기 때문에 비교적 객관적인 태도를 취할 수 있으나 그것을 듣는 자는 앞으로 전개될 내용을 알 수 없다는 이유로 그것에 지속적으로 흥미를 갖고 집중할 수 있다. 하지만 이 장면에서 이야기에 도취된 자, 이야기의 내용에 집중하는 자는 오로지 그녀이며 이야기를 듣는 사람들은 도리어 냉철한 시선으로 그녀의 이야기가 갖는 모순과 결락을 발견한다.

심지어 2)에서처럼 동시에 겪은 일에 관해서라고 하더라도 이야기는 그 일을 누가, 어느 계기로 하게 되는가에 따라서 전혀 다른 내용과 형식을 갖게 된다. 자신이 경험하고 이해한 것에 대해 다른 누군가에게 전달하거나 또 다른 이해의 기준을 파고들고 설득하며 공감을 유발할 수 있는 방식이 다르다는 점은 삶의 양상과 다르지 않다.

손보미의 인물들이 '이야기'를 매개로 들려주는 것은 결국 각자의 삶이 자신과 타인에게 어떻게 이해될 수 있는가, 혹은 그것이 어째서 불가능한가에 관한 집요하고도 예리한 성찰이다. 사람들은 저마다 다른 삶의 모양을 갖추고 그 삶의 관성으로 계속 살아간다. 그러므로 자신이 처한 극심한 어려움에서 누군가로부터 결정적인 도움과 위로를 받았다 하더라도 결국에는 '어떤 어려움이 있었으나 끝내 극복했다'는 식의, 자신의 삶을 중심에 놓는 이해와 그로 인한 서사는 일견 당연해 보인다. 그럼에도 손보미 소설이 빛나는 지점은 따로 있다. 자신의 삶이 타인으로부터 거듭 중요한 영향을 받는다고 느낄 때, 그 예민함과 불편의 토로 속에는 오히려 나와 타인이 공존할 때 필요하고 또 소중한 삶의 태도가 들어 있다. 손보미 소설의 인물들이 이야기를 계속하는 것은 삶을 어렵고 불편하게 하는 작은 기미들을 쉽게 지나치지 않고 감지하며 그것에 관해서 생각하고 또 생각하기 때문이다. 이를 통해서 그들은 자신이 아닌 타인의 경우, 타인의 입장, 타인의 생각을 "궁금해하는 사람이 아무도 없을 것"인 우리의 현재를 돌아보게 한다.

5. 두 가지 장면

3) 나는 가끔 무단 침입한 고양이들에 대해 생각한다. 내 생각에 그건 아주 폭신폭신하고 말랑말랑하고 부드러운 종류의 침입이다. 아주 폭신폭신하고 말랑말랑하고 부드러운 방식으

로 우리의 삶에 천천히 파고들어 치명적인 상처를 남기고 부지불식간에 나 자신을 잃어버리게 만든다. 하지만 때때로 무단 침입한 고양이는 정반대의 작용을 하기도 한다. 그러니까, 내 자신이 어떤 사람인지 분명하게 깨닫게 만드는 것이다. 징그러울 정도로 냉정한 방식으로. 어쩌면 '무단 침입한 고양이들'이라는 표현은 틀린 것이 아닐까, 하는 생각이 들기도 한다. 왜냐하면 모든 고양이는 언제나 무단 침입하는 존재들이니까 말이다. (「무단 침입한 고양이들」, p. 18)

4) 무언가가 무너지고, 무언가가 사라지고, 무언가가 영원히 갇히는 소리, 꿈, 음악, 감마선 폭발. 되돌아오는 것. 과거가 미래가 되는 삶. 나는 회전목마를 내려다보던 그녀를 떠올린다. 그녀가 언젠가 회전목마에 올라타게 되기를 바란다. 그렇지만, 그런 건 내게 도움이 되지 않을 거라는 사실도 나는 알고 있다. 내게 도움이 되는 문장은 딱 한 가지이다. 정말로 그렇다. 나는 그 문장을 끝까지 붙들고 싶다. 하지만 역시, 실패할 거라는 걸 안다. 나는 페가수스의 날갯짓을 떠올린다. 한 번, 두 번, 세 번, 네 번, 다섯 번, 여섯 번, 일곱 번. 일곱 번의 날갯짓.

날개 달린 빨간 페가수스. 나는 그 날갯짓을 떠올리며 우리의 이야기가 다른 누군가의 이야기 속에 포함되기를, 언젠가, 아주 오랜 후가 되더라도 좋으니까 누군가 우리가 어떤 이야기 속에 등장하는지 궁금해하기를 간절하게 바랐다. (「죽은 사람

(들)」, p. 182)

　　이번 소설집에 실린 손보미의 소설들은 크게 두 가지의 이
야기를 들려준다. 하나는 나의 삶이 나의 계획과 주도로만 꾸
려질 수 없으며 거듭해서 모르는 존재의 침입을 견디며 변화
하는 것이라는 사실을 일러주는 이야기, 또 하나는 실패할 줄
알면서도 계속할 수밖에 없다는 점에서 이야기와 삶이 다르지
않다는 이야기. 3)과 4)는 각각 그런 이야기의 속성을 포착하
는 절묘한 장면들이다. 삶은 이처럼 한마디로 형용할 수 없는
("아주 폭신폭신하고 말랑말랑하고 부드러운") 공격으로부터
무방비하게 놓여 있고, 우리는 반복해서 나 자신을 잃거나 되
찾으며 살아가는 일의 의미를 나름대로 찾아간다. 그것은 마
치 "과거가 미래가 되는" 것처럼 삶이라면 계속해서 반복되는
이야기이기도 하다.

　　이야기가 넘쳐나는 시대에 손보미의 소설이 필요한 이유
는 그의 소설은 모두가 뻔히 아는 삶의 속성에 관한 위와 같은
이야기를 그대로 답습하기보다는, 이 이야기를 제대로 들려
주는 일이 거의 불가능하다는 것을 보여주기 위해서 씌어지
기 때문이다. 「산책」에서 전혀 모르는 사람들의 이야기를 듣
기 위해 한밤중의 산책을 계속 감행하는 아버지, 「고양이의 보
은」에서 다른 세계의 내가 흘릴 눈물까지 감당하고 있는 게 아
닌가 싶을 정도로 힘들지만 소설을 계속 쓰기로 결심하는 "이

세계에서의 나"(p. 256)를 떠올려보자.

손보미의 소설을 읽는 일은 소설을 다 읽은 후, 어느 정도 시간이 흐른 다음 소설에 어떤 장면과 장면을 다시 '떠올려보는 일'이 될 것이라 믿는다. 작가가, 혹은 소설에 드러난 문장들이 우리의 삶에 대해 이러저러한 이야기를 직접적으로 제시하는 소설이 아니기 때문이다. 거듭 말하지만 작가도, 소설 속의 어떤 인물도 자신과 타인의 삶에 관해서, 그 삶에 관해 이야기하는 일에 대해서 무엇도 확신하거나 단언하지 못한다. 때로는 꿈결 같은 환상을 통해서, 그보다는 자주 지극히 현실적이어서 더욱 낯선 사건들을 동원해서 그의 소설은 나의 이야기와 타인의 이야기와 그보다 더 알 수 없어 가진 모든 상상력을 발휘해야만 가닿을 수 있는 세계의 이야기를 모두 겹쳐놓는다. 여기 이 이야기 속에서 나와 우리와 알 수 없는 누군가는 명확하게 구별되지 않고, 불분명하게 뒤섞인 그 속에서 삶이라는 것은 조금 더 함께, 지속가능한 것으로 떠오른다. "누군가 우리가 어떤 이야기 속에 등장하는지 궁금해하기를 간절하게 바"라는 마음으로 씌어진 이 문장들은 이내 당신의 이야기가 되어 되살아날 것이라 믿는다.

작가의 말

  첫번째 소설집을 발간한 게 2013년 여름의 일이다. 그해에 나는 여러 가지 다짐을 했는데 그중 하나는 다시 작품집을 내게 된다면 작가의 말은 쓰지 않아야겠다는 것이었다. 무슨 특별한 의도가 있는 건 아니었고, 그냥 그런 생각을 했다. 그리고, 2018년 여름에 나는 또다시 이렇게 작가의 말을 쓰고 있다.

  거의 의식하지 못했는데, 꽤 오랜만에 작품집을 출간하는 처지가 되었다. 그동안 쓴 작품들을 다시 읽어보는 동안, 나는 각각의 작품을 쓰던 그 장소와 시간 그리고 작품을 쓰는 동안의 내 마음을 떠올릴 수 있었다. 마치 오래전에 즐겨 듣던 음악을 다시 접하게 되면, 그 음악이 나를 그 시간과 장소와 마음으로 데려가는 것처럼. 그러니까, 마치 꿈처럼. 나는 그 꿈속에서 맥북에어가 올려진 책상 앞에 앉아 있는 나의 뒷모습을 볼 수 있다. 때때로 맹렬하게 자판을 두드리기도 하고, 때로는 멍하니 빈 화면을 들여다보고 있기도 하다. 즐거울 때도 있고, 곤란함을 느낄 때도 있다. 그래, 곤란함. 나는 가끔 이렇게 중얼거리고 만다. 아, 이거 너무 곤란하게 됐는걸? 하지만, 좀더 솔직히 말하자면 나는 자주 다른 생각에 빠져들어 있다. 실제로, 나는 믿을 수 없을 정도로, 틈만 나면 다른 생각—그즈음 본 영화라든지, 연예인의 가십이라든지, 예쁜 구두라든지, 며칠 전 우연히 만난 동창과의 대화라든지—에 빠져들곤 했다. 한동안 나는 이것을 심각하게 걱정해서 내가 주의력 결핍 장애가 있는 것 같다고 동생에게 털어놓은 적이 있다. 그녀는 별일도 아니라는 듯이 이렇게 대답했다. 나도 자주 그러는걸. 다른 생각에 빠져 있느라 문장을 거의 쓰지 못하는 날도 있다. 그런 날, 해가 지면 나는 가장 가까운 사람에게 아, 어떻게 해? 오늘도 한 글자도 못 썼어, 집에 가고 싶은데 못 가겠어,라고 문자를 보내곤 했다. 그러면 그는 언제나 나에게 이렇게 답을 보내주었다.

그것도 소설 쓰는 시간에 포함되는 거야. 내일 다시 쓰면 돼. 그러니까 괜찮아.

돌이켜보면 그 말은 언제나 사실이었다. 그런 시간이 반복되면 언젠가 한 작품을 쓰는 시간은 끝이 났다. 작품과 내가 서로에게 만족하는 끝도 있었고, 나는 만족하지만 작품은 만족하지 못한 끝도 있었고, 어쩌면 그 반대도 있었을 것이다. 하지만 중요한 건, 그 시간은 어쨌거나 끝이 났다는 사실이다. 그리고 이제 나는 그 시간을 하나의 책으로 엮어낸다. 적어도 이게 내게는 아주 커다란 행운처럼 느껴진다. 이런 생각도 든다. 사람들은 왜 글을 쓸까? 어쩌면 우리는 글을 쓰는 행위를 통해서 그저 흩어져버리는 일상을 붙잡아두고 싶은 건지도 모른다. 그게 일기든, 산문이든, 편지든, 소설이든 간에 문장을 쓴다,는 이 물리적이고 소박한 행위는 어떤 방법으로든 그 시간을 붙잡아서 미래의 우리에게 전달해줄 것이다. 그리고 너무 큰 욕심이겠지만, 이 책을 읽는 사람들이, 이 책에 씌어진 문장들을 통해 자신들의 시간과 공간을 ─ 아주 잠시라도 ─ 마주하게 되기를 지금의 나는 온 마음을 다해 바라고 있다.

2018년 8월
손보미

작가의 말

참고한 것들

○ 「죽은 사람(들)」에 나오는 '감마선 폭발'에 대한 설명은 이준호 선생님의 팟캐스트 〈과학이 빛나는 밤에〉의 내용을 참고한 것이다. 또한 이 소설에 나오는 크리스마스캐럴의 가사는 「Baby, It's Cold Outside」의 가사를 변형한 것이다.

○ 「고귀한 혈통」 「임시교사」는 각각 살바토레 아다모의 「Valse D'été」와 캣 스티븐스의 「Tea for the Tillerman」의 가사를 일부 인용했음을 밝힌다.

수록 작품 발표 지면

무단 침입한 고양이들 『열일곱』 2016년 7월 (알라딘 17주년 기념 책자)
대관람차 『창작과비평』 2013년 봄호
산책 『21세기문학』 2013년 봄호
임시교사 『문학동네』 2014년 겨울호
고귀한 혈통 『한겨레』 2013년 4~5월 연재
죽은 사람(들) 『Axt』 2016년 3, 4월
상자 사나이 『한국문학』 2014년 봄호
몬순 『문학과사회』 2016년 가을호
고양이의 보은 『문학동네』 2013년 여름호